# LES MENTEUSES

## Tome 2 · Secrets

Déjà parus

1. *Confidences*
2. *Secrets*
3. *Rumeurs*
4. *Révélations*
5. *Vengeances*
6. *Dangers*
7. *Représailles*
8. *Aveux*

# Les Menteuses

Tome 2

## SECRETS

SARA SHEPARD

*Traduit de l'anglais (États-Unis)*
*par Isabelle Troin*

Fleuve Noir

Titre original :

*Flawless*

MIXTE
Issu de sources responsables
FSC® C003309

Fleuve Noir, une marque d'Univers Poche,
est un éditeur qui s'engage pour
la préservation de son environnement
et qui utilise du papier fabriqué à partir
de bois provenant de forêts gérées
de manière responsable.

alloyentertainment



Photographie : Ali Smith
Conception poupée : Tina Amantula

ISBN : 978-2-265-09766-7

# REMERCIEMENTS

J'ai beaucoup de gens à remercier pour *Secrets*. Tout d'abord, l'équipe d'Alloy Entertainment, parce qu'elle a travaillé dur et fait preuve d'une grande persévérance pour que « Les Menteuses » soit une série géniale. L'inimitable Josh Bank, qui est capable d'invoquer son adolescence intérieure mieux que personne d'autre à ma connaissance. Ben Schrank, dont les conseils éditoriaux et le bavardage plein d'esprit me manqueront énormément. Les Morgenstein, pour ses idées du genre « Eurêka ! »... et pour nous avoir acheté des cookies. Et le meilleur pour la fin : Sara Shandler, qui est capable de parler de chiens pendant des heures, qui imite à merveille les perroquets et qui est l'une des raisons pour lesquelles l'intrigue de ce livre tient debout.

J'ai également apprécié la contribution des gens extraordinaires de chez HarperCollins : Elise Howard, Kristin Marang, Farrin Jacobs et le reste de l'équipe. Votre inébranlable enthousiasme pour « Les Menteuses » m'a fait infiniment plaisir.

Comme toujours, mes remerciements et mon affection à Bob et Mindy Shepard, qui m'ont appris très tôt que le plus important dans la vie, c'est de ne pas se prendre au sérieux, d'aimer ce que l'on fait et de toujours donner de fausses coordonnées sur les livres d'or des restaurants. Vous êtes et vous avez toujours été des parents adorables – qui combinent les seules qualités de ceux d'Emily, de Spencer, d'Aria et d'Hanna. Merci à Ali et à son chat, ce démon rayé qui adore mordre et répond au nom de Polo. Bisous à Grammar, Pavlov, Sparrow, Chloe, Rover, Zelda, Riley et Harriet. Je suis vraiment ravie d'avoir ma cousine Colleen sous la main parce qu'elle organise des soirées géniales, qu'elle a des amis qui lisent mes livres et qu'elle invente toujours les meilleurs jeux à boire. Comme d'habitude, tout mon amour à Joel parce que, entre autres choses, il me gratte le dos, il me supporte quand je délire complètement, il mange de la glace à même le pot, il regarde des émissions de filles avec moi – et pousse même jusqu'à les commenter après.

Je voudrais également mentionner mon grand-père disparu, Charles Vent. C'est en quelque sorte lui qui m'a inspiré le personnage d'Hanna, il avait la fâcheuse habitude d'« emporter des choses sans les payer ». Mais c'est l'une des personnes les plus aimantes et les plus créatives que j'ai eu la chance de connaître, et j'ai toujours pensé qu'il méritait quelques miettes de célébrité, fût-ce dans la page « remerciements » d'un livre.

*à MDS et RNS*

*Œil pour œil et le monde entier devient aveugle.*

Gandhi

# COMMENT TOUT A COMMENCÉ

Vous voyez ce garçon qui habite à quelques maisons de la vôtre et qui est la personne la plus flippante du monde ? Quand vous êtes sur le pas de votre porte, en train d'embrasser votre petit ami pour lui dire bonne nuit, vous l'apercevez parfois de l'autre côté de la rue, simplement planté là, les bras ballants. Quand vous échangez des potins avec vos meilleures amies, il apparaît comme par enchantement – mais pas forcément par hasard. C'est le chat noir qui semble savoir à l'avance quelle route vous comptez prendre. S'il passe en vélo devant chez vous, vous pensez : *Je vais louper mon contrôle de sciences nat.* S'il vous regarde de travers, surveillez vos arrières.

Toutes les villes ont leur garçon-chat noir. À Rosewood, il s'appelle Toby Cavanaugh.

— Je crois qu'il lui faudrait plus de blush. (Spencer Hastings recula légèrement pour examiner son amie Emily Fields.) Je vois encore ses taches de rousseur.

— J'ai du fond de teint Clinique pour les camoufler.

Alison DiLaurentis se leva d'un bond et se précipita vers sa trousse de toilette en velours bleu.

Emily se regarda dans le miroir posé sur la table basse du salon d'Ali. Elle pencha la tête d'un côté, puis de l'autre, et avança ses lèvres roses en une moue boudeuse.

— Ma mère me tuerait si elle me voyait avec tous ces trucs sur la figure.

— Oui, mais c'est nous qui allons te tuer si tu les enlèves, la prévint Aria Montgomery qui, pour des raisons qu'elle était comme d'habitude la seule à connaître, déambulait dans la pièce avec une brassière en mohair rose qu'elle s'était tricotée récemment.

— Absolument. Tu es très bien comme ça, Em, acquiesça Hanna Marin.

Assise par terre en tailleur, elle ne cessait de se tordre le cou pour vérifier si son jean Blue Cult taille basse, légèrement trop petit, ne laissait pas entrevoir sa raie des fesses.

C'était un vendredi soir d'avril, l'année de leur 6$^{e}$. Alison, Aria, Emily, Spencer et Hanna organisaient une soirée pyjama chez Ali DiLaurentis, comme souvent à cette époque. Elles passaient leur temps à se peinturlurer les unes les autres et à engloutir des sachets de chips au vinaigre en regardant distraitement *Cribs*, l'émission de MTV, sur le poste à écran plat des parents d'Ali. Ce soir-là, en plus du reste, leurs vêtements étaient étalés un peu partout dans la pièce, car elles avaient décidé de se les échanger jusqu'à la fin de l'année scolaire.

Spencer attrapa un gilet en cachemire jaune citron et le plaqua contre son torse mince.

— Prends-le, la pressa Ali. Il t'ira bien.

Hanna enfila une jupe en velours olive qui appartenait à Ali, se tourna vers celle-ci et prit la pose.

— Qu'est-ce que tu en penses? Tu crois que ça plaira à Sean?

Ali grogna et lui donna un coup d'oreiller. Depuis qu'elles

étaient devenues amies en septembre, Hanna n'avait qu'un seul nom à la bouche : celui de Sean Ackard, un type de leur classe. Les cinq filles fréquentaient l'Externat de Rosewood depuis la maternelle. En CM2, Sean n'était encore qu'un gringalet au visage couvert de taches de son, mais pendant l'été, il avait grandi de cinq bons centimètres et perdu ses joues de bébé. Maintenant, toutes les nanas du collège (ou presque) voulaient sortir avec lui.

C'était quand même fou, ce qu'on pouvait changer en un an.

Les filles ne le savaient que trop bien – à l'exception d'Ali. L'année précédente, elles étaient juste… là. Il y avait Spencer, la bonne élève coincée qui s'asseyait toujours au premier rang et levait la main pour répondre à chaque question du prof. Aria, l'excentrique qui inventait des chorégraphies au lieu de jouer au foot avec ses camarades. Emily, la nageuse qui, derrière son côté timide, était en réalité bien plus complexe qu'il n'y paraissait – encore fallait-il bien la connaître pour s'en apercevoir. Et Hanna, l'empotée grassouillette qui étudiait néanmoins religieusement *Vogue* et sa version pour adolescentes *Teen Vogue* et qui, une fois de temps en temps, sortait un truc renversant sur la mode que tout le monde ignorait.

Bien sûr, chacune d'elles avait quelque chose de spécial. Mais elles vivaient à Rosewood, une petite ville de banlieue située à trente kilomètres de Philadelphie, où *tout* était spécial. Les fleurs étaient plus parfumées, l'eau avait meilleur goût, les maisons étaient plus grandes et plus belles. Les gens disaient en plaisantant que les écureuils passaient la nuit à ramasser les détritus et à arracher les pissenlits qui poussaient dans les interstices des trottoirs pavés. Dans un endroit où tout semblait si parfait, il était difficile de sortir du lot.

Pourtant, Alison DiLaurentis y parvenait très bien. Avec ses longs cheveux blonds, son visage en forme de cœur et ses immenses yeux bleus, elle était la fille la plus canon des environs. Après avoir réuni la petite bande autour d'elle – les autres avaient parfois l'impression qu'elle les avait découvertes, comme des jeunes espoirs de la chanson ou du cinéma –, Spencer, Aria, Emily et Hanna s'étaient senties plus que simplement là. Tout à coup, elles s'estimaient en mesure de faire des choses dont elles ne se seraient jamais crues capables auparavant. Comme d'enfiler une minijupe après être descendues du bus scolaire, le matin dans les toilettes de l'Externat. Ou faire passer aux garçons des petits mots signés d'un baiser au baume à lèvres pendant les cours. Ou marcher en une ligne intimidante dans les couloirs de l'Externat et ignorer tous les losers.

Ali saisit un tube de rouge à lèvres violet irisé et s'en appliqua une couche épaisse.

— Qui suis-je?

Les autres gloussèrent. Ali imitait Imogen Smith, une fille de leur classe qui ressentait un amour immodéré pour son rouge à lèvres Nars.

— Non, attends. (Avec un sourire en coin, Spencer tendit un coussin à Ali.) Mets ça sous ton T-shirt.

— Bien vu.

Ali fourra le coussin sous son polo rose, et les filles gloussèrent de plus belle. Selon la rumeur, Imogen l'avait fait avec Jeffrey Klein, un élève de seconde, et elle était enceinte de lui.

— Vous êtes méchantes.

Emily rougit. Elle était la plus réservée du groupe, peut-être à cause de son éducation hyperstricte – ses parents considéraient tout ce qui était amusant comme maléfique.

— Pourquoi, Em? (Ali passa son bras sous celui d'Emily.)

Imogen est affreusement grosse – j'espère bien pour elle qu'elle n'est qu'enceinte.

Malgré un léger malaise, les filles partirent d'un nouvel éclat de rire. Ali avait le don d'appuyer là où ça faisait mal, et bien qu'elle ait raison au sujet d'Imogen, ses amies ne pouvaient s'empêcher de se demander si Ali ne disait pas parfois aussi du mal d'elles dans leur dos.

Elles se remirent à fouiller dans les affaires des unes et des autres. Aria eut le coup de foudre pour une robe Fred Perry ultra BCBG qui appartenait à Spencer. Emily enfila une minijupe en jean sur ses jambes grêles et s'inquiéta : est-ce que ce n'était pas un peu court? Ali déclara que le jean Joe's d'Hanna était trop évasé et l'enleva, exhibant son boxer en velours rose bonbon. Comme elle passait devant la fenêtre pour se diriger vers la chaîne stéréo, elle se figea.

— Oh mon Dieu! s'exclama-t-elle en se précipitant derrière le canapé couleur mûre.

Les autres filles se retournèrent. Toby Cavanaugh se tenait derrière la fenêtre. Simplement planté là. En train de les mater.

— Beurk, beurk, beurk!

Aria se couvrit la poitrine – elle avait ôté la robe de Spencer et était de nouveau en soutien-gorge. Spencer, qui était tout habillée, courut vers la fenêtre en criant :

— Tire-toi de là, espèce de voyeur!

Toby grimaça, puis tourna les talons et s'enfuit.

En apercevant Toby Cavanaugh, la plupart des gens changeaient de trottoir. Âgé d'un an de plus que les filles, Toby était grand, maigre et pâle. Il passait son temps à traîner dans le quartier en espionnant les résidents. Des tas de rumeurs couraient sur son compte. On l'avait surpris à embrasser son chien avec la langue. Il nageait très bien parce qu'il avait des branchies à la place des poumons. Il dormait dans un cercueil, dans sa cabane construite dans l'un des arbres de son jardin.

Toby ne parlait qu'à une seule personne : sa demi-sœur Jenna, qui était dans la même classe que les filles. Jenna aussi était pathétique, mais beaucoup moins effrayante que Toby – au moins, elle s'exprimait en faisant des phrases complètes. Et elle était jolie (d'une façon assez agaçante, même) avec ses épais cheveux noirs, ses grands yeux verts et ses lèvres rouges pulpeuses.

— Je me sens violée. (Aria frissonna comme si tout son corps délié était couvert de colibacilles – le sujet de leur dernier cours de sciences nat.) Comment ose-t-il nous espionner ?

Ali fulminait.

— Il faut lui donner une bonne leçon.

Hanna écarquilla ses yeux noisette.

— Comment ?

Ali réfléchit une minute.

— On devrait lui rendre la monnaie de sa pièce.

Le but, expliqua-t-elle à ses amies, c'était de lui flanquer la trouille. Quand Toby ne traînait pas dans le quartier en épiant les gens, il se terrait toujours dans sa cabane. Il y passait le plus clair de son temps à jouer à la Game Boy, à moins que ce ne soit à construire un robot géant destiné à pulvériser l'Externat de Rosewood, qui pouvait le dire ? Mais parce que sa cabane était juchée dans un arbre et parce qu'il remontait systématiquement l'échelle de corde derrière lui pour éviter d'être dérangé, les filles ne pouvaient pas y faire irruption en criant : « Bouh ! »

— C'est pour ça qu'on va avoir besoin de ses fusées. Coup de bol, je sais où il les planque, grimaça Ali.

Toby était passionné par les feux d'artifice, il stockait des fusées à ailettes au pied de son arbre et les faisait souvent partir de la fenêtre de sa cabane.

— On va lui en piquer une et l'allumer sous son nez. Ça lui fichera la peur de sa vie, promit Ali.

Les filles jetèrent un coup d'œil à la maison des Cavanaugh, située de l'autre côté de la rue. La plupart des lumières étaient déjà éteintes. Il n'était pourtant pas si tard – à peine vingt-deux heures trente.

— Je ne sais pas trop, hésita Spencer.

— Ouais, acquiesça Aria. Et si ça tournait mal?

Ali poussa un soupir.

— Allez, les filles. Ne faites pas vos poules mouillées.

Un long silence suivit. Puis Hanna se racla la gorge.

— Ça me paraît être une bonne idée.

— D'accord, capitula Spencer.

Emily et Aria haussèrent les épaules en signe d'approbation.

Ali battit des mains et désigna le canapé, près de la fenêtre du salon.

— J'y vais. Vous n'aurez qu'à regarder d'ici.

Les filles se massèrent devant la baie vitrée pendant qu'Ali traversait la rue.

La maison des Cavanaugh se tenait à angle droit de celle des DiLaurentis. Toutes deux avaient été construites dans le style victorien, et ni l'une ni l'autre ne rivalisaient en taille avec la ferme des parents de Spencer, mitoyenne au jardin des DiLaurentis. La propriété des Hastings avait son propre moulin, un garage séparé pouvant abriter jusqu'à cinq voitures, une piscine et une grange convertie en appartement.

Ali longea en courant la maison des Cavanaugh. La cabane de Toby était en partie dissimulée par des ormes et des pins de haute taille, mais les lampadaires de la rue l'éclairaient suffisamment pour que les filles puissent en distinguer les contours. Une lumière bleue luisait faiblement à l'intérieur.

Une minute plus tard, elles virent Ali reculer d'une vingtaine de pas pour mieux viser la fenêtre de la cabane qui la surplombait. Elle tenait un objet en forme de cône dans les mains.

— Vous croyez vraiment qu'elle va le faire? chuchota Emily.

Une voiture passa devant la maison des Cavanaugh et la balaya de ses phares.

— Non, répondit Spencer, triturant les boucles d'oreilles en diamant que ses parents lui avaient offertes pour la récompenser de son dernier bulletin scolaire sur lequel ne figurait que des A. Elle bluffe.

Aria porta l'extrémité d'une de ses tresses brunes à sa bouche.

— Complètement.

— On n'est même pas sûres que Toby soit là-haut, fit remarquer Hanna.

Les filles sombrèrent dans un silence nerveux. Elles avaient participé à bon nombre de mauvais tours mis au point par Ali, mais rien que de très innocent jusque-là : elles s'étaient glissées dans le Jacuzzi d'eau de mer de l'institut Fermata sans avoir pris rendez-vous, elles avaient mis de la teinture noire dans le shampooing de la sœur de Spencer et envoyé de fausses lettres d'admirateur du proviseur Appleton à cette grosse vache de Mona Vanderwaal. Mais cette fois, elles ne le sentaient pas.

*Boum!*

Les filles sursautèrent. Emily et Aria eurent un mouvement de recul. Spencer et Hanna pressèrent leur visage contre la vitre. De l'autre côté de la rue, tout était noir.

Une lumière plus vive clignotait cependant à la fenêtre de la cabane.

Hanna plissa les yeux.

— Ce n'était peut-être pas la fusée.

— Qu'est-ce que ça pouvait bien être d'autre? déclara Spencer d'un air sarcastique. Un flingue?

Puis le berger allemand des Cavanaugh se mit à aboyer. Les filles se saisirent par le bras. La lumière du porche s'alluma. Des éclats de voix se firent entendre, puis M. Cavanaugh sortit en trombe par la porte latérale.

Soudain, des flammes jaillirent par la fenêtre de la cabane. Le feu se propagea très vite. On aurait dit la vidéo que les parents d'Emily la forçaient à regarder tous les ans à Noël.

Peu de temps après, les premières sirènes retentirent.

Aria regarda ses amies.

— Que se passe-t-il?

— Vous croyez que…? chuchota Spencer.

— Et si Ali…? commença Hanna.

— Les filles.

Une voix s'éleva derrière elles. Ali se tenait sur le seuil de la pièce. Ses bras pendaient le long de son corps, et son visage était blême.

— Que s'est-il passé? demandèrent en chœur ses amies.

Ali avait l'air inquiète.

— Je ne sais pas. Mais ça n'était pas ma faute.

Les sirènes se rapprochèrent… jusqu'à ce qu'une ambulance pénètre dans l'allée des Cavanaugh. Plusieurs hommes en descendirent et se précipitèrent vers la cabane, dont l'échelle de corde avait été déroulée.

— Que s'est-il passé, Ali? (Spencer se détourna pour se diriger vers la porte.) Tu dois nous raconter ce qui s'est passé.

Ali lui emboîta le pas.

— Spence, non. N'y va pas.

Hanna, Emily et Aria échangèrent un regard, elles avaient bien trop peur pour suivre les deux autres. Quelqu'un risquait de les voir.

Spencer s'accroupit derrière un buisson pour observer l'autre côté de la rue. Elle découvrit alors les éclats de verre brisé ainsi que le trou béant dans la fenêtre de la cabane de Toby. Elle entendit quelqu'un la rejoindre à quatre pattes.

— C'est moi, chuchota Ali.

— Que… ? commença Spencer.

Mais avant qu'elle ne puisse achever sa phrase, un ambulancier entreprit de descendre l'échelle de corde. Il portait quelqu'un sur son épaule. Toby était-il blessé ? Ou pire, mort ?

Dedans comme dehors, toutes les filles se tordaient le cou pour mieux distinguer ce qui était en train de se passer. Leur cœur s'accéléra. Puis, l'espace d'une seconde, cessa de battre.

Le corps inerte n'appartenait pas à Toby. C'était celui de Jenna.

Quelques minutes plus tard, Ali et Spencer rentrèrent dans la maison. Avec un calme qui glaçait le sang, Ali raconta aux autres ce qui s'était passé. La fusée avait traversé la fenêtre de la cabane et touché Jenna. Personne ne l'avait vue l'allumer, donc, les filles ne seraient pas inquiétées du moment qu'aucune d'entre elles ne disait rien. Après tout, la fusée appartenait à Toby. Si la police devait accuser quelqu'un, ce serait sûrement lui.

Toute la nuit, elles pleurèrent dans les bras l'une de l'autre et dormirent d'un sommeil agité. Spencer était si choquée qu'elle passa des heures à zapper, roulée en boule devant la télé. Quand elles se réveillèrent le lendemain matin, la nouvelle était sur toutes les lèvres dans le quartier : quelqu'un s'était dénoncé.

Toby.

Les filles crurent d'abord qu'il s'agissait d'une mauvaise blague, mais le journal local confirma la rumeur. Toby avait admis que le soir précédent, il jouait avec ses fusées dans sa cabane, et qu'il en avait accidentellement envoyé une dans la figure de sa sœur… qui avait perdu la vue.

Ali lut l'article à voix haute tandis que les filles se massaient autour de la table de la cuisine en se tenant les mains. Elles savaient qu'elles auraient dû se sentir soulagées, mais… elles connaissaient la vérité.

Pendant les quelques jours qu'elle passa à l'hôpital, Jenna fut hystérique – et complètement paumée. Tout le monde lui demandait comment l'accident était survenu, mais elle ne semblait pas s'en souvenir. Elle avait également oublié tout ce qui avait eu lieu juste avant. Les docteurs imputèrent cette amnésie au stress post-traumatique.

En l'honneur de Jenna, l'Externat de Rosewood organisa une journée intitulée « Ne jouez pas avec les feux d'artifice », suivie d'un bal et d'une vente de gâteaux dont tous les bénéfices furent reversés aux Cavanaugh. Les filles – Spencer en particulier – s'investirent dans l'organisation avec un zèle étonnant, bien qu'elles aient prétendu n'être au courant de rien. Si quelqu'un leur posait la question, elles répondaient que Jenna était une gentille fille et une de leurs plus proches amies. Beaucoup de leurs camarades, qui ne lui avaient jamais adressé la parole, disaient la même chose.

Quant à Jenna, elle ne revint jamais à l'Externat. Elle partit dans un établissement spécialisé pour les non-voyants à Philadelphie, et personne ne la revit après ce soir-là.

À Rosewood, toutes les choses désagréables finissaient

par être lentement mais sûrement balayées d'un revers de main. Toby ne fit pas exception à la règle. Ses parents lui firent donner des cours à domicile jusqu'à la fin de l'année scolaire. L'été passa, et à la rentrée suivante, il partit dans une maison de redressement dans le Maine.

Il s'en alla sans cérémonie par une belle journée du mois d'août. Son père le conduisit à la station SEPTA, où il prit le train pour l'aéroport – seul. Cet après-midi-là, les filles regardèrent ses parents démonter la cabane comme s'ils voulaient effacer toute trace de son existence.

Deux jours après le départ de Toby, les DiLaurentis emmenèrent les filles camper dans les monts Poconos. Elles passèrent leurs journées à faire du rafting, de la varappe et à bronzer sur les berges du lac. Le soir, quand la conversation déviait vers Toby et Jenna – comme souvent cet été-là –, Ali rappelait aux autres qu'elles ne devraient jamais, au grand jamais, parler à quiconque de ce qui s'était réellement passé. Elles garderaient leur secret, et celui-ci les lierait pour l'éternité.

Une nuit, après avoir remonté la fermeture Éclair de leur tente à cinq places et la capuche de leur sweat en cachemire J. Crew, Ali avait donné à chacune de ses amies un bracelet brésilien de couleur vive pour symboliser leur attachement. Elle l'avait noué à leur poignet en leur demandant de répéter après elle : « Je jure de ne rien dire jusqu'à ma mort. »

D'abord Spencer, puis Hanna, puis Emily, et enfin Aria. Elle avait attaché son propre bracelet en dernier.

— Jusqu'à ma mort, avait-elle murmuré ensuite, les deux mains sur le cœur.

Les filles s'étaient serré la main très fort. Malgré l'horreur de la situation, elles se réjouissaient d'être ensemble.

Elles avaient porté leur bracelet sous la douche, pendant les vacances de printemps à D.C., à Colonial Wiliamsburg ou, dans le cas de Spencer, aux Bermudes, pendant leurs entraînements de hockey et tandis qu'elles étaient clouées au lit avec la grippe. Ali avait réussi à garder le sien en parfait état, comme si la moindre salissure risquait de ternir son dessein.

Parfois, elles touchaient leur bracelet du bout des doigts en chuchotant : « Jusqu'à ma mort » pour se rappeler combien elles étaient proches. Cette phrase devint leur code, toutes savaient ce qu'elle signifiait. Ali la prononça moins d'un an plus tard, le dernier jour de leur année de 5e, comme les filles se rassemblaient dans la grange de Spencer pour une soirée qui devait donner le coup d'envoi des grandes vacances. Personne ne pouvait savoir qu'Ali disparaîtrait quelques heures plus tard.

Ni qu'il s'agirait du jour de sa mort.

# 1

## ET DIRE QUE NOUS CROYIONS ÊTRE AMIES...

Spencer Hastings se tenait sur la pelouse vert tendre de l'abbaye de Rosewood avec ses trois ex-meilleures amies, Hanna Marin, Aria Montgomery et Emily Fields. Les filles avaient cessé de se parler trois ans plus tôt, peu de temps après la mystérieuse disparition d'Alison DiLaurentis, mais la messe dite à la mémoire de cette dernière les avait de nouveau réunies. Deux jours auparavant, des ouvriers avaient retrouvé le corps d'Ali sous une dalle de béton derrière l'ancienne maison des DiLaurentis.

Spencer relut le message qu'elle venait de recevoir sur son Sidekick.

*Je suis toujours là, salopes. Et je sais tout. – A*

— Oh mon Dieu ! chuchota Hanna.

L'écran de son Blackberry affichait strictement les mêmes mots. Tout comme le Treo d'Aria et le Nokia d'Emily. Durant la semaine passée, chacune des filles avait reçu des mails, des textos et des e-mails envoyés par un mystérieux « A ». Tous évoquaient essentiellement des événements survenus l'année de leur 5$^{e}$, mais ils mentionnaient aussi de nouveaux secrets – des choses qui venaient à peine de se produire.

Spencer avait d'abord cru que ce « A » désignait Alison, que son ancienne amie avait refait surface d'une façon ou d'une autre. Mais à présent, cette éventualité n'était plus envisageable. Le corps d'Ali avait été retrouvé décomposé sous la terre. L'adolescente était morte depuis des années.

— Vous croyez que c'est à propos de... de l'affaire Jenna ? souffla Aria en passant une main sur sa mâchoire anguleuse.

Spencer glissa son téléphone dans son sac en tweed Kate Spade.

— On ne devrait pas parler de ça ici. Quelqu'un pourrait nous entendre.

Elle jeta un coup d'œil nerveux vers les marches de l'abbaye, sur lesquelles Toby et Jenna Cavanaugh s'étaient tenus quelques minutes auparavant. La dernière fois que Spencer avait vu Toby, cela remontait à longtemps, bien avant la disparition d'Ali, quant à Jenna, elle gisait inerte dans les bras de l'ambulancier qui la descendait de la cabane où l'accident avait eu lieu.

— Les balançoires ? suggéra Aria à voix basse, faisant allusion au terrain de jeu de l'école élémentaire où elles aimaient à se réunir autrefois.

— Parfait, acquiesça Spencer en se détournant. On se retrouve là-bas.

La belle matinée automnale touchait à sa fin. L'air sentait la pomme mûre et le feu de bois. Une montgolfière flottait dans le ciel. C'était une journée parfaite pour commémorer l'existence d'une des plus jolies filles de Rosewood.

*Je sais tout.*

Spencer s'éloigna en frissonnant. Ça devait être du bluff. Qui que soit le fameux « A », il ne pouvait pas tout savoir.

Pas sur l'affaire Jenna. Et encore moins sur le secret que seules partageaient Spencer et Ali.

La nuit de l'accident, Spencer avait assisté à une scène que les autres filles de la bande n'avaient pas vue. Ali lui avait fait promettre de garder le secret, même vis-à-vis d'Emily, d'Aria et d'Hanna. Spencer avait maintes fois voulu leur raconter, mais faute de pouvoir, elle s'était contentée de tout refouler dans un coin de son esprit et de faire comme si rien de tout cela ne s'était produit.

Mais… tout cela avait bel et bien eu lieu.

Par cette fraîche soirée d'avril, pendant leur année de 6e, juste après qu'Ali avait envoyé une fusée par la fenêtre de la cabane, Spencer avait couru dehors. Une odeur de poils brûlés planait dans l'air. Elle avait vu l'ambulancier descendre Jenna par l'échelle de corde.

Ali était à côté d'elle.

— Tu l'as fait exprès ? avait demandé Spencer, terrifiée.

— Non ! (Ali avait agrippé le bras de son amie.) C'était…

Pendant des années, Spencer avait tenté d'oublier ce qui s'était passé ensuite. Toby Cavanaugh avait foncé droit vers elles. Ses cheveux collés à son visage d'ordinaire livide et ce soir-là tout rouge.

— Je t'ai vue, avait-il craché à la figure d'Ali.

Il était tellement furieux qu'il tremblait de tout son corps. Par-dessus son épaule, il avait jeté un coup d'œil à la voiture de police qui venait de se garer dans l'allée de sa maison.

— Je vais tout raconter.

Spencer avait hoqueté. Les portières de l'ambulance s'étaient refermées sur Jenna, et le véhicule s'était éloigné dans le hurlement de ses sirènes.

Ali n'avait pas perdu son calme.

— Oui, mais je t'ai vu aussi, Toby, avait-elle répliqué. Si tu caftes, je cafte aussi. À tes parents.

Toby avait reculé d'un pas.

— Non.

— Si, avait contré Ali. (Même si elle ne mesurait qu'un mètre cinquante-huit, elle paraissait beaucoup plus grande tout à coup.) C'est toi qui as allumé la fusée. Toi qui as blessé ta sœur.

Spencer avait saisi le bras de son amie. Qu'était-elle en train de faire ? Mais Ali s'était dégagée.

— Ma demi-sœur, avait marmonné Toby de manière presque inaudible.

Il avait jeté un coup d'œil à sa cabane, puis vers le bout de la rue. Une autre voiture de patrouille se dirigeait vers la maison des Cavanaugh.

— Je t'aurai, avait grommelé Toby en foudroyant Ali du regard. Tôt ou tard, je t'aurai.

Puis il avait disparu.

Spencer avait attrapé le bras d'Ali.

— Qu'est-ce qu'on va faire ?

— Rien du tout, avait répondu son amie sur un ton presque léger.

Incrédule, Spencer avait cligné des yeux.

— Alison... Tu n'as pas entendu ce qu'il vient de dire ? Il t'a vue. Il va tout raconter à la police.

— Ça m'étonnerait. (Ali avait souri.) Pas avec ce que je sais sur lui.

Et, se penchant vers Spencer, elle lui avait décrit tout bas la scène dont elle venait d'être témoin – une scène si dégoûtante qu'elle en avait oublié qu'elle tenait une fusée allumée, jusqu'à ce que celle-ci jaillisse de sa main et passe par la fenêtre de la cabane.

Ali avait fait promettre à Spencer de ne pas en parler aux autres. Sinon, l'avait-elle menacée, elle trouverait un moyen pour que tout lui retombe sur le dos... et sur personne d'autre.

Terrifiée, Spencer avait gardé le silence. Elle avait d'abord craint que Jenna ne dise quelque chose – l'adolescente se rappelait sûrement que Toby n'y était pour rien –, mais Jenna semblait avoir perdu la mémoire. Elle affirmait ne se souvenir de rien de ce qui s'était produit juste avant l'accident.

Un an plus tard, Ali avait disparu.

La police avait interrogé tout le monde, Spencer y compris, demandant si Ali avait des ennemis – si quelqu'un lui voulait du mal. Spencer n'avait pas oublié le regard de Toby quand il avait dit : « Je t'aurai. » Mais si elle avait parlé de lui aux flics, elle aurait dû tout leur raconter au sujet de l'accident, leur avouer qu'elle était partiellement responsable. Que pendant tout ce temps, elle avait su la vérité et l'avait gardée pour elle. Ses amies auraient alors appris le secret qu'elle leur cachait depuis plus d'un an. Aussi s'était-elle tue.

Spencer alluma une nouvelle Parliament et sortit du parking de l'abbaye de Rosewood en songeant : *CQFD.* Contrairement à ce qu'il affirmait, *A* ne pouvait pas tout savoir. À moins, bien sûr, que « A » ne soit Toby Cavanaugh... Mais ça n'avait pas de sens. Les messages que « A » envoyait à Spencer concernaient un secret que seule Ali connaissait.

L'année de leur 6$^{e}$, Spencer avait embrassé Ian, le petit ami de sa sœur Melissa. Elle l'avait avoué à Ali, mais à personne d'autre. Et « A » était également au courant pour Wren, le nouvel ex de Melissa, que Spencer avait fait bien plus qu'embrasser la semaine précédente.

D'un autre côté, les Cavanaugh vivaient dans sa rue. Avec des jumelles, Toby pouvait peut-être parvenir à regarder à travers la fenêtre. Et il se trouvait à Rosewood, bien que la rentrée des classes ait déjà eu lieu. N'aurait-il pas dû être en pension ?

Spencer se gara dans l'allée pavée de l'Externat de Rosewood. Ses amies étaient déjà là, rassemblées près du portique de jeux de l'école primaire. C'était un magnifique château en bois avec des tours crénelées, des drapeaux et un toboggan en forme de dragon. Le parking était désert, tout comme les allées et les terrains de sport. En mémoire d'Ali, l'établissement avait fermé ses portes pour la journée.

— Donc, on a toutes reçu des messages signés « A » ? était en train de demander Hanna lorsque Spencer rejoignit les trois autres.

Celles-ci avaient sorti leur téléphone, et chacune observait son dernier texto sans comprendre.

— J'en avais déjà reçu deux avant ce matin, acquiesça Emily sur un ton hésitant. J'ai cru qu'ils venaient d'Ali.

— Moi aussi ! s'exclama Hanna en frappant de la main le mur d'escalade.

Aria et Spencer hochèrent la tête. Toutes quatre se regardèrent nerveusement.

— Que disaient les tiens ? demanda Spencer à Emily.

Emily repoussa une mèche de cheveux blond-roux qui lui tombait devant les yeux.

— C'est… personnel.

Spencer fut si surprise qu'elle éclata de rire.

— Tu n'as pas de secrets, Emily !

Emily était la fille la plus sage, la plus pure de la Terre. Elle eut l'air offensée de cette réaction.

— Eh bien, détrompe-toi. J'en ai.

— Oh.

Spencer se laissa tomber sur une des marches du toboggan. Elle prit une grande inspiration, s'attendant à une odeur de terre humide et de poussière de bois. Au lieu de ça, elle sentit des relents de poils brûlés – comme le soir de l'accident de Jenna.

— Et toi, Hanna ?

Hanna plissa son petit nez retroussé.

— Si Emily ne raconte pas le sien, je ne raconte pas le mien non plus. C'était quelque chose que seule Ali savait.

— Pareil pour moi, renchérit Aria. (Elle baissa les yeux.) Désolée.

Spencer sentit son estomac se nouer.

— Donc, on avait toutes des secrets qu'Ali était la seule à connaître ?

Les autres acquiescèrent. Spencer ricana.

— Je croyais qu'on était amies et confidentes.

Aria se tourna vers elle, les sourcils froncés.

— Très bien. Alors, c'était quoi le tien ?

Spencer ne trouvait pas qu'avoir embrassé Ian soit très important. En tant que secret, ça n'arrivait pas à la cheville de ce qu'elle savait au sujet de l'affaire Jenna. Mais elle était trop fière pour l'avouer.

— Un truc dont seule Ali était au courant, comme pour vous toutes, éluda-t-elle en repoussant ses cheveux blond foncé derrière ses oreilles. Mais « A » m'a également envoyé un mail concernant un événement qui se déroule en ce moment. Comme s'il m'espionnait.

Les yeux bleu glacier d'Aria s'écarquillèrent.

— Pareil pour moi.

— Donc, quelqu'un nous surveille toutes, conclut Emily.

Une coccinelle se posa délicatement sur son épaule, elle sursauta et la chassa comme s'il s'agissait d'une bête effrayante.

Spencer se leva.

— Vous ne croyez pas que ça pourrait être Toby ?

Les autres eurent l'air surprises.

— Pourquoi ? s'enquit Aria.

— Parce qu'il était impliqué dans l'affaire Jenna, répondit prudemment Spencer. Et s'il savait ?

Aria désigna le texto sur son Treo.

— Tu penses vraiment que c'est lié à l'affaire Jenna ?

Spencer se passa la langue sur les lèvres. *Dis-leur.*

— Nous ne savons toujours pas pourquoi il s'est accusé à notre place, suggéra-t-elle afin de tester la réaction des autres.

Hanna réfléchit un moment.

— La seule façon dont Toby aurait pu apprendre ce qui s'était passé, c'est si l'une de nous le lui avait révélé. (Elle jeta un coup d'œil soupçonneux aux autres.) Moi, je n'ai rien dit.

— Moi non plus, renchérirent très vite Aria et Emily.

— Et s'il l'avait découvert autrement ? insista Spencer.

— Tu veux dire, si quelqu'un avait vu Ali ce soir-là et l'avait prévenu ? Ou s'il avait vu Ali lui-même ? lança Aria.

— Non… Je veux dire… Je ne sais pas. C'était juste une idée en l'air.

*Dis-leur*, s'exhorta de nouveau Spencer. Mais elle ne pouvait pas. Chacune des filles semblait se méfier des autres, un peu comme pendant les semaines qui avaient suivi la disparition d'Ali – quand leur amitié s'était étiolée. Si Spencer leur racontait la vérité au sujet de Toby, elles la détesteraient de n'avoir rien confié à la police à l'époque. Peut-être même la rendraient-elles responsable de la mort d'Ali. Et elles n'auraient sans doute pas tort. Et si Toby avait vraiment… s'il l'avait vraiment fait ?

— C'était juste une idée en l'air, s'entendit-elle répéter. Je me trompe probablement.

— Ali a dit que personne n'était au courant à part nous.

(Les yeux d'Emily semblaient humides.) Elle nous l'a juré, tu te souviens ?

— Et puis, ajouta Hanna, comment Toby pourrait-il savoir autant de choses nous concernant ? Je pourrais comprendre qu'Ali en ait parlé à son frère ou à une de ses copines de l'équipe de hockey. Mais elle détestait Toby – comme nous toutes d'ailleurs.

Spencer haussa les épaules.

— Tu dois avoir raison.

Les mots n'avaient pas plus tôt quitté sa bouche qu'elle se détendit. Elle s'inquiétait pour rien.

Tout était calme. Trop calme, peut-être. Le craquement d'une branche d'arbre rompit soudain le silence. Spencer fit volte-face. Les balançoires oscillaient doucement, comme si quelqu'un venait juste d'en sauter. Un oiseau brun perché sur le toit de l'école primaire fixait sévèrement les filles, il semblait savoir des choses lui aussi.

— Je crois que quelqu'un essaie juste de nous faire peur, chuchota Aria.

— Oui, acquiesça Emily.

Mais elle n'avait pas l'air convaincue.

— Alors, que fait-on si on reçoit un autre message ? (Hanna tira sa courte robe noire sur ses cuisses.) On devrait au moins chercher de qui il s'agit.

— Voici ce que je vous propose, lança Spencer. Si on reçoit un autre message, on s'appelle et on tente de reconstituer le puzzle. Mais mieux vaut ne rien faire de trop radical. Tâchons de ne pas nous inquiéter pour rien.

— Je ne suis pas inquiète, affirma très vite Hanna.

— Moi non plus, reprirent Aria et Emily en chœur.

Mais quand une voiture klaxonna sur la route voisine, toutes sursautèrent.

— Hanna !

Mona Vanderwaal, la meilleure amie d'Hanna, passa sa tête blonde par la vitre ouverte d'un Hummer H3 jaune. Elle portait de grosses lunettes aviateur aux verres roses.

Hanna jeta un coup d'œil aux autres.

— Il faut que j'y aille, murmura-t-elle.

Et elle s'éloigna en courant.

Deux ans plus tôt, Hanna s'était prise en main et métamorphosée en l'une des filles les plus populaires de l'Externat de Rosewood. Elle avait perdu du poids, teint ses cheveux en un brun-roux sexy et investi dans une nouvelle garde-robe de créateur. À présent, Mona Vanderwaal – une autre ex-empotée grassouillette – et elle se pavanaient dans les couloirs du bahut comme si elles valaient mieux que tous les autres élèves réunis. Spencer se demandait en quoi pouvait bien consister le fameux secret d'Hanna.

— Moi aussi, je dois y aller, annonça Aria en rajustant la bandoulière de sa besace violette sur son épaule. Alors… on s'appelle.

Et elle se dirigea vers sa Subaru.

Spencer resta quelques instants près des balançoires. Tout comme Emily, dont l'expression normalement joyeuse avait laissé place à des traits tirés et à une mine fatiguée. Spencer posa une main sur son bras couvert de taches de rousseur.

— Tu vas bien ?

Emily secoua la tête.

— Ali. Elle…

— Je sais.

Les deux filles s'étreignirent maladroitement. Puis Emily partit en direction des bois, expliquant qu'elle allait prendre le raccourci pour rentrer chez elle.

Spencer, Emily, Aria et Hanna ne s'étaient pas parlé depuis des années – même quand elles s'étaient retrouvées côte à côte en cours d'histoire ou seules dans les toilettes des filles. Pourtant, Spencer savait des choses sur chacune des trois autres – des choses intimes que seule une véritable amie pouvait connaître. Par exemple : il était évident qu'Emily était la plus profondément touchée par la mort d'Ali. Dans le temps, les autres l'appelaient « Brutus » parce qu'elle défendait toujours Ali avec la hargne d'un rottweiler possessif.

Spencer regagna sa voiture, se laissa tomber dans le siège conducteur en cuir et alluma la radio. Elle tourna le bouton de fréquence jusqu'à ce qu'elle tombe sur 610 AM, la station sportive de Philadelphie. Curieusement, entendre des présentateurs bourrés de testostérone aboyer les résultats des matchs de base-ball produisait toujours un effet apaisant sur elle.

Elle avait espéré que parler à ses anciennes amies éclaircirait quelque peu les choses, mais à présent, la situation lui semblait plus… flippante que jamais. En dépit de son vocabulaire considérable, elle ne voyait pas de meilleur adjectif pour la décrire.

Quand son portable vibra dans sa poche, elle s'imagina que ça devait être Emily ou Aria. Peut-être même Hanna. Les sourcils froncés, elle lut son nouveau texto.

*Spence, je ne t'en veux pas de ne pas leur avoir raconté notre petit secret au sujet de Toby. La vérité est parfois dangereuse, et tu ne voudrais pas qu'il leur arrive malheur, n'est-ce pas ? – A*

# 2

## Hanna 2.0

Mona Vanderwaal arrêta le Hummer de ses parents à la hauteur d'Hanna, mais laissa le moteur tourner. Elle jeta son portable dans son énorme sac fourre-tout cognac Lauren Merkin et adressa un sourire en coin à sa meilleure amie.

— J'ai essayé de t'appeler.

Hanna resta prudemment plantée au milieu du parking.

— Qu'est-ce que tu fais ici ?

— Pourquoi cette question ?

— Eh bien, je ne t'ai pas demandé de venir me chercher. (Tremblante, Hanna désigna sa Toyota Prius garée un peu plus loin.) J'ai ma voiture. Quelqu'un t'a dit que j'étais là, ou… ?

Mona enroula une longue mèche blond pâle autour de son index.

— Je rentre chez moi, espèce de folle. Moi aussi, j'étais à la messe. Je t'ai vue en passant, alors je me suis arrêtée. (Elle laissa échapper un petit rire.) Tu as pris un des Valium de ta mère ou quoi ? Tu n'as pas l'air dans ton état normal.

Hanna sortit un paquet de Camel ultra light de son sac hobo Prada et en alluma une. Bien sûr qu'elle n'était pas dans son état normal ! Son ex-meilleure amie avait été assassinée, et toute la semaine, elle avait reçu des textos terrifiants d'un inconnu. Depuis le début de la journée – pendant qu'elle se préparait pour l'enterrement d'Ali, qu'elle achetait un Coca light chez Wawa, qu'elle roulait en direction de l'abbaye – elle avait l'impression que quelqu'un l'observait.

— Je ne t'ai pas vue à l'église, murmura-t-elle.

Mona ôta ses lunettes de soleil, dévoilant ses yeux bleus et ronds.

— Tu m'as regardée. Je t'ai fait coucou.

Hanna haussa les épaules.

— Je ne m'en souviens pas.

— Je suppose que tu étais trop occupée avec tes anciennes amies, répliqua Mona sur un ton acerbe.

Hanna se raidit. Ses anciennes amies avaient toujours été un sujet délicat entre elles. Un million d'années plus tôt, Mona faisait partie des filles dont Ali, Hanna et les autres se moquaient régulièrement. Elle était même devenue leur cible préférée après l'accident de Jenna.

— Désolée. Il y avait tellement de monde…

— Je n'étais pourtant pas cachée, insista Mona, blessée. J'étais assise pile derrière Sean.

Hanna inspira profondément. *Sean.*

Sean Ackard était désormais son ex. Leur couple avait explosé pendant la grande soirée annuelle de Noel Kahn, le vendredi précédent. Hanna avait décidé qu'elle perdrait sa virginité cette nuit-là, mais quand elle avait commencé à allumer Sean, celui-ci l'avait plaquée en lui faisant un sermon sur le respect de soi. Histoire de se venger, Hanna avait pris la BMW des parents du jeune homme pour faire une petite balade avec Mona… et l'avait encastrée dans un poteau téléphonique devant Home Depot.

Mona appuya son escarpin à bout ouvert sur l'accélérateur du Hummer, faisant rugir le moteur à un milliard de cylindres.

— Bon, écoute. On a un problème urgent à régler. On n'a pas encore de cavaliers.

Hanna cligna des yeux.

— Pour quoi ?

Mona haussa un sourcil blond parfaitement épilé.

— Allô Hanna, ici la Terre ! Pour Foxy ! C'est ce week-end, souviens-toi. Maintenant que tu as plaqué Sean, tu vas pouvoir demander à quelqu'un de cool de t'accompagner.

Hanna fixa les petits pissenlits qui poussaient dans les fissures du bitume. Foxy était le bal de charité annuel pour « les jeunes membres de la bonne société de Rosewood », sponsorisé par la Ligue de chasse au renard locale, ce qui expliquait son nom. En échange d'une donation de deux cent cinquante dollars à l'une des bonnes œuvres de la ligue, vous aviez droit à un dîner, à une soirée dansante et à une chance de voir votre photo publiée dans le *Philadelphia Inquirer* ou sur glam-R5.com – le blog mondain de la région. Sans compter que c'était une bonne occasion de se pomponner, de boire et de sortir avec le petit ami de quelqu'un d'autre. Pensant qu'elle irait avec Sean, Hanna avait acheté son ticket en juillet.

— Je ne sais même pas si je vais y aller, marmonna-t-elle.

— Bien sûr que si. (Mona leva les yeux au ciel et soupira.) Écoute, appelle-moi quand ils auront inversé ta lobotomie, d'accord ?

Puis elle fit demi-tour et s'éloigna au volant de son Hummer.

Hanna rebroussa lentement chemin vers sa Prius. Spencer, Emily et Aria étaient parties; sa petite voiture argentée semblait bien seule dans le parking vide.

Hanna se sentait mal. Mona était sa meilleure amie, mais en ce moment, elle lui cachait plein de choses. Les messages de « A », par exemple. Ou son arrestation du samedi matin pour avoir volé la BMW de M. Ackard. Ou encore le fait que c'était Sean qui l'avait plaquée et non l'inverse. Diplomate comme à son habitude, le jeune homme avait simplement annoncé à ses amis qu'ils s'étaient séparés d'un commun accord. Hanna imaginait pouvoir tourner la modestie de Sean à son avantage, de manière à ce que personne n'apprenne jamais la vérité.

Mais si elle racontait un seul de ces événements à Mona, son amie en déduirait qu'elle avait perdu tout contrôle sur sa vie. Hanna et Mona s'étaient reprises en main ensemble, et avaient passé un accord tacite : en tant que co-divas de l'Externat de Rosewood, elles se devaient d'être parfaites en toutes circonstances. Autrement dit, de rester aussi minces que des fils, de se procurer le nouveau jean à la mode avant tout le monde et de conserver une maîtrise absolue d'elles-mêmes en toutes circonstances. La moindre faiblesse pouvait les renvoyer à leur statut de loseuses, auquel elles refusaient catégoriquement de retourner. Hanna faisait donc comme si les horreurs de la semaine précédente n'étaient jamais arrivées.

Elle ne connaissait personne qui soit mort, et encore moins qui ait été assassiné. Le fait de découvrir que la victime était Ali – combiné aux messages du mystérieux « A » – avait de quoi lui glacer le sang. Si quelqu'un était réellement au courant pour l'affaire Jenna… S'il était décidé à parler…

Et s'il avait quelque chose à voir avec la mort d'Ali – alors, Hanna ne contrôlait définitivement plus sa vie.

La jeune fille se gara devant chez elle, une bâtisse géorgienne massive qui surplombait le mont Kale. Quand elle se regarda dans le rétroviseur, elle fut horrifiée de voir que son visage était couvert de plaques rouges et que ses pores avaient l'air extrêmement dilatés. Elle se pencha pour mieux s'examiner, et soudain… sa peau redevint impeccable. Elle prit quelques inspirations profondes et irrégulières avant de descendre de voiture. Ces derniers temps, elle avait souvent des hallucinations comme celle-là.

Ébranlée, elle se glissa à l'intérieur de la maison et se dirigea vers la cuisine. Mais quand elle franchit la double porte à la française, elle s'arrêta net.

Ashley Marin, la mère d'Hanna, était assise à la table de la cuisine, une assiette de biscuits et de fromage devant elle. Ses longs cheveux roux foncé étaient relevés en chignon, et sa montre Chopard incrustée de diamants scintillait dans le soleil de cette fin de matinée. L'oreillette sans fil de son Motorola pendait sur son épaule.

Face à elle se tenait le père d'Hanna.

— Nous t'attendions, déclara-t-il.

Hanna recula d'un pas. Les cheveux de Tom Marin étaient un peu plus gris qu'avant, et il arborait de nouvelles lunettes à fine monture métallique. Ceci mis à part, il n'avait pas changé. Il était toujours grand, il avait toujours des pattes-d'oie et portait toujours le même genre de polo. Sa voix aussi était identique – grave et calme comme celle d'un présentateur radio. Hanna ne l'avait pas revu, et même ne lui avait pas reparlé depuis près de quatre ans.

— Qu'est-ce que tu fais là ? balbutia-t-elle, stupéfaite.

— Je suis venu à Philadelphie pour le boulot, répondit

M. Marin, sa voix montant nerveusement dans les aigus sur le dernier mot.

Il saisit son mug Doberman. C'était celui qu'il utilisait tous les matins à l'époque où il vivait avec sa femme et sa fille. Hanna se demanda s'il avait fouillé dans le placard pour le retrouver.

— Ta mère m'a appelé pour m'annoncer la nouvelle, à propos d'Alison. Je suis vraiment désolé, Hanna.

— Oui, murmura Hanna.

La tête lui tournait.

— Tu veux nous parler de quelque chose? interrogea sa mère en grignotant un morceau de cheddar.

Perplexe, Hanna inclina la tête sur le côté. Ses rapports avec Ashley Marin tenaient davantage de la dynamique patronne/stagiaire que de la relation mère/fille. Ashley s'était hissée tout en haut de l'échelle corporatiste dans l'agence de publicité McManus & Tate de Philadelphie, et traitait tous les gens comme ses employés. Hanna ne se souvenait même pas de la dernière fois où sa mère lui avait posé une question d'ordre personnel. Peut-être que ça ne s'était jamais produit.

— Hum, tout va bien. Mais merci de vous en soucier, ajouta-t-elle sur un ton un peu mordant.

Ses parents ne pouvaient pas lui reprocher son amertume. Après leur divorce, son père était parti s'installer à Annapolis, s'était mis en ménage avec une certaine Isabel et avait hérité d'une ravissante belle-fille prénommée Kate. Il lui avait fait si peu de place dans sa nouvelle vie qu'Hanna ne lui avait rendu visite qu'une seule fois. Depuis, il n'avait même pas essayé de l'appeler ou de la joindre par mail. Il se contentait de lui envoyer un chèque pour son anniversaire – sans même une carte d'accompagnement.

Tom Marin soupira.

— Ce n'est probablement pas le jour le plus indiqué pour parler de tout ça.

Hanna le dévisagea d'un air soupçonneux.

— Parler de quoi?

M. Marin se racla la gorge.

— Eh bien, Alison n'est pas la seule raison pour laquelle ta mère m'a appelé. (Il baissa les yeux.) Il y avait aussi… la voiture.

Hanna fronça les sourcils. La voiture? Quelle voiture? Puis elle réalisa. *Oh…*

— C'est déjà assez grave que tu aies volé la BMW de M. Ackard, poursuivit son père. Mais que tu te sois enfuie des lieux de l'accident…

Hanna jeta un coup d'œil à sa mère.

— Je croyais que c'était réglé.

— Rien n'est réglé, la détrompa M. Marin en la regardant sévèrement.

*J'aurais pourtant juré le contraire*, songea Hanna. Quand les flics l'avaient laissée partir le samedi matin, sa mère lui avait dit qu'elle s'occupait de tout, qu'elle ferait en sorte qu'Hanna n'ait pas d'ennuis avec la justice. Elle n'avait pas voulu lui donner plus de précisions. Le mystère avait été résolu lorsque Hanna l'avait surprise quasiment en train de coucher avec le jeune officier de police Darren Wilden dans leur cuisine, le lendemain soir.

— Je suis sérieuse, reprit Ashley Marin. (Hanna se hâta d'effacer son petit sourire en coin.) Oui, la police a accepté d'enterrer l'affaire, mais ça ne change rien au fait que quelque chose ne tourne pas rond chez toi en ce moment, Hanna. D'abord, tu voles des bijoux chez Tiffany, et maintenant, ça. Je ne savais pas quoi faire, alors j'ai appelé ton père à la rescousse.

Hanna fixa l'assiette de fromage, trop gênée pour

regarder ses parents en face. Sa mère avait avoué à son père qu'elle s'était fait prendre en train de piquer des trucs chez Tiffany?

M. Marin se racla de nouveau la gorge.

— M. Ackard veut régler cette affaire à l'amiable et non devant un tribunal.

Hanna se mordilla l'intérieur de la joue.

— L'assurance ne couvre pas ce genre de dégâts?

— Ce n'est pas la question, lança son père. M. Ackard a fait une proposition à ta mère.

— Le père de Sean est chirurgien plastique, expliqua Ashley, mais il a un projet qui lui tient particulièrement à cœur : une clinique de rééducation pour les grands brûlés. Il veut que tu te présentes là-bas demain à trois heures et demie.

Hanna fit une grimace.

— On ne peut pas simplement lui donner de l'argent?

Le minuscule téléphone LG de Mme marin se mit à sonner.

— Je pense que ce sera une bonne leçon pour toi. Faire quelque chose pour la communauté. Comprendre la gravité de ton acte.

— Mais je la comprends très bien, protesta Hanna.

Elle n'avait pas envie de passer son temps libre avec des grands brûlés. Si elle devait vraiment faire du bénévolat, pourquoi ne pouvait-elle le faire dans un endroit chic? Par exemple, aux Nations unies, avec Nicole et Angelina?

— C'est déjà arrangé, trancha vivement Mme Marin avant de crier dans son portable, Carson? Tu as fait les projections?

Hanna s'assit, les poings tellement serrés que ses ongles lui entaillaient la peau. Elle aurait voulu monter dans sa chambre, enlever sa robe noire – qui lui faisait des cuisses énormes, à moins qu'il ne s'agisse que de son reflet dans la porte vitrée du patio –, retoucher son maquillage, perdre deux ou trois kilos et s'enfiler une vodka cul sec. Et ensuite seulement, redescendre affronter ses parents.

Quand elle leva les yeux vers son père, celui-ci lui adressa un sourire presque imperceptible. Le cœur d'Hanna fit un bond dans sa poitrine. Les lèvres de Tom Marin s'entrouvrirent comme s'il allait dire quelque chose, mais à cet instant, son portable se mit à sonner. Il leva un doigt pour demander à Hanna de patienter.

— Kate ? dit-il en décrochant.

Le cœur d'Hanna se serra. Kate. La perfection faite belle-fille.

Tom Marin coinça son téléphone sous son menton.

— Alors, comment s'est passé le championnat de cross-country ? (Il marqua une pause, puis son visage se para d'un sourire rayonnant.) Moins de dix-huit minutes ? C'est fantastique !

Hanna attrapa une tranche de cheddar. Le week-end où elle s'était rendue à Annapolis, Kate l'avait complètement ignorée. En revanche, elle s'était entendue à merveille avec Ali, soi-disant venue pour soutenir Hanna dans cette épreuve. Leur complicité de jolies filles populaires avait été immédiate, et avait totalement exclu Hanna. L'adolescente s'était alors mise à engloutir toute la nourriture présente dans un rayon d'un kilomètre – c'était l'époque où elle était laide, énorme et n'arrêtait pas de s'empiffrer.

Quand elle avait posé les mains sur son ventre gonflé, son père avait lancé sur un ton taquin : « Ma petite cochonne ne se sent pas bien ? » Devant tout le monde. Alors, Hanna s'était précipitée dans la salle de bains et s'était enfoncé une brosse à dents dans la gorge pour se faire vomir.

La tranche de cheddar devant sa bouche, Hanna hésita.

Puis elle prit une grande inspiration et, au lieu de la manger, la jeta à la poubelle. Tout ça appartenait au passé, cela remontait à de nombreuses années, quand elle était une autre Hanna. Une Hanna que seule Ali connaissait. Une Hanna qu'elle avait enterrée.

# 3

## Les AMISH RECRUTENT EN CE MOMENT OU QUOI?

Emily Fields se tenait devant l'auberge du Cheval Gris, un bâtiment en pierre décrépit qui avait servi d'hôpital militaire pendant la guerre d'Indépendance. L'aubergiste actuel avait converti les étages en chambres pour touristes aisés et le rez-de-chaussée en café bio. À travers les fenêtres, Emily aperçut certains de ses camarades et leur famille en train de manger des bagels au saumon fumé, des Panini et d'énormes salades Cobb. Visiblement, les funérailles d'Ali avaient donné des envies de brunch à tout le monde.

— Tu es venue.

Emily se retourna. Maya Saint-Germain était adossée à une jardinière en terre cuite remplie de pensées.

Maya avait appelé son amie au moment où elle quittait le terrain de jeu et lui avait demandé de passer à l'auberge. Comme Emily, elle portait encore sa tenue d'enterrement : une jupe courte en velours noir, des bottes noires, un haut noir sans manches avec de la dentelle au niveau de l'encolure. Et comme Emily, elle semblait avoir eu du mal à trouver quelque chose de convenable à se mettre dans le fond de son placard.

Emily sourit tristement. Les Saint-Germain venaient d'emménager dans l'ancienne maison d'Ali. En démolissant le pavillon inachevé des DiLaurentis, ils avaient découvert le cadavre en décomposition de l'adolescente, enfoui sous une dalle de béton. Depuis, des journalistes, des voitures de police et des curieux se massaient autour de la maison vingt-quatre heures sur vingt-quatre. La famille de Maya s'était réfugiée à l'auberge en attendant que les choses se calment.

— Salut. (Emily regarda autour d'elle.) Vous êtes en train de bruncher ?

Maya secoua son épaisse chevelure brune frisée.

— Mes parents sont partis à Lancaster. Ils voulaient se ressourcer ou je ne sais quoi. Honnêtement, je crois qu'ils sont sous le choc. Un retour à la nature leur fera probablement le plus grand bien.

Emily ne put s'empêcher de sourire en imaginant les parents de Maya tenter de communier avec les amish dans cette petite ville située à l'ouest de Rosewood.

— Tu veux monter dans ma chambre ? demanda Maya en haussant un sourcil.

Emily tira sur sa jupe – elle avait des cuisses musclées en raison de la natation –, hésitante. Si les parents de Maya n'étaient pas là, les deux filles allaient se retrouver seules. Dans une chambre. Avec un lit.

Emily avait été ravie de rencontrer Maya. Elle cherchait depuis longtemps une amie susceptible de remplacer Ali. Ali et Maya se ressemblaient sur beaucoup de points : elles étaient intrépides et amusantes, et semblaient être les deux seuls individus au monde à comprendre la véritable Emily.

Mais elles avaient autre chose en commun – toutes deux troublaient Emily.

— Viens.

Maya entra dans l'auberge. Ne sachant trop quoi faire d'autre, Emily lui emboîta le pas.

Elle suivit son amie dans l'escalier vermoulu dont les marches craquaient, puis jusqu'à sa chambre décorée dans le thème 1776. La pièce sentait la laine mouillée. Elle contenait un lit à baldaquin branlant recouvert d'un édredon en patchwork et, dans un coin, un étrange instrument qui ressemblait à une baratte.

— Mes parents nous ont pris des chambres séparées, à mon frère et à moi, déclara Maya en s'asseyant sur le lit, dont les ressorts grincèrent sous son poids.

— C'est chouette, répondit Emily en se perchant sur le bord d'un fauteuil défoncé qui avait dû appartenir à George Washington.

— Alors, comment tu vas? (Maya se pencha vers elle.) Je t'ai vue tout à l'heure à l'enterrement. Tu avais l'air… dévastée.

Les yeux noisette d'Emily se remplirent de larmes. C'est vrai qu'elle était dévastée. Elle venait de passer trois ans et demi à espérer qu'Ali réapparaîtrait sous son porche un beau jour, éclatante de santé et aussi radieuse que dans son souvenir. Quand elle avait commencé à recevoir des messages signés « A », elle s'était convaincue que son amie était de retour. Qui d'autre aurait pu savoir?

Mais à présent, Emily devait se faire à l'idée qu'Ali était morte. Qu'elle ne la reverrait jamais. Pour ne rien arranger, quelqu'un connaissait son secret le plus honteux : elle avait été amoureuse d'Ali, et elle éprouvait le même genre de sentiment à l'égard de Maya. Peut-être était-il également au courant pour l'affaire Jenna.

Emily s'en voulait d'avoir refusé de révéler à ses anciennes amies le contenu des messages de « A ». Mais… elle ne pouvait tout simplement pas. L'un d'eux évoquait une vieille lettre d'amour qu'elle avait envoyée à Ali peu de temps avant sa disparition. Comble de l'ironie, elle pouvait dévoiler le contenu des messages à Maya, mais avait peur de lui révéler l'existence de « A ».

— Je crois que je suis encore assez secouée, lâcha-t-elle enfin, sentant une migraine la tarauder. Et aussi très fatiguée.

Maya enleva ses bottes.

— Pourquoi tu ne ferais pas une petite sieste? Rester assise dans ce fauteuil ne va pas te reposer beaucoup, c'est un véritable instrument de torture!

Emily agrippa les accoudoirs.

— Je…

— Tu as l'air d'avoir besoin d'un câlin, sourit Maya en tapotant le lit à côté d'elle.

Et c'était vrai. Un câlin lui aurait fait du bien. Emily repoussa ses cheveux blond-roux en arrière et s'assit à côté de Maya. Les deux filles s'enlacèrent.

Ce fut comme si leurs corps se fondaient l'un en l'autre. Emily sentait les côtes de Maya à travers son haut. Son amie était si menue qu'elle aurait sans doute pu la soulever et la faire tourner comme une enfant.

Elles s'écartèrent de quelques centimètres. Les cils de Maya étaient noirs comme du charbon, et il y avait de petites paillettes d'or dans ses iris. D'un doigt, Maya leva le menton de son amie et l'embrassa. Doucement d'abord. Puis avec plus de fougue.

Emily ressentit une certaine exaltation familière quand Maya effleura l'ourlet de sa jupe. Soudain, la jeune fille glissa une main en dessous. Ses doigts étaient froids.

Surprise, Emily ouvrit les yeux et eut un mouvement de recul.

Les rideaux blancs à froufrous étaient grands ouverts. Dehors, elle pouvait voir les Cadillac Escalade, les berlines Mercedes et les Lexus Hybrid garées dans le parking de l'auberge. Sarah Isling et Taryn Orr, deux filles de sa classe, sortirent du restaurant accompagnées de leurs parents. Emily rentra la tête dans les épaules pour ne pas se faire remarquer.

Maya se redressa.

— Que se passe-t-il?

— Qu'est-ce que tu fais? demanda Emily en reposant sa main sur sa jupe déboutonnée.

— À ton avis? sourit Maya.

Emily jeta un coup d'œil vers la fenêtre. Sarah et Taryn avaient disparu.

Maya se rassit sur le matelas grinçant.

— Tu savais qu'une soirée de charité appelée Foxy, avait lieu ce samedi?

— Oui.

Tout le corps d'Emily était parcouru de frissons.

— On devrait y aller ensemble, suggéra Maya. Ça a l'air marrant.

Emily fronça les sourcils.

— Les tickets coûtent deux cent cinquante dollars pièce. Il faut être invité.

— Mon frère a pu s'en procurer. Assez pour qu'on y aille toutes les deux. (Maya se rapprocha légèrement d'Emily.) Tu veux bien être ma cavalière?

Emily se releva d'un bond.

— Je...

Elle fit un pas en arrière, trébuchant sur les plis du tapis usé. Des tas d'élèves de l'Externat de Rosewood allaient à Foxy. Surtout les plus populaires.

— Il faut que j'aille aux toilettes.

— C'est par là, indiqua Maya, perplexe.

Emily referma la porte légèrement tordue derrière elle. Elle s'assit sur la cuvette et fixa le tableau accroché sur le mur d'en face. Celui-ci représentait une amish portant un bonnet et une robe qui lui arrivait aux chevilles. C'était peut-être un signe.

Emily en cherchait toujours pour l'aider à prendre des décisions – dans son horoscope, dans les biscuits chinois, dans les événements qui se produisent au hasard ou dans ce genre de détails du quotidien. Ce tableau signifiait peut-être : « Tu dois te conduire comme une amish ». Les amish étaient abstinents. Ils menaient une vie terriblement ascétique. Et ils brûlaient sur le bûcher les filles qui aimaient d'autres filles, non?

Ce fut alors que le portable d'Emily se mit à sonner.

Elle le sortit de sa poche. Ce devait être sa mère qui se demandait où elle était passée. Mme Fields ne voyait pas d'un très bon œil l'amitié de sa fille et de Maya Saint-Germain – probablement parce qu'elle était raciste. Emily ne voulait même pas imaginer ce qu'elle penserait si elle savait ce que les deux adolescentes étaient en train de faire quelques minutes plus tôt...

« 1 message reçu », affichait l'écran de son Nokia. Emily appuya sur la touche lecture.

*Em! Je vois que tu te livres toujours au même genre d'activité avec tes amies les plus proches. C'est bon de voir que la plupart d'entre nous ont complètement changé mais que toi, tu es restée la même. Tu comptes parler de ton nouvel amour à tout le monde, ou tu veux que je m'en charge? – A*

— Non, chuchota Emily.

Il y eut un bruit de cascade derrière elle. Elle se leva d'un bond, se cognant la hanche contre le lavabo. Mais ce n'était que l'occupant de la chambre voisine qui tirait la chasse. Puis elle entendit des chuchotements et des gloussements qui semblaient provenir du siphon du lavabo.

— Emily ? appela Maya. Ça va ?

— Euh... oui, oui, répondit Emily.

Elle s'examina dans le miroir. Elle avait les yeux écarquillés et cernés, et ses cheveux blond-roux en bataille.

Quand elle sortit enfin de la salle de bains, les lumières de la chambre étaient éteintes et les rideaux tirés.

— Psssst, appela Maya depuis le lit, sur lequel elle était allongée en une pose lascive.

Emily regarda autour d'elle. Elle était à peu près sûre que son amie n'avait même pas fermé la porte à clé. Et la moitié des élèves de Rosewood étaient en train de bruncher à l'étage du dessous.

— Je ne peux pas faire ça, lâcha-t-elle.

— Quoi ?

D'une blancheur éblouissante, les dents de Maya brillaient presque dans la pénombre.

— On est amies, dit Emily en se plaquant contre le mur. Je t'aime beaucoup.

— Moi aussi, je t'aime beaucoup, ronronna Maya en caressant un de ses bras nus.

— Mais je ne peux rien être d'autre pour le moment. Rien d'autre que ton amie, précisa Emily.

Le sourire de Maya s'évanouit.

— Désolée.

Emily renfila ses mocassins si précipitamment qu'elle se trompa de pied.

— Tu n'es pas obligée de partir pour autant, murmura Maya.

Emily lui jeta un coup d'œil en tendant la main vers la poignée de la porte. Ses yeux commençaient à s'habituer à l'obscurité, elle entrevoyait l'air déçu de Maya, qu'elle ne comprenait pas sa réaction et… Dieu qu'elle était belle!

— Il faut que j'y aille, marmonna Emily. Je suis en retard.

— En retard pour aller où? interrogea Maya.

Emily sortit de la chambre sans répondre. Comme elle s'en doutait, Maya ne s'était pas donné la peine de fermer la porte à clé.

# 4

## LA VÉRITÉ EST AU FOND DU VERRE DE VIN... OU D'AMSTEL, DANS LE CAS D'ARIA

Comme Aria Montgomery se glissait dans la maison avant-gardiste de sa famille – qui détonnait au milieu des bâtisses victoriennes néoclassiques de la rue –, elle entendit ses parents discuter à voix basse dans la cuisine.

— Mais je ne comprends pas, déclarait Ella, sa mère. (Les parents d'Aria insistaient pour que leurs enfants les appellent par leur prénom.) La semaine dernière, tu m'as dit que tu pourrais venir à ce dîner d'artistes. C'est important. Il se peut que Jason achète certains des tableaux que j'ai peints à Reykjavik.

— C'est juste que... je suis en retard dans ma correction de copies, répondit Byron, son père. J'ai perdu l'habitude de mettre des notes, il faut que je me remette dans le bain.

Ella soupira.

— À peine deux jours de cours, et tu leur as déjà collé une interro ?

— Non. Avant le début du semestre, je leur avais donné un devoir à me rendre à la rentrée. (Byron semblait distrait.)

Mais je te revaudrai ça, je te le promets. Que dirais-tu de dîner chez Otto samedi soir?

Mal à l'aise, Aria se dandina dans le couloir. Sa famille rentrait tout juste de trois années passées à Reykjavik, en Islande. Son père, qui enseignait à Hollis, la fac d'art de Rosewood, avait pris un congé sabbatique pour aller là-bas.

Ça avait été une parfaite opportunité pour chacun d'eux. Aria avait besoin de changer d'air après la disparition d'Ali, son frère Mike de se cultiver et d'apprendre la discipline, et Ella et Byron, qui passaient parfois des jours entiers sans s'adresser la parole, avaient eu l'air de retomber amoureux. Mais à présent qu'ils étaient rentrés aux États-Unis, chacun reprenait ses mauvaises habitudes.

Aria passa devant la cuisine. Son père était sorti et sa mère se tenait devant le comptoir, la tête dans les mains. À la vue d'Aria, son visage s'illumina.

— Comment vas-tu, ma puce? lui demanda-t-elle prudemment.

— Ça va, marmonna Aria.

— Tu veux qu'on en parle?

Elle secoua la tête.

— Plus tard, peut-être.

Elle passa au salon avec la sensation étrange d'avoir bu une demi-douzaine de canettes de Red Bull tant elle était agitée et distraite. Et pas seulement à cause des funérailles d'Ali.

La semaine précédente, « A » l'avait harcelée à propos de l'un de ses plus terribles secrets. L'année de sa 5$^{e}$, Aria avait surpris son père en train d'embrasser une de ses étudiantes, une dénommée Meredith. Byron lui avait demandé de ne rien dire à sa mère, et Aria avait tenu sa langue, mais elle n'avait cessé de se sentir coupable depuis. Quand « A » avait menacé de révéler la vérité à Ella, Aria avait supposé qu'il s'agissait d'Alison – parce que Ali était avec elle le jour où elle avait découvert l'infidélité de son père, et qu'elle n'en avait parlé à personne d'autre.

À présent, elle savait que ça ne pouvait pas être Ali, puisque son amie était morte. Pourtant, la menace de « A » continuait de planer sur sa famille, et risquait fort de la détruire. Aria savait qu'elle aurait dû tout avouer à sa mère avant que « A » ne s'en charge pour elle, mais elle ne parvenait pas à s'y résoudre.

Elle sortit sous le porche et passa les doigts dans ses longs cheveux noirs. Un éclair blanc traversa son champ de vision. C'était son frère cadet, Mike, qui courait dans le jardin avec sa crosse.

— Hé ! lui lança-t-elle.

Une idée venait de lui traverser l'esprit. Comme Mike ne répondait pas, elle descendit sur la pelouse et alla se planter devant lui.

— Je descends en ville. Tu veux venir ?

Mike grimaça.

— Le centre-ville est plein de hippies crasseux. Et puis, je suis en train de m'entraîner.

Aria leva les yeux au ciel. Mike était si obsédé par l'envie d'intégrer l'équipe de lacrosse de l'Externat de Rosewood qu'il n'avait même pas pris la peine de se changer. Il portait toujours le costume anthracite qu'il avait mis pour l'enterrement d'Alison. C'était l'ado mâle typique de Rosewood : le genre à porter une casquette de base-ball blanche, à éprouver un amour immodéré pour sa PlayStation et à économiser pour se payer une Jeep Cherokee le jour de ses seize ans. Malheureusement, Aria et lui partageaient indéniablement les mêmes gènes : tous deux étaient grands et minces, avec des cheveux d'un noir légèrement bleuté et un visage fin, difficile à oublier.

— Je vais me soûler la gueule, annonça Aria. Tu es vraiment sûr que tu veux t'entraîner?

Mike la fixa en plissant ses yeux bleu-gris et en tentant de digérer l'information.

— Tu n'essaies pas de me traîner à une lecture de poésie sous un prétexte foireux, hein?

Elle secoua la tête.

— On va aller dans le bar universitaire le plus louche qu'on pourra trouver.

Mike haussa les épaules et posa sa crosse.

— C'est parti.

Mike se laissa tomber sur une banquette.

— Ça déchire.

Aria et lui étaient au Victory, *de facto* le bar le plus louche qu'ils aient pu trouver. Il était encadré par une échoppe de piercing et par une boutique appelée Hippie Gipsy qui vendait des « graines hydroponiques ». Une flaque de vomi s'étalait devant l'entrée, et le videur à moitié aveugle, qui devait bien peser dans les cent cinquante kilos, leur avait fait signe d'entrer sans leur demander leur carte d'identité – bien trop occupé à loucher sur son magazine cochon.

La salle était sombre et crasseuse, avec une table de ping-pong branlante dans le fond. Le Victory ressemblait un peu au Snooker's, l'autre bar étudiant de Hollis dans lequel Aria s'était juré de ne jamais remettre les pieds. Deux semaines auparavant, elle y avait rencontré un garçon craquant appelé Ezra. Mais celui-ci s'était avéré être prof d'anglais. Pis encore : *son* prof d'anglais. « A » avait envoyé à Aria des textos mentionnant leur relation interdite; quand Ezra était accidentellement tombé sur l'un d'eux, il avait soupçonné Aria d'avoir révélé leur histoire à tout le lycée. Il l'avait alors quittée sans plus de ménagement.

Une serveuse aux seins énormes, portant deux tresses comme Heidi, s'approcha de la table d'Aria et de Mike et jeta un regard sceptique au jeune homme.

— Vous avez vingt et un ans ?

— Oui, oui, mentit Mike en croisant ses mains sur la table. Vingt-cinq, même.

— On va prendre un pichet d'Amstel, lança Aria en donnant un coup de pied à son frère sous la table.

— Et moi, je prendrai un shot de Jaeger en plus, ajouta Mike.

Heidi eut l'air affligée, mais elle revint avec le pichet et le verre de liqueur. Mike vida ce dernier cul sec puis grimaça comme une fillette. Il reposa violemment le verre vide sur la table en bois éraflée et dévisagea sa sœur.

— Je crois savoir pourquoi tu es complètement dingo en ce moment.

La semaine précédente, Mike avait annoncé à Aria qu'il la trouvait encore plus bizarre que d'habitude, et lui avait juré qu'il découvrirait pourquoi.

— J'ai hâte d'entendre ça, répondit sèchement Aria.

Mike joignit le bout de ses doigts, imitant un geste professoral de leur père.

— À mon avis, tu t'es dégoté un job de danseuse au Turbulence.

Aria éclata de rire, si bien que sa bière lui remonta dans le nez. Le Turbulence était un club de strip-tease situé deux villes plus loin, près d'un minuscule aéroport.

— Des types du bahut disent qu'ils y ont vu une fille qui te ressemblait vachement là-bas. Tu n'es pas obligée de me le cacher, tu sais. Ça ne me dérange pas, affirma Mike.

Aria tira discrètement sur sa brassière en mohair rose. Elle en avait tricoté cinq identiques pour elle, Ali et les trois autres l'année de leur 6ᵉ, et elle avait porté la sienne à l'enterrement, en hommage à Ali. Malheureusement, depuis la 6e, elle avait pris une taille de bonnets, et le lainage la démangeait atrocement.

— Ça ne t'a pas effleuré l'esprit que je puisse ne pas être dans mon assiette parce que : a) on est revenus à Rosewood et que je déteste cet endroit ; et que b) on vient de retrouver le corps de mon ancienne meilleure amie ?

Mike haussa les épaules.

— Il me semblait que tu ne l'aimais pas tant que ça.

Aria se retourna. C'est vrai, à certains moments elle l'avait détestée au plus haut point. Par exemple lorsque celle-ci refusait de la prendre au sérieux ou qu'elle la bombardait de questions sur Byron et Meredith.

— Tu te trompes, mentit-elle.

Mike versa de la bière dans son verre.

— C'est horrible qu'on l'ait simplement jetée dans un trou, hein ? Et qu'on l'ait recouverte de béton ?

Aria frémit et ferma les yeux. Son frère n'avait vraiment aucun tact.

— Alors, tu crois que quelqu'un l'a tuée ? interrogea Mike.

Aria fit un geste signifiant qu'elle n'en avait aucune idée. C'était une question qui la hantait, une question que personne d'autre n'avait osé poser. À l'enterrement d'Ali, tout le monde s'était bien gardé d'insinuer que l'adolescente avait été assassinée, se contentant de dire qu'elle avait été retrouvée. Mais il s'agissait forcément d'un meurtre, non ? Ali se trouvait avec ses amies dans la grange des Hastings et, l'instant d'après, elle avait disparu. Trois ans plus tard, on découvrait son corps dans son jardin.

Aria se demandait s'il y avait un lien entre « A » et le meurtrier d'Ali, et si toute cette histoire était en rapport avec l'affaire Jenna. Le soir de l'accident, Aria avait cru apercevoir quelqu'un près d'Ali au pied de l'arbre qui abritait la cabane de Toby. Dans la nuit, cette vision l'avait réveillée en sursaut, et elle s'était décidée à interroger Ali.

Elle avait surpris son amie en train de parler à voix basse avec Spencer dans la salle de bains fermée à clé. Quand elle avait demandé aux deux autres de la laisser entrer, Ali lui avait répondu de retourner se coucher. Et le lendemain matin, Toby avait avoué.

— Je parie que l'assassin est quelqu'un que l'on ne soupçonnerait jamais, même si on menait l'enquête pendant un milliard d'années. (Les yeux de Mike s'illuminèrent.) Pourquoi pas Mme Craycroft ?

Mme Craycroft était leur vieille voisine de droite. Une fois, elle avait économisé cinq mille dollars en bouteilles d'eau minérale consignées. Lorsqu'elle était allée les échanger, la chaîne de télévision locale avait fait un reportage sur elle.

— Félicitations, Sherlock, tu viens de résoudre l'affaire, lâcha Aria sur un ton impassible.

— Ou quelqu'un de ce genre. (Mike pianotait sur la table avec ses doigts noueux.) Maintenant que je sais ce que tu fabriques, je peux me concentrer sur l'affaire Ali D.

— C'est très généreux de ta part.

Après tout, si les flics n'avaient pas été capables de retrouver Ali dans son propre jardin, pourquoi ne pas laisser Mike jouer les détectives ?

— Il faut absolument qu'on joue au « bière-pong », déclara soudain le jeune homme.

Avant que sa sœur ne puisse répondre, il avait déjà rapporté à leur table plusieurs balles de ping-pong et un verre à bière vide.

— C'est le jeu préféré de Noel Kahn, expliqua-t-il.

Aria grimaça. Noel était l'un des garçons les plus riches du bahut et la quintessence même de l'ado mâle de Rosewood, ce qui en faisait l'idole de Mike. Comble de l'ironie, il semblait avoir le béguin pour elle – qui s'en moquait éperdument.

— Souhaite-moi bonne chance, lui lâcha Mike en saisissant une balle et en s'apprêtant à la lancer.

Il manqua le verre qu'il avait placé devant sa sœur, la balle roula jusqu'au bord de la table et tomba par terre.

— Bois, bois, bois, chantonna Aria.

Mike saisit sa bière à deux mains et l'avala d'un trait.

Lors de sa seconde tentative, il rata de nouveau sa cible.

— Tu es vraiment nul ! le taquina Aria, dont la tête commençait à tourner.

— Tu parles ! Comme si tu pouvais faire mieux, riposta Mike.

— Tu veux parier ?

Le jeune homme ricana.

— Si tu n'y arrives pas, tu me fais rentrer chez Turbulence. Avec Noel. Mais pas pendant que tu travailles, hein, se hâta-t-il d'ajouter.

— D'accord. Mais si j'y arrive, tu seras mon esclave pendant une semaine. Y compris au bahut, précisa Aria.

— Comme tu vas rater, ça n'a pas d'importance, déclara Mike. Marché conclu.

Aria poussa le verre vide devant son frère et visa. La balle rebondit sur l'une des nombreuses rainures de la table et atterrit proprement dans le réceptacle, sans même en toucher les bords.

— Ha ! s'exclama Aria, triomphante. Prépare-toi à souffrir !

Mike semblait sidéré.

— Tu as eu du bol, c'est tout.

— Peu importe, le résultat est le même, gloussa Aria. Alors, réfléchissons... Vais-je te faire ramper à quatre pattes derrière moi au lycée? Ou t'obliger à porter le *faldur* de maman?

Le *faldur* était un bonnet pointu, une coiffe islandaise traditionnelle qui donnait l'apparence d'un lutin fou.

— Va te faire foutre!

Mike récupéra la balle de ping-pong, qui lui glissa des doigts et rebondit sur le sol jusqu'à l'autre bout du bar.

— Je vais la chercher, proposa Aria.

Elle se leva et se dirigea à l'autre extrémité de la salle, en proie à une agréable sensation de griserie. Comme elle se penchait pour ramasser la balle, un couple la dépassa et s'installa discrètement à une table dans un coin. La fille avait de longs cheveux bruns et une toile d'araignée rose dessinée sur le poignet.

C'était un tatouage original qui lui paraissait pourtant familier. Très familier même. Quand la fille chuchota quelque chose à l'oreille de son compagnon, celui-ci fut secoué par un rire encore plus familier.

Aria se redressa.

C'était son père. Et Meredith.

Elle rebroussa chemin en courant presque.

— Il faut qu'on y aille, déclara-t-elle à Mike sur un ton pressant.

Son frère leva les yeux au ciel.

— Mais je viens juste de commander un deuxième shot!

— Tant pis. (Aria attrapa son blouson.) On se casse. Maintenant.

Elle jeta quarante dollars sur la table et tira sur le bras de Mike jusqu'à ce qu'il se lève. Son frère titubait un peu, mais elle parvint néanmoins à le pousser vers la sortie.

Malheureusement, ce fut le moment que choisit Byron pour laisser échapper un autre de ses éclats de rire si caractéristiques, dont Aria disait toujours qu'ils ressemblaient à la complainte d'une baleine agonisante. Mike le reconnut aussitôt. Il se figea. Byron était de profil, sa main tenant celle de Meredith par-dessus la table qui les séparait.

Aria vit son frère froncer les sourcils.

— Attends ! s'exclama-t-il en lui jetant un regard perplexe.

Aria voulut prendre un air détendu, mais sentit les coins de sa bouche s'abaisser malgré elle. Elle savait qu'elle faisait la même tête que leur mère quand elle essayait de les protéger contre d'éventuelles déceptions.

Mike fixa sa sœur en plissant les yeux, puis reporta son attention sur Byron et Meredith. Il ouvrit la bouche pour dire quelque chose, la referma et fit un pas dans leur direction. Aria tendit une main pour l'arrêter. Elle ne voulait pas de confrontation là, tout de suite. Ni jamais, en fait. Puis Mike serra les dents, tourna les talons et sortit en trombe du Victory, bousculant leur serveuse au passage.

Aria le suivit. Lorsqu'elle arriva à son tour sur le parking, elle fut éblouie par la vive lumière de l'après-midi. Elle balaya les lieux du regard à la recherche de son frère. Mais Mike avait déjà disparu.

# 5

## Une maisonnée divisée

Spencer se réveilla sur le carrelage de sa salle de bains sans savoir comment elle était arrivée là. Dans la douche, l'écran de la radio indiquait 18:45, et par la fenêtre, le soleil couchant projetait de longues ombres dans le jardin.

C'était toujours lundi, le jour de l'enterrement d'Ali. Spencer avait dû s'endormir et faire une crise de somnambulisme. Ça lui arrivait souvent quand elle était plus jeune. L'année de sa 5ᵉ, elle avait dû passer une nuit à la Clinique universitaire du sommeil de Pennsylvanie, avec des électrodes partout sur la tête. Les docteurs avaient conclu à un simple problème de stress.

Elle se leva et se passa de l'eau froide sur le visage, puis se regarda dans le miroir. De longs cheveux blonds, des yeux vert émeraude, un menton triangulaire, une peau impeccable et des dents d'une blancheur éclatante. C'était ahurissant qu'elle n'ait pas l'air plus dévastée que ça.

Elle reposa l'équation dans sa tête. « A » était au courant pour Toby et l'affaire Jenna. Toby était de retour. Par conséquent, « A » ne pouvait être que Toby. Et il l'obligeait à se taire. La torture de la 6e recommençait.

Spencer regagna sa chambre. Elle se dirigea vers la fenêtre et appuya son front contre la vitre. Sur sa gauche se dressait le moulin familial – il avait cessé de fonctionner depuis longtemps, mais ses parents aimaient la touche rustique, authentique, qu'il conférait à leur propriété. Sur sa droite, le Scotch jaune et noir délimitant la scène du crime était toujours présent sur la pelouse des DiLaurentis. L'autel dédié à Ali, composé de fleurs, de bougies, de photos et autres bibelots, avait tellement pris d'ampleur qu'il occupait désormais l'ensemble de l'impasse.

De l'autre côté de la rue s'érigeait la maison des Cavanaugh. Deux voitures dans l'allée, un ballon de basket dans le jardin, une boîte aux lettres au petit drapeau rouge levé : vu de l'extérieur, tout semblait normal. Mais à l'intérieur...

Spencer ferma les yeux, se souvenant du mois de mai de sa 5e, un an après l'affaire Jenna. Elle avait pris le SEPTA qui allait à Philadelphie afin de rejoindre Ali pour une séance de shopping. Elle était tellement occupée à envoyer des textos avec son Sidekick flambant neuf qu'il était bien passé cinq ou six arrêts avant qu'elle ne remarque la personne assise de l'autre côté de l'allée centrale. C'était Toby. Et il la regardait fixement.

Les mains de Spencer s'étaient mises à trembler. Toby ayant passé l'année scolaire en pension, elle ne l'avait pas revu depuis des mois. Comme d'habitude, les cheveux de l'adolescent lui tombaient devant les yeux, et il portait un énorme casque sur les oreilles, mais quelque chose en lui paraissait... plus fort. Plus effrayant.

Toute la culpabilité, toute l'anxiété que Spencer tentait de refouler depuis un an l'avaient brusquement submergée. *Je t'aurai.* Elle ne voulait pas être dans le même wagon que

Toby. Elle avait fait mine de se lever pour aller s'installer ailleurs, mais le contrôleur s'était interposé.

— Vous descendez sur la 30e ou à Market East? avait-il tonné.

Spencer s'était recroquevillée sur elle-même.

— Sur la 30e, avait-elle chuchoté.

Une fois le contrôleur parti, elle avait jeté un nouveau coup d'œil à Toby. Un grand sourire sinistre avait fleuri sur le visage de l'adolescent. Une seconde après, sa bouche était redevenue impassible, mais ses yeux continuaient de clamer : *Je finirai par t'avoir. Ce n'est qu'une question de temps.*

Spencer s'était levée d'un bond et avait changé de voiture. Ali l'attendait sur le quai de la 30e. Quand elles avaient tourné la tête vers le train, Toby les fixait à travers la vitre.

— Tiens, tiens... On dirait qu'on l'a laissé sortir de sa prison, avait ricané Ali.

— Ouais. (Spencer avait émis un petit rire forcé.) Mais c'est toujours un loser avec un grand L.

Quelques semaines plus tard, Ali avait disparu.

Un petit sifflement provenant de l'ordinateur de Spencer la fit sursauter. C'était le nouveau signal l'informant de la réception d'un e-mail. La jeune fille se dirigea nerveusement vers son ordinateur et double-cliqua sur la petite enveloppe.

*Salut, toi. Ça fait deux jours qu'on ne s'est pas parlé, et je deviens dingue sans toi. – Wren*

Spencer soupira. La première fois qu'elle avait posé les yeux sur Wren – le soir où sa sœur l'avait amené au Moshulu pour le présenter à leurs parents –, quelque chose d'étrange s'était produit. C'était comme s'il lui avait jeté un sort à l'instant même où il s'était joint à eux, avait bu une gorgée de vin rouge et avait croisé son regard.

Wren était anglais, exotique, cultivé, plein d'esprit, et il aimait les mêmes groupes de rock indé qu'elle. Ce n'était pas du tout le garçon qu'il fallait à la très conventionnelle Melissa. En revanche, il convenait parfaitement à Spencer. Cette dernière le savait, et apparemment Wren aussi.

Avant que Melissa ne les surprenne en train de se rouler par terre le vendredi précédent, Spencer et Wren avaient vécu vingt minutes d'une passion intense. Mais parce que Melissa avait pleurniché et parce que leurs parents prenaient toujours son parti, Spencer devait renoncer à le revoir. Elle aussi devenait à moitié folle sans lui, mais que pouvait-elle y faire ?

Mal réveillée et mal à l'aise, Spencer descendit l'escalier et longea le couloir étroit où sa mère exposait les paysages de Thomas Cole hérités de son grand-père. Elle entra dans la spacieuse cuisine familiale, que ses parents avaient restaurée pour lui redonner son aspect initial du XIX^e siècle – tout en y ajoutant de l'électroménager dernier cri. Sa famille était assise autour de la table, sur laquelle se trouvaient des barquettes provenant de chez le traiteur thaï.

Spencer hésita sur le pas de la porte. La dernière fois qu'elle avait parlé à ses parents et à sa sœur, cela remontait à plusieurs jours avant l'enterrement d'Ali. Elle s'était rendue à l'abbaye par ses propres moyens et les avait à peine aperçus à la sortie de la messe. En fait, ils ne lui avaient pas adressé la parole depuis leur sermon au sujet de Wren deux jours plus tôt – et maintenant, ils l'ignoraient royalement en commençant à manger sans elle.

Sans compter qu'ils avaient de la compagnie. Ian Thomas, l'un des ex de Melissa – et le premier petit ami de sa sœur que Spencer ait embrassé – se dandinait sur ce qui aurait dû être la chaise de Spencer.

— Oh ! lâcha la jeune fille.

Ian fut le seul à lever les yeux.

— Hé, Spence ! Ça roule ? demanda-t-il comme s'il mangeait chez les Hastings tous les jours.

Spencer trouvait déjà ça suffisamment difficile qu'il entraîne son équipe de hockey sur gazon cette année, sans avoir à le retrouver attablé dans sa cuisine… C'était vraiment trop bizarre.

— Euh… ça va, ça va, répondit-elle en jetant un coup d'œil au reste de sa famille.

Mais personne ne la regardait ni ne manifestait l'intention de lui expliquer ce que Ian fichait là. Spencer tira une chaise jusqu'au coin de la table et se servit un peu de poulet à la citronnelle.

— Alors comme ça Ian, tu dînes avec nous ? lança-t-elle.

Mme Hastings lui jeta un regard incisif. Spencer se tut aussitôt, une chaleur moite se répandit dans tout son corps.

— On s'est croisés à… hum… à la messe, expliqua Ian.

Une sirène l'interrompit. Il lâcha sa fourchette. Le bruit venait vraisemblablement de la maison des DiLaurentis, où les voitures de police se succédaient sans interruption depuis la découverte du corps d'Ali.

— C'est de la folie, commenta Ian en passant une main dans ses cheveux blonds bouclés. Je ne pensais pas qu'il y aurait autant de voitures de patrouille.

Melissa lui donna un léger coup de coude.

— Tu t'y connais en matière de police depuis que tu vis dans un endroit aussi dangereux que la Californie ?

Melissa et Ian avaient rompu parce que le jeune homme était parti poursuivre ses études à Berkeley, à l'autre bout du pays.

— Pas spécialement, non, répondit Ian.

Avant qu'il puisse ajouter quoi que ce soit, Melissa, fidèle à son habitude, passa à un autre sujet bien plus intéressant : elle-même.

— Au fait, maman, déclara-t-elle en se tournant vers Mme Hastings, les fleurs qu'il y avait à l'abbaye sont de la couleur exacte dont je veux peindre les murs de mon salon.

Elle attrapa un magazine *Martha Stewart Living* et l'ouvrit à une page qu'elle avait cornée. Ces derniers temps, elle parlait constamment de travaux, elle était en train de redécorer la maison de Philadelphie que ses parents lui avaient offerte pour la récompenser d'avoir été admise en troisième cycle à l'École de commerce Wharton. Jamais ils n'auraient fait une chose pareille pour Spencer.

Mme Hastings se pencha pour mieux voir.

— Ravissant.

— Très joli, acquiesça Ian.

Spencer laissa échapper un petit rire incrédule. Ali DiLaurentis avait été enterrée le matin même, et le seul sujet de conversation qui leur venait à l'esprit, c'était la couleur du salon ?

Melissa se tourna vers sa sœur

— Je peux savoir ce qui t'amuse ?

— Ben, je..., bredouilla Spencer.

Melissa avait l'air vexée, comme si sa cadette venait de révéler quelque chose d'extrêmement grossier. Spencer tripota nerveusement sa fourchette.

— Laisse tomber.

Il y eut un nouveau silence. Même Ian lui semblait hostile à présent. Son père but une grosse gorgée de vin.

— Veronica, tu as vu Liz tout à l'heure ?

— Oui, je lui ai parlé un petit moment, répondit Mme Hastings. J'ai trouvé qu'elle avait l'air en forme... étant donné les circonstances.

Spencer supposa que ses parents parlaient d'Elizabeth DiLaurentis, la jeune tante d'Ali qui vivait dans la région.

— Ça doit être affreux pour elle, déclara solennellement Melissa. Je n'arrive même pas à imaginer.

Ian émit un « Mmmh » compatissant. Spencer sentit sa lèvre inférieure se mettre à trembler. *Et moi?* avait-elle envie de hurler. *Vous avez déjà oublié que j'étais la meilleure amie d'Ali?*

À chaque nouvelle minute qui s'écoulait, Spencer sentait son malaise grandir. Elle attendait que quelqu'un lui demande si elle tenait le coup, lui offre un morceau de tempura ou au moins lui dise : « À tes souhaits », quand elle éternuait. Mais sa famille ne lui avait toujours pas pardonné d'avoir embrassé Wren. Malgré les événements qui avaient eu lieu depuis.

Une boule se forma dans sa gorge. Spencer avait l'habitude d'être le chouchou de tout le monde : de ses professeurs, de son entraîneur de hockey, des autres membres des diverses associations dont elle faisait partie. Même sa coloriste, Uri, disait qu'elle était sa cliente préférée parce que son blond prenait toujours merveilleusement bien. Elle avait remporté des tonnes de prix scolaires et avait 370 amis sur MySpace, sans compter les musiciens. Et même si elle savait qu'elle ne serait jamais la favorite de ses parents – éclipser Melissa était mission impossible –, elle ne supportait pas qu'ils la méprisent. Surtout en ce moment, quand tout le reste de sa vie était aussi instable.

Lorsque Ian s'excusa et se leva pour passer un coup de fil, Spencer prit une profonde inspiration.

— Melissa? lança-t-elle d'une voix brisée.

Sa sœur leva les yeux, puis reporta son attention sur son pad thaï sans répondre.

Spencer se racla la gorge.

— Tu veux bien me parler, s'il te plaît ?

Melissa haussa à peine les épaules.

— Je ne supporte pas que tu m'ignores. Tu avais raison à propos de… tu sais.

Les mains de Spencer tremblaient si fort qu'elle dut s'asseoir dessus. S'excuser la rendait encore plus nerveuse.

Melissa croisa les mains sur son magazine.

— Désolée, mais c'est hors de question, rétorqua-t-elle calmement.

Puis elle se leva et porta son assiette dans l'évier.

— Mais… (Spencer était choquée. Elle se tourna vers ses parents.) Je regrette vraiment…

Elle sentit les larmes lui monter aux yeux.

Une minuscule lueur de sympathie passa sur le visage de son père, mais il détourna très vite la tête. Sa mère transvasa le reste du poulet à la citronnelle dans un Tupperware et haussa les épaules.

— Comme on fait son lit on se couche, Spencer, déclara-t-elle en se levant pour ranger les restes dans l'imposant réfrigérateur en acier inoxydable.

— Mais…

— Spencer ! intervint M. Hastings sur un ton qui ne souffrait aucune protestation.

La jeune fille se tut.

Ian revint, un immense sourire aux lèvres. En percevant la tension qui régnait dans la pièce, son sourire se fana.

— Viens, dit Melissa en lui prenant le bras. On va manger le dessert dehors.

— D'accord. (Ian posa une main sur l'épaule de Spencer.) Tu nous accompagnes ?

Spencer n'en avait pas vraiment envie – et à en juger par le coup de coude que Melissa venait de donner à Ian, sa sœur n'en avait pas envie non plus. Elle n'eut toutefois pas la liberté de répondre, car sa mère s'en chargea à sa place :

— Non, Ian. Spencer est privée de dessert, prévint-elle sur le ton qu'elle utilisait pour réprimander ses chiens.

— Merci quand même, ajouta Spencer en ravalant ses larmes.

Pour se redonner une contenance, elle fourra un énorme morceau de curry de mangue dans sa bouche. Mais le fruit glissa dans sa gorge avant qu'elle ait pu le mâcher, et la sauce épaisse la brûla en descendant dans son estomac.

Après avoir émis une série de bruits affreux, Spencer finit par recracher dans sa serviette. Quand sa vision embuée par les larmes s'éclaircit enfin, elle constata que ses parents n'avaient pas fait le moindre mouvement pour vérifier qu'elle ne s'étranglait pas. Ils avaient quitté la pièce sans se soucier d'elle.

Spencer s'essuya les yeux et fixa le morceau de mangue qu'elle venait de régurgiter. Elle se sentait à peu près dans le même état à l'intérieur qu'il l'était à l'extérieur.

6

# LA CHARITÉ, ÇA PEUT COÛTER CHER

Le mardi après-midi, Hanna ajusta le caraco crème et le gilet en cachemire qu'elle avait enfilés après l'école et monta d'un pas décidé les marches de la Clinique de chirurgie plastique William Atlantic. Les gens qui venaient se faire soigner pour des brûlures l'appelaient le William Atlantic, tandis que les candidats à la liposuccion la surnommaient Bill Beach.

Le bâtiment se trouvait au milieu de la forêt. Seul un petit coin de ciel bleu était visible entre les arbres immenses, majestueux. Le monde entier embaumait les fleurs sauvages.

C'était un après-midi parfait pour végéter près de la piscine du country club en regardant les garçons jouer au tennis. C'était un après-midi parfait pour faire un jogging de dix kilomètres et brûler les calories de la boîte de biscuits apéritifs au fromage qu'Hanna avait engloutis la veille, tant elle était perturbée par la visite surprise de son père. C'était un après-midi parfait pour observer une fourmilière, ou même pour garder les insupportables jumelles des voisins.

En gros, c'était un après-midi parfait pour faire n'importe quoi à l'exception de ce qu'Hanna était contrainte de faire : du bénévolat dans une clinique pour grands brûlés.

Pour la jeune fille, le mot « bénévolat » était une insulte. La dernière fois qu'elle avait tenté d'en faire, c'était à l'occasion du défilé de charité de l'Externat, en 5e. Des élèves de l'établissement servaient de mannequins pour des vêtements de créateur; elles paradaient sur scène, les spectateurs enchérissaient sur leurs tenues et la recette allait à une œuvre caritative.

Ali avait porté un spectaculaire fourreau Calvin Klein, qu'une douairière qui devait faire du 32 avait emporté pour mille dollars. Hanna, en revanche, s'était retrouvée engoncée dans une monstruosité fluorescente à volants de Betsey Johnson, qui lui donnait l'air d'être encore plus grosse qu'elle n'était déjà. Seul son père avait enchéri dessus. Une semaine plus tard, ses parents lui avaient annoncé qu'ils divorçaient.

Et maintenant, Tom Marin était de retour. En quelque sorte.

Chaque fois qu'Hanna repensait à sa visite de la veille, elle se sentait à la fois euphorique, anxieuse et furibonde. Depuis sa métamorphose, elle rêvait du moment où elle reverrait son père. Elle serait mince, populaire et suprêmement élégante. Dans ses fantasmes, son père revenait toujours avec Kate, devenue énorme et le visage couvert d'acné – de sorte qu'Hanna paraissait encore plus belle en comparaison.

— Aaaah! cria-t-elle comme quelqu'un sortait de la clinique juste au moment où elle y entrait.

— Regardez donc où vous allez! marmonna l'autre personne.

Hanna leva les yeux. Elle était plantée devant la double

porte vitrée, près d'un cendrier en pierre et d'une grosse primevère en pot, face à... Mona.

La mâchoire lui en tomba. La même expression stupéfaite se peignit sur le visage de son amie. Elles se regardèrent, visiblement surprises.

— Qu'est-ce que tu fais ici? l'interrogea enfin Hanna.

— Je rendais visite à une amie de ma mère qui s'est fait refaire les seins, répondit Mona en rejetant ses cheveux blonds derrière son épaule parsemée de taches de rousseur. Et toi?

— Euh... pareil.

Le radar à embrouilles d'Hanna lui signalait que Mona était en train de lui mentir. Mais dans ce cas, Mona pouvait très bien se dire la même chose à son sujet.

— Bon, ben je m'en vais. (Mona rajusta son fourre-tout bordeaux sur son épaule.) Je t'appelle plus tard.

— D'accord, marmonna Hanna.

Elles prirent chacune une direction opposée. Hanna tourna la tête pour regarder Mona par-dessus son épaule et aperçut que cette dernière en faisait autant.

— Fais bien attention, lui recommanda Ingrid, la robuste matrone allemande qui portait le titre d'infirmière en chef.

Hanna et elle se trouvaient dans une salle d'examen. Ingrid apprenait à la jeune fille comment vider les poubelles. Comme s'il fallait sortir de Harvard pour ça!

Les murs étaient peints en vert guacamole, et les seules affiches punaisées au mur étaient des photos sordides de maladies dermatologiques. Ingrid avait affecté Hanna au nettoyage des salles d'examen des patients externes. Si la jeune fille se débrouillait bien, elle serait peut-être autorisée à faire le ménage dans les chambres des patients internes

– autrement dit, des grands brûlés qui séjournaient à la clinique. Petite veinarde.

Ingrid saisit un sac-poubelle.

— Ça, ça va dans la benne bleue qui est dehors. Tu dois également vider les déchets infectieux, ajout-t-elle en désignant un container identique au premier. Il ne faut jamais les mélanger avec les déchets ordinaires. Et il faut mettre ça pour les manipuler.

Elle tendit à Hanna une paire de gants en latex que la jeune fille regarda comme s'ils allaient, non pas la protéger d'une maladie infectieuse, mais lui en refiler une.

— Il y a dix autres salles d'examen dans le couloir, poursuivit Ingrid. Vide les poubelles et nettoie le comptoir dans chacune d'elles, puis revient me voir.

Essayant de respirer le moins possible – car elle détestait l'odeur d'antiseptique des hôpitaux –, Hanna se dirigea vers le placard de service pour y prendre d'autres sacs-poubelles. Elle regarda autour d'elle en se demandant où étaient les chambres des patients internes. Jenna avait séjourné ici après son accident. Hanna avait beau s'efforcer de proscrire cet événement funeste de son esprit, beaucoup de choses la ramenaient à Jenna depuis deux jours. L'idée que quelqu'un était au courant – et qu'il risquait de parler – lui semblait presque aussi inconcevable qu'insupportable.

L'affaire Jenna était un accident, mais Hanna avait parfois du mal à s'en convaincre. Ali avait surnommé sa jeune voisine « Blanche-Neige », parce que Jenna était le portrait craché de l'héroïne de Disney. Hanna trouvait également que Jenna ressemblait à Blanche-Neige, mais pour elle, il s'agissait plutôt d'un compliment. Même si Jenna n'était pas aussi coquette qu'Ali, elle possédait une beauté singulière. Hanna, quant à elle, s'identifiait surtout à Simplet.

Malgré tout, Jenna était l'une des cibles préférées d'Ali.

Alors, l'année de leur 6e, Hanna avait gribouillé un truc à propos des seins de Jenna sous le distributeur de serviettes en papier dans les toilettes des filles. Elle avait renversé de l'eau sur la chaise de Jenna en cours d'algèbre pour que cette dernière se retrouve avec une fausse tache d'urine sur son pantalon. Elle s'était moquée de l'accent de Jenna en cours de français. Alors quand les ambulanciers l'avaient descendue de la cabane, Hanna s'était sentie mal. C'était elle qui, la première, avait accepté de jouer un mauvais tour à Toby. Et en son for intérieur, elle s'était dit : *Peut-être qu'en faisant peur à Toby, on effraiera aussi Jenna*. Il lui semblait avoir secrètement souhaité cet accident.

Les portes automatiques s'ouvrirent au bout du couloir, arrachant Hanna à ses réflexions. Elle se figea, le cœur battant, espérant voir apparaître Sean. Mais ce n'était pas lui.

Frustrée, elle sortit son BlackBerry de la poche de son gilet et composa le numéro du jeune homme. Elle tomba sur sa boîte vocale, et raccrocha sans laisser de message. Elle rappela aussitôt. Sean n'avait peut-être pas mis la main sur son portable à temps… Mais la deuxième fois, la ligne sonna de nouveau dans le vide avant de retomber sur son répondeur.

— Salut Sean, lança Hanna après le bip, sur un ton qui se voulait désinvolte. C'est encore moi. J'aimerais vraiment qu'on se parle, alors, hum, tu sais où me trouver.

Elle lui avait déjà laissé trois messages ce jour-là pour lui dire qu'elle serait à la clinique dans l'après-midi, mais Sean n'avait pas répondu. Elle se demandait s'il était à une réunion de son club de chasteté – il avait récemment fait la promesse de ne coucher avec personne avant… le mariage. Peut-être la rappellerait-il ensuite. Ou peut-être pas. Hanna déglutit, essayant d'occulter cette éventualité.

Elle se dirigea en soupirant vers le placard à fournitures,

qui faisait également office de vestiaire pour les employés. Lorsque Ingrid y avait suspendu son sac hobo Ferragamo argent à côté d'une horreur en vinyle rayée de chez Gap, Hanna avait réprimé un frisson. Elle glissa son portable dans son sac, saisit un rouleau de papier absorbant et un pistolet de désinfectant et entra dans la première salle d'examen, qui était vide. Faire son boulot l'empêcherait peut-être de stresser à propos de Sean et de « A ».

Comme elle finissait de nettoyer le lavabo, Hanna donna accidentellement un coup de coude dans le placard métallique voisin. Celui-ci s'ouvrit sous la violence de l'impact. Sur ses étagères s'alignaient des boîtes en carton sur lesquelles on pouvait lire des noms familiers. Tylenol 3. Vicodin. Percocet. Hanna jeta un coup d'œil à l'intérieur. Le placard contenait une montagne de médicaments. Stockés là sans le moindre cadenas.

*Jackpot!*

Hanna fourra rapidement quelques paquets de Percocet dans les poches de son gilet. À défaut d'autre chose, Mona et elle pourraient passer un bon week-end grâce à ça.

À cet instant, quelqu'un posa la main sur son épaule. Elle sursauta et se retourna vivement, renversant le rouleau de papier absorbant et un bocal plein de boules de coton hydrophile.

— Pourquoi n'en es-tu qu'à la salle deux?

Les sourcils froncés, Ingrid ressemblait à un dogue contrarié.

— Je... j'essayais juste de nettoyer à fond.

Hanna jeta le papier absorbant usagé dans la poubelle, en espérant que le Percocet ne tomberait pas de ses poches. Son cou la brûlait à l'endroit où Ingrid l'avait touchée.

— Viens avec moi, ordonna l'infirmière en chef. Il y a

quelque chose qui fait du bruit dans ton sac. Ça dérange les patients.

— Vous êtes sûre que c'est mon sac ? protesta Hanna. Il y en a plein d'autres à côté.

Ingrid l'entraîna vers le vestiaire. En effet, une sonnerie provenait de la poche intérieure de son sac.

— Ce n'est que mon portable.

Le cœur d'Hanna fit un bond dans sa poitrine. Sean avait fini par la rappeler !

— Eh bien, fais-le taire, soupira Ingrid. Et remets-toi au travail.

Hanna sortit son BlackBerry et consulta l'écran. Elle venait de recevoir un texto.

*Hannachou : Passer la serpillière à Bill Beach ne t'aidera pas à retrouver ton ancienne vie. Ni même à nettoyer ce merdier. Et puis, je suis au courant de quelque chose te concernant qui mettra un terme définitif à ta carrière de petite reine de l'Externat de Rosewood. – A*

Hanna promena un regard perplexe à la ronde. La gorge sèche, elle relut le message. « A » savait quelque chose de très grave sur elle. Il n'y avait pas trente-six solutions.

Jenna. Si « A » était au courant pour l'accident…

Hanna lui répondit rapidement : *Tu ne sais rien*. Puis elle appuya sur le bouton d'envoi.

Quelques secondes plus tard, elle reçut une réponse.

*Si, je sais tout. Et je pourrais te détruire.*

# 7

# Ô CAPITAINE, MON CAPITAINE !

Le mardi après-midi, Emily se tenait sur le seuil du bureau de son entraîneur de natation, hésitante.

— Je peux te parler ?

— Je n'ai que quelques minutes pour finir ça et le transmettre aux arbitres, répondit Lauren en brandissant sa liste de nageurs.

Ce jour-là avait lieu le Tank de Rosewood, la première compétition de la saison : une rencontre amicale à laquelle étaient conviés tous les lycées des environs, et qui ne comptait pas pour le championnat d'État. Emily se rasait néanmoins chaque fois pour l'occasion et ne pouvait s'empêcher d'avoir le trac. Sauf cette année.

— Qu'est-ce qui t'arrive, Fieldsy ? s'enquit Lauren.

Lauren Kincaid avait une trentaine d'années et des cheveux blonds abîmés par le chlore. Elle portait toujours des T-shirts avec des slogans du genre « BOUFFEZ NOS BULLES » ou « NAGEUSE UN JOUR, NAGEUSE TOUJOURS ». Ça faisait six ans qu'elle entraînait Emily, depuis le Club des Têtards. Peu de gens la connaissaient aussi bien que Lauren – assez bien pour la surnommer Fieldsy, pour savoir que son repas préféré avant une compétition était un steak au poivre de chez China Rose ou que trois dixièmes de moins en papillon signifiaient qu'elle avait ses règles. Du coup, ce qu'Emily avait à lui annoncer lui semblait encore plus difficile.

— Je veux quitter l'équipe, lâcha la jeune fille sans y mettre plus de formes.

Lauren cligna des yeux. Elle avait l'air choquée, comme si quelqu'un venait de lui apprendre que le bassin était rempli d'anguilles électriques.

— P-pourquoi ? balbutia-t-elle.

Emily fixa le linoléum à damier noir et blanc.

— Parce que nager ne m'amuse plus.

Lauren gonfla les joues et souffla.

— Ça ne peut pas toujours être amusant. Parfois, c'est beaucoup de boulot.

— Je sais. Mais... je n'ai plus envie.

— Tu en es certaine ?

Emily soupira. Elle *croyait* en être certaine. La semaine précédente, elle en était certaine. Elle nageait depuis des années, sans se demander si elle aimait ça ou non. Avec l'aide de Maya, elle avait trouvé le courage d'admettre – et de dire à ses parents – qu'elle désirait arrêter.

Bien sûr, c'était avant... les événements de ces derniers jours. À présent, le cœur d'Emily semblait balancer plus que jamais. La minute d'avant, elle voulait arrêter. Et maintenant elle aspirait à retrouver sa vie de gentille fille, la vie dans laquelle elle nageait après les cours, traînait avec sa sœur Carolyn le week-end et passait des heures à faire l'andouille dans le bus avec ses coéquipiers. Puis elle voulait de nouveau être libre de choisir ses propres centres d'intérêt. Évidemment, elle n'en avait aucun à part la natation.

— Je me sens vraiment vidée, déclara-t-elle enfin en guise d'explication.

Lauren appuya son menton dans la paume de sa main.

— J'allais te nommer capitaine.

Emily en resta bouche bée.

— Capitaine ?

— Eh bien, oui. (Lauren faisait sortir et rentrer la mine rétractable de son stylo.) Il me semblait que tu le méritais. Parce que tu as un excellent esprit d'équipe. Mais si tu veux arrêter...

Même Jake et Beth, le frère et la sœur aînés d'Emily, qui avaient obtenu des bourses universitaires grâce à leurs performances en bassin, n'avaient jamais été promus capitaines de leur équipe.

Lauren entortilla le cordon de son sifflet autour de son doigt.

— Et si je te ménageais pendant quelque temps ? suggéra-t-elle en prenant la main d'Emily. Je sais que c'est dur pour toi en ce moment, avec ton amie...

— Ouais.

Emily fixa le poster de Michael Phelps que Lauren avait accroché au mur en espérant qu'elle n'allait pas se remettre à pleurer. Chaque fois que quelqu'un mentionnait Ali – c'est-à-dire toutes les dix minutes –, son nez et ses yeux recommençaient à la piquer.

— Qu'est-ce que tu en dis ? demanda Lauren sur un ton enjôleur.

Emily passa sa langue sur la face intérieure de ses dents. Capitaine. Bien sûr, elle était championne de Pennsylvanie du cent mètres papillon, mais l'Externat de Rosewood avait une équipe féminine incroyable. Lanie Iler s'était classée 5ᵉ du cinq cents mètres nage libre au championnat national junior, et Stanford avait déjà promis une bourse maximale à

Jenny Kestler pour l'année suivante. Le fait que Lauren l'ait choisie plutôt que Lanie ou Jenny n'était pas anodin. Cela signifiait peut-être que sa vie devait revenir à la normale.

— D'accord, s'entendit-elle répondre.

— Génial. (Lauren lui tapota la main. Puis elle plongea un bras dans un de ses nombreux cartons de T-shirts et en tendit un à Emily.) Pour toi. Un petit cadeau de début de saison.

Emily déplia le T-shirt. On pouvait lire dessus : « JE SUIS UNE VRAIE LESBIENNE ». Elle eut soudain l'impression que sa gorge se remplissait de coton. Comment Lauren pouvait-elle être au courant?

Emily jeta un regard paniqué à son entraîneur. Lauren pencha la tête sur le côté.

— C'est une référence à tes talents de nageuse.

Emily reporta son attention sur le T-shirt. Ce n'était pas LESBIENNES, mais SIRÈNES.

— Oh, marmonna-t-elle en repliant le T-shirt. Merci.

Elle sortit du bureau de Lauren et traversa le hall, les jambes tremblantes. La pièce était pleine de nageurs venus pour participer au Tank. Soudain, Emily sentit que quelqu'un la fixait. Elle se figea.

De l'autre côté du hall, son ex-petit ami, Ben, se tenait adossé à la vitrine des trophées. Son regard était intense, il ne cillait pas. Emily sentit sa peau la picoter et la chaleur lui monter aux joues.

Ricanant, Ben lui tourna le dos pour chuchoter quelque chose à l'oreille de son meilleur ami, Seth Cardiff. Ce dernier éclata de rire, jeta un coup d'œil à Emily et murmura quelque chose à Ben en retour. Tous deux s'esclaffèrent de plus belle. Emily se cacha derrière un groupe d'élèves de St. Anthony.

C'était l'une des raisons pour lesquelles elle voulait

arrêter la natation – pour ne pas passer toutes ses fins d'après-midi en compagnie de son ex, qui était au courant. Le vendredi précédent, il avait surpris Maya et Emily dans une posture bien plus qu'amicale pendant la soirée de Noel Kahn.

Emily s'engagea dans le couloir vide qui conduisait aux vestiaires, en repensant au dernier message de « A ». C'était bizarre, mais quand elle l'avait lu dans les toilettes de la chambre de Maya, elle avait presque cru entendre la voix d'Ali dans sa tête. Mais c'était impossible, pas vrai ? Et puis, Ben était la seule personne à savoir pour Maya. Peut-être avait-il découvert par hasard qu'Emily avait essayé d'embrasser Ali des années auparavant. Se pouvait-il... Se pouvait-il que Ben soit le mystérieux « A » ?

— Où tu vas ?

Emily se retourna. Ben l'avait suivie.

— Salut. (Elle tenta de sourire.) Quoi de neuf ?

Ben avait mis son jogging Champion déchiré, comme pour chaque compétition – il était persuadé que ça lui portait chance. Il s'était fait raser les cheveux pendant le week-end, et cela donnait à son visage naturellement anguleux un air encore plus sévère.

— Rien, répondit-il d'une voix dure qui se répercuta sur les murs carrelés. Je croyais que tu quittais l'équipe.

Emily haussa les épaules.

— Oui, mais j'ai changé d'avis.

— Vraiment ? Tu avais l'air bien décidée vendredi. Ta copine était toute fière de toi, lança méchamment Ben.

Emily détourna les yeux.

— On était soûles.

– C'est ça.

Ben fit un pas vers elle.

— Pense ce que tu veux. (Elle fit mine de s'éloigner vers

les vestiaires des filles.) Et au fait, si tu pensais me faire peur avec ton texto, c'est raté.

Ben fronça les sourcils.

— Quel texto ?

Emily s'arrêta net.

— Celui qui dit que tu vas tout raconter à tout le monde, répondit-elle pour tâter le terrain.

— Je ne t'ai pas envoyé de texto. (Ben leva le menton.) Mais... effectivement, il n'est pas impossible que je raconte tout. Que tu sois gouine, c'est une nouvelle sacrément juteuse.

— Je ne suis pas gay, contra Emily, les dents serrées.

— Ah ouais ? (Ben se rapprocha d'un pas, les narines frémissantes.) Prouve-le.

Emily éclata de rire. C'était *Ben*, le gentil Ben avec qui elle sortait encore la semaine précédente.

Puis le jeune homme se jeta sur elle, lui saisit le poignet et la poussa contre la fontaine à eau.

Emily hoqueta. Le souffle de Ben était tiède dans son cou, et il sentait le Gatorade au raisin.

— Arrête, chuchota-t-elle en se tortillant pour essayer de se dégager.

Ben n'avait besoin que d'un bras pour l'immobiliser. Il se plaqua contre elle de toute la longueur de son corps.

— J'ai dit : prouve-le.

— Ben, arrête.

Des larmes de frayeur lui montèrent aux yeux. Emily tenta de repousser le jeune homme, mais ne parvint qu'à l'exciter davantage. Il passa une main sur sa poitrine. Elle poussa un petit cri.

— Il y a un problème ?

Ben recula brusquement. Derrière eux, à l'autre bout du couloir, se tenait un garçon vêtu d'une veste de sport de l'École préparatoire Tate. Emily plissa les yeux. On aurait dit…

— Ça ne te regarde pas, mec ! lâcha Ben d'une voix forte.

— Qu'est-ce qui ne me regarde pas ?

Le garçon se rapprocha. C'était…

*Toby Cavanaugh.*

— Fiche le camp ! grogna Ben.

Le regard de Toby se posa sur la main du jeune homme – celle qui serrait le poignet d'Emily. Il la désigna du menton.

— Qu'est-ce que tu fais ? insista-t-il.

Ben jeta un coup d'œil furieux à Emily, puis la lâcha. La jeune fille s'écarta d'un bond. De l'épaule, il poussa la porte des vestiaires des garçons et disparut à l'intérieur.

Silence.

— Tu vas bien ? s'enquit Toby.

Tête baissée, Emily acquiesça.

— Je crois.

— Tu crois ou tu es sûre ?

Elle jeta un regard furtif en direction de Toby. Celui-ci avait beaucoup grandi, et n'arborait plus cette tête de rongeur méfiant comme à l'époque de l'affaire Jenna. Au contraire, il était plutôt mignon avec ses pommettes hautes et ses yeux noirs. Ce qui rappela à Emily une autre phrase du message de « A » : *La plupart d'entre nous ont complètement changé mais…*

Ses genoux flageolèrent. Ce n'était quand même pas… ?

— Il faut que j'y aille, marmonna-t-elle.

Et tournant les talons, elle courut se réfugier dans le vestiaire des filles.

# 8

## MÊME L'ADO MÂLE TYPIQUE DE ROSEWOOD EST PARFOIS BRANCHÉ PHILO

Le mardi après-midi, en rentrant chez elle en voiture après les cours, Aria passa devant le terrain de lacrosse et reconnut la silhouette solitaire qui courait autour de la zone de but, sa crosse serrée contre sa poitrine. Le joueur ne cessait de changer de direction et de glisser dans l'herbe boueuse. Des nuages gris menaçants s'amoncelaient dans le ciel, et une pluie fine commençait à tomber.

Aria s'arrêta.

— Mike! appela-t-elle.

Elle n'avait pas revu son frère depuis son départ précipité du Victory, la veille. Quelques heures plus tard, il avait appelé pour prévenir leur mère qu'il dînerait chez son ami Theo. En fin de soirée, il avait rappelé pour dire qu'il dormirait là-bas.

De l'autre côté du terrain, Mike leva les yeux et se rembrunit.

— Quoi?

— Viens là.

Il s'approcha en traînant les pieds dans la pelouse fraîchement coupée et soigneusement débarrassée de toutes ses mauvaises herbes.

— Monte, ordonna Aria.

— Je suis en train de m'entraîner.

— Tu ne pourras pas te défiler indéfiniment. Il faut qu'on en parle.

— Qu'on parle de quoi ? bougonna Mike.

Aria haussa un sourcil parfaitement dessiné.

— Hum... de ce qu'on a vu hier ? Au bar ?

Mike tripota une des lanières de peau de sa crosse. Des gouttes de pluie rebondissaient sur la toile de sa casquette Brine.

— Je ne vois pas de quoi tu parles.

— Hein ?

Aria plissa les yeux. Mais Mike refusait même de la regarder.

— D'accord. (Elle passa la marche arrière.) Continue à faire ta mauviette.

Alors, Mike agrippa le bord de la vitre baissée.

— Je... je ne sais pas ce que je ferai, admit-il tout bas.

Aria tira de nouveau le frein à main.

— Quoi ?

— S'ils divorcent. Je ne sais pas ce que je ferai, répéta Mike. (Son expression vulnérable, embarrassée, lui donnait l'air d'avoir à peu près dix ans.) Je me foutrai peut-être en l'air.

Des larmes montèrent aux yeux d'Aria.

— Ça n'arrivera pas, affirma-t-elle d'une voix tremblante. Je te le promets.

Mike renifla. Aria tendit la main vers lui, mais son frère se détourna brusquement et s'élança vers le terrain.

Elle partit, roulant lentement sur la route sinueuse et

mouillée. Elle adorait la pluie. Ça lui rappelait son enfance. Quand elle avait neuf ans, les jours de pluie, Aria se faufilait chez les voisins, se glissait sous la bâche du voilier en cale sèche dans leur allée et grimpait à bord. Pelotonnée sur une couchette, elle écoutait les gouttes d'eau tomber sur la toile en écrivant dans son journal intime Hello Kitty.

Il lui semblait que la pluie l'aidait à réfléchir, et Dieu sait qu'elle en avait besoin en ce moment. Elle aurait pu affronter les révélations de « A » à sa mère si Meredith n'avait été qu'un lointain souvenir. Ses parents en auraient discuté ensemble, Byron se serait excusé de cette terrible erreur et aurait promis que ça ne se reproduirait jamais plus, bla bla bla...

Mais Meredith était de retour, et ça changeait tout. La veille au soir, son père n'était pas rentré à la maison pour dîner, à cause des soi-disant copies qu'il devait corriger. Aria et sa mère avaient mangé leur soupe sur le canapé, devant *Jeopardy!*. Elles n'avaient pas échangé un mot de toute la soirée.

En vérité, Aria non plus ne savait pas ce qu'elle ferait si ses parents divorçaient.

Comme la voiture franchissait une pente particulièrement abrupte, Aria enfonça la pédale d'accélérateur – la Subaru peinait toujours dans les montées. Mais au lieu d'entendre le moteur rugir, les lumières intérieures s'éteignirent, et la voiture partit en arrière, vers le bas de la colline.

— Merde! jura Aria en tirant le frein à main.

Quand elle tenta de redémarrer, elle ne réussit pas même à tirer un crachotement du moteur.

Elle balaya du regard la route déserte. Un coup de tonnerre éclata au-dessus de sa tête, et la pluie redoubla d'intensité.

Aria fouilla dans son sac. Elle voulait appeler une dépanneuse, ou au moins ses parents pour qu'ils viennent la chercher. Mais après avoir retourné son sac, elle réalisa qu'elle avait laissé son Treo chez elle. La pluie tombait si dru à présent qu'elle n'y voyait plus à travers le pare-brise et les fenêtres.

— Oh mon Dieu…, murmura-t-elle, en proie à une brusque claustrophobie.

Des taches dansèrent devant ses yeux.

Aria connaissait bien ces symptômes : c'était ceux d'une crise d'angoisse. Elle en avait déjà fait quelquefois. Une après l'affaire Jenna, une après la disparition d'Ali, une quand, descendant la rue Laugavegur à Reykjavik, elle avait aperçu une affiche avec un mannequin qui ressemblait à Meredith.

*Calme-toi*, s'admonesta-t-elle. *Ce n'est que de la pluie.* Elle prit deux grandes inspirations, se boucha les oreilles et entonna « Frère Jacques ». Pour une raison inexpliquée, cette berceuse française avait un effet apaisant sur elle. Après l'avoir chantée trois fois, les taches s'estompèrent.

La pluie d'une violence cataclysmique redevint simplement torrentielle. Aria décida que la meilleure chose à faire était encore de marcher jusqu'à la ferme qu'elle venait de dépasser et de demander si elle pouvait téléphoner.

Tenant son blazer de l'Externat de Rosewood au-dessus de sa tête, elle ouvrit la portière de la Subaru et s'élança. Une rafale souleva sa minijupe, et elle marcha dans une énorme flaque de boue. L'eau traversa instantanément les lanières de ses sandales à talons.

— Et merde ! marmonna-t-elle.

Elle ne se trouvait plus qu'à une trentaine de mètres de la ferme quand une Audi bleu marine la dépassa sur la route, en l'éclaboussant. La voiture s'arrêta près de la Subaru en panne, puis recula lentement jusqu'à Aria. La vitre côté conducteur descendit.

— Ça va? lança une voix masculine.

Aria plissa les yeux, des gouttes de pluie coulaient du bout de son nez. Le conducteur de l'Audi était un garçon de sa classe, Sean Ackard. L'ado typique de Rosewood : polo impeccablement repassé, peau hydratée, visage respirant la santé, voiture hors de prix. À ceci près qu'il jouait au football et non au lacrosse. Bref, ce n'était pas du tout le genre de personne qu'Aria avait envie de voir.

— Oui, oui, cria-t-elle.

— Tu es trempée. Je peux te déposer quelque part? lui proposa Sean.

De fait, Aria avait l'impression que son visage était en train de se changer en pruneau. L'Audi de Sean lui semblait merveilleusement sèche et confortable. Aussi s'installa-t-elle sur le siège passager.

Sean lui recommanda de jeter son blazer trempé à l'arrière. Puis il monta le chauffage.

— Alors, on va où?

Aria repoussa la frange noire dégoulinante qui lui tombait devant les yeux.

— J'ai juste besoin que tu me prêtes ton portable une minute, répondit-elle. Ensuite, je débarrasserai le plancher.

— Comme tu veux.

Pendant que Sean fouillait dans son sac à dos, Aria examina l'intérieur de la voiture. Le jeune homme ne l'avait pas tapissé d'autocollants de groupes comme le faisaient certains garçons, et elle n'empestait pas la transpiration. En fait, elle sentait plutôt le pain chaud et le chien fraîchement shampouiné. Deux livres étaient posés par terre du côté passager : *Zen et l'art de la mécanique moto* et *Le Tao de Winnie l'ourson*.

— Tu aimes la philo? demanda Aria en déplaçant ses jambes pour ne pas les mouiller.

Sean baissa la tête.

— Euh… oui, répondit-il d'un air embarrassé.

— Moi aussi, j'ai lu ces bouquins, ajouta Aria. Et je me suis beaucoup intéressée aux philosophes français cet été, quand j'étais en Islande.

Elle s'interrompit. C'était la première fois qu'elle parlait vraiment avec Sean. Avant son départ, les garçons de Rosewood la terrifiaient – et c'était en partie à cause de ça qu'elle les détestait.

— Je… euh… je viens de passer trois ans là-bas, reprit-elle. Mon père avait pris un congé sabbatique.

— Je sais.

Sean lui adressa un sourire en coin.

Aria fixa ses mains.

— Oh.

Il y eut un silence gêné, à peine troublé par le martèlement de la pluie et le frottement rythmé des essuie-glaces.

— Donc, tu aimes Camus et les autres? interrogea Sean.

Aria acquiesça.

— J'ai lu *L'Étranger* cet été, répliqua-t-il avec un petit sourire satisfait.

— Vraiment?

Aria avança le menton. Elle était certaine qu'il n'avait rien compris au livre. Qu'est-ce qu'un ado mâle typique de Rosewood pouvait bien comprendre à la philo, de toute façon? Si ça avait été une analogie présentée dans les SAT, ça aurait donné quelque chose comme : « Ado mâle typique de Rosewood lisant les philosophes français = touriste américain en Islande mangeant ailleurs que chez McDonald's. » La probabilité des deux événements était à peu près la même : nulle.

Comme Sean lui tendait son portable sans répondre,

Aria composa le numéro de chez elle. Le téléphone sonna et sonna encore sans basculer sur la boîte vocale – les parents d'Aria n'avaient pas branché leur répondeur. La jeune fille essaya de joindre son père à la fac : il n'était pas encore cinq heures, et d'après l'emploi du temps affiché sur la porte du frigo, Byron devait être au bureau de trois heures et demie à cinq heures et demie ce jour-là. Mais là encore, personne ne décrocha.

Les taches recommencèrent à danser devant les yeux d'Aria tandis qu'elle s'imaginait où pouvait bien être son père... et avec qui. Elle se pencha en avant et respira profondément. *Frère Jacques*, chanta-t-elle dans sa tête.

— Wouah..., lança Sean, dont la voix lui parut très lointaine.

— Ça va, répliqua Aria, la tête contre ses cuisses nues. Il faut juste que je...

Elle sentit Sean se pencher entre les sièges et farfouiller à l'arrière de la voiture. Le jeune homme lui fourra un sac en papier du Burger King entre les mains.

— Respire là-dedans. Désolé, ça doit puer la frite.

Aria colla l'ouverture du sac contre sa bouche. Lentement, elle le gonfla et le dégonfla. Elle devina une main tiède se poser sur son dos. Petit à petit, elle se sentit mieux. Quand elle releva la tête, Sean la regardait anxieusement.

— Crise d'angoisse ? demanda-t-il. Ma belle-mère en fait aussi. Le coup du sac, ça marche toujours.

Aria froissa le sac en papier sur ses genoux.

— Merci.

— Quelque chose te tracasse ? s'enquit Sean.

Elle secoua vigoureusement la tête.

— Non, non.

— Allez, la pressa Sean. En général, c'est pour ça que les gens font ce genre de crise.

Aria pinça les lèvres.

— C'est compliqué.

*Et puis,* avait-elle envie d'ajouter, *depuis quand les ados mâles typiques de Rosewood s'intéressent-ils aux problèmes des filles excentriques*?

Sean haussa les épaules.

— Tu étais copine avec Ali DiLaurentis, pas vrai?

Aria hocha la tête.

— C'est bizarre, hein?

— Oui. (Elle se racla la gorge.) Mais pas à cause de ce que tu crois. Enfin, si, mais pas seulement.

— À cause de quoi d'autre? interrogea Sean, curieux.

Aria s'agita sur son siège; ses sous-vêtements mouillés commençaient à la gratter. Ce jour-là, au lycée, tout le monde lui avait parlé en chuchotant. Les gens pensaient vraiment qu'un volume sonore normal risquait de la briser en mille morceaux?

— Je voudrais juste qu'on me laisse tranquille, réussit-elle à articuler. Comme la semaine dernière.

Sean donna une pichenette dans le sapin désodorisant accroché au rétroviseur, et le petit bout de carton parfumé se balança en tous sens.

— Je vois ce que tu veux dire. Quand ma mère est morte, je n'ai pas eu une seconde de répit pendant des semaines. Je ne sais pas ce que pensaient les gens – que je risquais de craquer s'ils me laissaient seul ne serait-ce qu'un instant?

Aria se redressa.

— Ta mère est morte?

Sean lui jeta un coup d'œil.

— Ouais. Il y a longtemps. Quand on était en CM1.

— Oh…

Aria tenta de se souvenir à quoi il ressemblait à l'époque. Le plus petit des garçons de la classe, lui semblait-il. Et ils avaient fait partie de la même équipe de ballon prisonnier à plusieurs reprises. C'était à peu près tout ce dont elle se souvenait. Elle s'en voulait de n'avoir pas fait davantage attention à lui.

— Je suis désolée.

Le silence retomba. Aria croisa et décroisa ses jambes nues. L'intérieur de la voiture commençait à sentir la laine mouillée.

— C'était dur, déclara enfin Sean Mon père a eu tout un tas de copines, après. Puis il s'est remarié. Au début, je n'aimais pas ma belle-mère, mais j'ai fini par m'y habituer.

Aria sentit ses yeux se remplir de larmes. Elle ne voulait pas s'habituer aux changements survenus dans sa famille. Elle renifla bruyamment.

Sean se pencha vers elle.

— Tu es sûre que tu ne veux pas en parler?

Aria haussa les épaules.

— C'est censé être un secret.

— Tu sais quoi? Tu me révèles ton secret et je te révèle le mien, proposa Sean.

— D'accord, acquiesça très vite Aria.

En vérité, elle mourait d'envie d'en parler à quelqu'un. Elle aurait pu tout déballer à ses anciennes amies, mais celles-ci faisaient tant de mystère autour de leurs propres secrets que ça ne l'avait pas poussée à la confidence.

— Mais tu dois me promettre que tu ne le répéteras à personne, ajouta-t-elle.

— Bien entendu.

Alors, Aria raconta tout à propos de ses parents, de Meredith et de ce que Mike et elle avaient vu au Victory la veille.

— Je ne sais pas quoi faire, conclut-elle. J'ai l'impression que c'est à moi de préserver notre famille.

Sean resta muet, elle craignit qu'il n'ait cessé de l'écouter. Puis le jeune homme releva la tête.

— Ton père ne devrait pas te mettre dans cette position.

— Oui, mais bon.

Aria jeta un coup d'œil à Sean. À condition de faire abstraction de son polo rentré dans son short kaki, il était plutôt mignon. Il avait des lèvres très roses et des doigts aux articulations noueuses. À la façon dont son polo lui moulait le torse, Aria devina que le foot avait agréablement modelé sa silhouette. Soudain, elle se sentit un peu embarrassée.

— C'est facile de te parler, avoua-t-elle timidement en regardant ses cuisses nues.

Elle avait oublié quelques poils sur ses genoux en s'épilant. D'habitude, elle se fichait de ce genre de détail, mais là, elle avait l'impression qu'on ne voyait que ça.

— Bref. Merci.

— Pas de problème.

Quand Sean souriait, le coin de ses yeux se plissait, et son regard devenait encore plus chaleureux.

— Ce n'est pas du tout comme ça que j'imaginais passer mon après-midi, ajouta Aria.

La pluie continuait à tambouriner sur le pare-brise, mais la température avait monté de plusieurs degrés à l'intérieur de la voiture pendant qu'elle se confiait à Sean.

— Moi non plus. (Sean regarda par la fenêtre. Les nuages commençaient à se dissiper.) Mais... c'est plutôt cool, non ?

Aria haussa les épaules. Puis elle se souvint.

— Hé, tu m'avais promis de me révéler ton secret ! s'exclama-t-elle. Il vaudrait mieux pour toi qu'il soit croustillant !

— Ça, je n'en sais rien.

Sean se pencha vers Aria, qui se rapprocha instinctivement

de lui. L'espace d'une seconde, elle crut qu'ils allaient s'embrasser.

— Je fais partie d'un club de chasteté, chuchota Sean. (Son haleine sentait le bonbon à la menthe.) Tu sais ce que c'est ?

— Je crois, répondit Aria en réprimant une grimace moqueuse. C'est pour les gens qui ont juré de ne pas coucher avant le mariage, c'est ça ?

— Exactement. (Sean se radossa à son siège.) Ce qui signifie que je suis encore puceau. Mais… je ne suis plus certain de vouloir le rester.

# 9

# L'ARGENT DE POCHE DE QUELQU'UN VIENT JUSTE DE DIMINUER DE FAÇON DRAMATIQUE

Le mercredi matin, M. McAdam, le professeur d'économie de Spencer, rendit le devoir sur table de la veille. Il cheminait entre les rangées de pupitres, en feuilletant sa pile de copies et en en déposant une à l'envers sur le coin de chaque bureau. C'était un homme grand, aux yeux globuleux, au nez tombant et aux bajoues flasques. Quelques années auparavant, un de ses élèves avait fait remarquer qu'il ressemblait à Carlo Tentacules de *Bob l'éponge*, et le surnom lui était resté.

— Beaucoup d'entre vous ont obtenu de bons résultats, murmura-t-il.

Spencer se redressa et fit ce qu'elle faisait toujours quand elle n'était pas certaine d'avoir réussi un contrôle : calculer la note minimale qu'elle devait obtenir pour que sa moyenne reste un A. En règle générale, cette note était tellement basse – même si « basse » pour Spencer signifiait

B+ ou, au pire du pire, B– que la jeune fille avait toujours une bonne surprise en récupérant sa copie.

*B+*, estima-t-elle comme Carlo Tentacules arrivait à son niveau. *C'est le minimum dont j'ai besoin.* Puis elle retourna le devoir que son professeur venait de poser devant elle.

B-.

Spencer lâcha sa copie comme si le papier était en feu. Elle balaya le QCM du regard en quête de points que Carlo Tentacules aurait oubliés. Mais la vérité, c'est qu'elle n'avait pas répondu à tout un tas de questions, près desquelles figuraient de gros points d'interrogation au feutre rouge.

D'accord, il était possible qu'elle n'ait pas suffisamment révisé.

La veille, elle avait coché les cases avec la tête ailleurs, se demandant : a) comment elle pourrait revoir Wren; b) comment faire pour que sa famille l'aime de nouveau; c) qu'est-ce qui était réellement arrivé à Ali; d), e), f) et g) comment résoudre le problème Toby.

Ce dernier point la tourmentait tout particulièrement. Que pouvait-elle bien faire, aller voir les flics? Et leur raconter... quoi? *Il y a quatre ans, un gamin a déclaré : « Je t'aurai » à Ali, et je pense qu'il l'a tuée et que je suis la prochaine sur sa liste? J'ai reçu un texto qui disait que mes amies et moi étions en danger?* Les flics lui riraient au nez et lui feraient comprendre qu'elle avait sniffé trop de Ritaline.

Et puis, elle avait peur de parler à ses amies. Et si « A » était sérieux? S'il leur arrivait quelque chose parce qu'elle n'avait pas su tenir sa langue?

— Alors, t'as cartonné? chuchota une voix.

Spencer sursauta. Andrew Campbell était assis à sa droite. Il était aussi perfectionniste qu'elle. Tous deux occupaient systématiquement – et alternativement – la première et la seconde place de leur promo. La copie d'Andrew était fièrement posée sur son bureau. Son gros A+ noté au feutre rouge bien mis en évidence.

Spencer plaqua son QCM contre sa poitrine.

— Oui, mentit-elle.

— Cool.

Une mèche de la longue crinière blonde d'Andrew lui tomba devant les yeux.

Spencer serra les dents. Tout le monde le savait, Andrew était de nature curieuse. Elle avait toujours considéré cela comme un symptôme de son hyper compétitivité, et la semaine précédente, elle s'était demandé s'il n'était pas l'auteur des messages signés « A ».

Mais même s'il manifestait un intérêt étrange pour tout ce qui avait trait à la vie de Spencer, la jeune fille ne le pensait pas capable d'une telle chose. Il l'avait soutenue le jour où les ouvriers avaient découvert le corps d'Ali, en lui apportant une couverture alors qu'elle était en état de choc. « A » n'aurait jamais fait une chose pareille.

Pendant que Carlo Tentacules leur dictait les devoirs à faire pour le cours suivant, Spencer examinait les notes qu'elle avait prises pendant l'heure écoulée. Son écriture, normalement soigneuse et régulière, partait dans tous les sens. Elle entreprit de recopier ses notes à toute vitesse, mais la cloche l'interrompit, elle se leva d'un air penaud et s'apprêta à quitter la salle.

*B-...*

— Mademoiselle Hastings ?

Spencer leva les yeux. Carlo Tentacules lui faisait signe d'approcher. Elle se dirigea vers son bureau en rajustant son blazer bleu marine de l'Externat de Rosewood et en prenant bien garde de ne pas glisser avec ses bottes cavalières en chevreau couleur caramel.

— Vous êtes bien la sœur de Melissa Hastings ?

Intérieurement, Spencer se décomposa.

— Han, han.

Elle savait déjà ce qui allait suivre.

— Alors, j'ai beaucoup de chance, affirma Carlo Tentacules en tapotant son bureau avec son stylo. C'était un vrai plaisir d'avoir Melissa dans ma classe.

*Je n'en doute pas*, songea Spencer.

— Que devient-elle ? interrogea Carlo Tentacules.

Spencer serra les dents. *Elle squatte chez nous, où elle monopolise l'amour et l'attention de nos parents.*

— Elle est en troisième cycle à Wharton.

Le professeur esquissa un sourire.

— J'ai toujours su qu'elle finirait à Wharton. (Puis il fixa longuement Spencer.) Votre premier essai sera à rendre lundi prochain. Je vais vous donner un tuyau : les ouvrages optionnels que j'ai mentionnés sur la liste de lecture vous seront utiles.

— Oh.

Spencer en fut gênée. Lui donnait-il un tuyau parce qu'elle n'avait obtenu qu'un B- et qu'il avait pitié d'elle, ou parce qu'elle était la sœur de Melissa ? Elle leva les épaules.

— J'avais l'intention de les lire de toute façon.

Carlo Tentacules ne cilla pas.

— Alors, c'est parfait.

Spencer sortit. Elle se sentait complètement déstabilisée. En temps normal, elle pouvait être la reine des lèche-bottes, mais Carlo Tentacules lui donnait l'impression d'être un vrai cancre.

C'était la fin des cours. Les élèves de l'Externat s'affairaient devant leur casier, remplissaient leur sac de livres, faisaient des plans pour la soirée au téléphone ou sortaient leurs affaires de sport. Spencer avait entraînement de hockey sur gazon à quinze heures, mais elle voulait d'abord passer chez Wordsmith acheter les livres recommandés par Carlo Tentacules. Après ça, elle devait passer au comité de rédaction du livre de l'année, voir où en était la liste des volontaires d'Habitat pour l'Humanité et passer dire bonjour au superviseur du club de théâtre. Elle risquait d'arriver sur le terrain avec quelques minutes de retard, mais comment faire autrement ?

Une fois qu'elle eut poussé la porte de Wordsmith, elle se sentit mieux. Il régnait toujours une atmosphère paisible dans cette librairie, où les vendeurs n'importunaient jamais personne. Après la disparition d'Ali, Spencer avait pris l'habitude de venir là et de lire des BD de *Calvin & Hobbes*, juste pour être tranquille. Les vendeurs ne se plaignaient pas quand un portable se mettait à sonner – comme celui de Spencer en ce moment même. Le cœur de la jeune fille fit un bond dans sa poitrine. Puis un autre lorsqu'elle vit qui l'appelait.

— Wren, chuchota-t-elle en s'affaissant contre l'étagère du rayon Voyages.

— Tu as reçu mon e-mail ? demanda Wren avec son léger accent anglais si sexy.

— Hum... oui. Mais... je ne pense pas que tu devrais me téléphoner.

— Tu veux que je raccroche ?

Spencer promena un regard nerveux à la ronde. Deux types de seconde gloussaient bêtement en feuilletant un manuel d'éducation sexuelle, et une vieille dame consultait un plan des rues de Philadelphie.

— Non, murmura-t-elle.

— Je meurs d'envie de te voir, Spence. On peut se retrouver quelque part ? demanda Wren.

Spencer mourait tellement d'envie d'accepter qu'elle en avait mal au ventre.

— Je ne crois pas que ce soit une bonne idée pour le moment, répondit-elle néanmoins.

— Comment ça, tu ne crois pas? (Wren éclata de rire.) Allez, Spence. Ça a déjà été assez difficile d'attendre aussi longtemps avant de t'appeler.

La jeune fille secoua la tête.

— Je... je ne peux pas, renchérit-elle. Melissa et mes parents... Ils ne me regardent même plus. On pourrait peut-être se recontacter d'ici... deux ou trois mois?

Wren garda le silence un moment.

— Tu es sérieuse? lâcha-t-il enfin.

Spencer renifla, puis se tut.

— Je pensais juste que... Je ne sais pas. Tu es sûre? s'enquit Wren d'une voix étranglée.

Spencer passa une main dans ses cheveux et regarda par la grande vitrine de Wordsmith. Mason Byers et Penelope Waites, deux élèves de sa classe, s'embrassaient devant la sandwicherie Ferra située de l'autre côté de la rue. *Je les hais*, songea-t-elle.

— Oui, je suis sûre, répondit-elle à Wren avec une grosse boule dans la gorge. Désolée.

Et elle raccrocha.

Elle poussa un soupir. Soudain, la librairie lui paraissait beaucoup trop silencieuse. Le CD de musique classique s'était arrêté. Spencer sentit ses poils se hérisser. « A » pourrait avoir entendu leur conversation.

Elle se dirigea, tremblante, vers le rayon Économie, et jeta un regard soupçonneux à un type qui farfouillait dans l'étagère consacrée aux ouvrages sur la Seconde Guerre mondiale et à une femme qui consultait un calendrier avec des photos de bouledogues. L'un d'eux pouvait-il être « A »? « A » était-il réellement au courant de *tout*?

Spencer trouva rapidement les livres figurant sur sa liste,

elle se dirigea vers la caisse et tendit sa carte de crédit à la vendeuse. Elle attendit en tripotant nerveusement les boutons argentés de son blazer bleu marine. Elle n'avait vraiment pas envie d'aller à l'entraînement de hockey. Elle voulait juste rentrer chez elle et se terrer dans sa chambre.

— Mmmh… (La vendeuse, qui avait trois anneaux dans un sourcil, rendit sa Visa à Spencer.) Votre carte ne passe pas.

— Impossible ! s'exclama Spencer.

Elle sortit sa MasterCard. Mais quand la vendeuse tenta d'encaisser, le lecteur de carte émit le même bruit désapprobateur.

— Celle-là ne passe pas non plus.

La vendeuse saisit le téléphone posé sur le comptoir, composa un numéro, expliqua le problème à son interlocuteur, hocha la tête deux ou trois fois et raccrocha.

— Quelqu'un a fait opposition sur vos cartes, lui annonça-t-elle tout bas, en écarquillant ses yeux soulignés d'un épais trait de khôl. Je suis censée les détruire, mais…

Elle haussa les épaules et rendit sa MasterCard à Spencer.

— Votre machine doit être cassée, affirma la jeune fille énervée. Ces cartes sont…

Elle allait dire « débitées sur le compte de mes parents » quand elle comprit.

— Vous voulez payer en liquide ? suggéra la vendeuse.

Les parents de Spencer avaient fait opposition sur ses cartes de crédit. Qu'allaient-ils inventer la prochaine fois ? Mettre un cadenas sur le frigo ? Couper la climatisation dans sa chambre ? Rationner son oxygène ?

Spencer sortit de la librairie, furieuse. Deux jours plus tôt, elle avait utilisé sa Visa pour payer une part de pizza au fromage de soja en rentrant de l'enterrement d'Ali. La veille, elle s'était excusée auprès de sa famille, et aujourd'hui, ses parents lui avaient coupé les vivres. C'était une sacrée claque.

*Alors, c'est comme ça qu'ils ont l'intention de me traiter...*

Spencer examina tristement ses deux cartes de crédit. Elle s'en était tellement servi que la signature était presque effacée au dos.

La rage l'envahit. Serrant les dents, elle referma son portefeuille, sortit son Sidekick et chercha le numéro de Wren dans la liste des appels reçus.

Le jeune homme décrocha à la première sonnerie.

— C'est quoi, ton adresse? lui demanda Spencer. J'ai changé d'avis.

# 10

# L'ABSTINENCE ATTISE LES SENTIMENTS

Le même mercredi après-midi, Hanna se tenait à l'entrée de la Maison pour la Jeunesse de Rosewood, un manoir de style colonial rénové. La façade était en briques rouges, avec des piliers blancs hauts de deux étages, des moulures soulignant l'avant-toit et des encadrements de fenêtres qui semblaient appartenir à une maison en pain d'épice. Les Briggs, un couple aussi riche qu'excentrique, avaient fait construire cette bâtisse en 1886 pour abriter dix membres de leur famille, trois invités permanents, deux perroquets et une douzaine de caniches.

Mais la plupart des détails architecturaux historiques avaient été démolis au profit d'une piscine à six couloirs, d'un centre de fitness et de salles de réunion. Hanna se demandait ce que les Briggs penseraient de certains des groupes qui se réunissaient désormais dans leur manoir. Le club de chasteté, par exemple.

Haussant les épaules, la jeune fille emprunta le couloir lambrissé qui conduisait à la salle 204. Sean ne l'avait toujours pas rappelée. Elle voulait juste lui dire qu'elle était désolée. *Doux Jésus!* Comment étaient-ils censés se réconcilier s'il ne la laissait pas s'excuser? Le seul endroit où elle était sûre de trouver Sean – et où il ne se douterait jamais qu'elle puisse venir le chercher –, c'était le club de chasteté.

D'accord, elle empiétait peut-être sur la vie privée de son petit ami. Mais c'était pour une bonne cause. Sean lui manquait, surtout avec tout ce qui se passait en ce moment.

— Hanna?

Hanna se retourna. Naomi Zeigler était juchée sur un vélo elliptique dans la salle de gym. Elle portait un mini-short Adidas en éponge bordeaux, une brassière de sport fuchsia et des socquettes assorties. Un chouchou rouge foncé retenait sa queue-de-cheval d'un blond impeccable.

Hanna sourit, mais frémit intérieurement. Naomi et sa meilleure amie, Riley Wolfe, détestaient Hanna et Mona. Au printemps dernier, Naomi avait piqué Jason Ryder à Mona et l'avait plaqué deux semaines plus tard. Au bal de promo de l'année précédente, Riley avait découvert qu'Hanna porterait une robe Calvin Klein vert écume et elle avait acheté la même – mais en rouge cerise.

— Qu'est-ce que tu fais là? cria Naomi sans cesser de pédaler.

Hanna remarqua que le compteur du vélo indiquait que Naomi avait déjà brûlé 876 calories. *Salope!*

— Je suis venue voir quelqu'un, marmonna-t-elle.

Elle poussa la porte de la salle 204 d'un geste faussement désinvolte. Mais elle n'avait pas vu qu'elle était entrebâillée et faillit s'étaler au moment où elle s'ouvrit. Hanna perdit l'équilibre et manqua de tomber. Tout le monde tourna la tête vers elle.

— Coucou! (Une femme vêtue d'une affreuse veste

imitation Burberry passa la tête dans le couloir et aperçut Hanna.) Tu es là pour la réunion ?

— Euh…, balbutia Hanna.

Par-dessus son épaule, elle jeta un coup d'œil vers le vélo elliptique. Naomi avait disparu.

— N'aie pas peur.

Ne sachant que faire d'autre, Hanna suivit la femme à l'intérieur de la salle 204 et s'assit.

La pièce était lambrissée, sombre et étouffante. Elle abritait une douzaine de jeunes assis sur des chaises en bois à haut dossier. La plupart d'entre eux avaient l'air normaux, bien qu'un peu trop proprets. Les garçons étaient soit grassouillets, soit squelettiques. Hanna ne reconnut personne de l'Externat de Rosewood à l'exception de Sean. Celui-ci se trouvait au fond de la pièce, à côté de deux blondes fadasses, et la fixait d'un air désemparé. Hanna agita la main en souriant, mais il ne réagit pas.

— Je m'appelle Candace, se présenta la femme qui avait invité Hanna à entrer. Et toi ?

— Hanna. Hanna Marin.

— Bienvenue parmi nous, Hanna.

Candace avait environ quarante-cinq ans, des cheveux blond-châtain coupés court, et elle s'était aspergée de Narcisse de Chloé avant de venir. Ironie du sort, c'était justement le parfum qu'Hanna avait mis le vendredi soir précédent pour séduire Sean.

— Qu'est-ce qui t'amène ici ? interrogea Candace.

Hanna hésita.

— Je suis venue pour… pour me renseigner.

— Très bien. La première chose que tu dois savoir, c'est que tu peux parler librement, déclara Candace en agrippant le dossier d'une chaise. Ce que tu vas nous raconter ne sortira pas de cette pièce. En échange, tu dois promettre de ne pas répéter ce que tu y entendras, toi non plus.

— D'accord, acquiesça Hanna sans attendre.

Il était hors de question qu'elle répète quoi que ce soit : pour ça, il aurait d'abord fallu qu'elle admette avoir assisté à une réunion d'un club de chasteté. La honte totale.

— Tu as des questions ? s'enquit Candace.

— Hum..., je ne sais pas trop.

— Tu veux dire quelque chose ?

Hanna jeta un coup d'œil à Sean. Le jeune homme soutint son regard avec une expression de curiosité méfiante, comme s'il répliquait : *Oui, qu'est-ce que tu aimerais nous dire* ?

Elle se redressa.

— J'ai beaucoup pensé au sexe ces derniers temps. Je veux dire... j'étais curieuse de tester. Mais maintenant... je ne sais plus trop. (Elle prit une grande inspiration et tenta d'imaginer ce que Sean voudrait entendre.) Je crois qu'il vaut mieux attendre de rencontrer la bonne personne.

— La personne qu'on aime et avec qui on va se marier, corrigea Candace.

— Oui, oui.

— Mais c'est difficile. (Candace se mit à arpenter la pièce.) Quelqu'un a une expérience à partager avec Hanna ?

Un garçon blond en pantalon cargo qui était presque mignon – à condition de le regarder en plissant les yeux – leva la main, puis changea d'avis et la baissa. Une fille brune qui portait un T-shirt rose Dubble Bubble leva deux doigts d'un air hésitant et dit :

— Moi aussi, je pensais beaucoup au sexe. Mon copain menaçait de me larguer si je ne couchais pas avec lui. Pendant un moment, j'ai pensé à céder, mais je suis bien contente de ne pas l'avoir fait.

Hanna hocha la tête en s'efforçant de prendre un air pensif. De qui ces gens se moquaient-ils ? Même s'ils prétendaient le contraire, ils devaient tous secrètement mourir d'envie de baiser.

— Et toi, Sean ? lança Candace. La semaine dernière, tu nous expliquais que ta petite amie et toi aviez des opinions divergentes sur le sexe. Comment ça se passe entre vous ?

Hanna sentit le rouge lui monter aux joues. Elle n'arrivait pas à y croire.

— Ça va, marmonna Sean.

— Tu en es sûr ? Tu as eu une discussion avec elle, comme je te l'avais suggéré ? insista Candace.

— Oui, répondit sèchement Sean.

Un long silence suivit. Hanna se demanda si les autres savaient qui elle était.

Candace fit le tour de la pièce en demandant aux jeunes gens de parler de leurs tentations. L'un d'entre eux s'était-il déjà retrouvé en position allongée avec un individu du sexe opposé ? L'un d'entre eux avait-il déjà caressé un individu du sexe opposé ? L'un d'entre eux avait-il déjà regardé un film porno ? *Oui, oui, oui.* Hanna cochait les cases dans sa tête, sachant très bien que toutes ces choses étaient proscrites par les clubs de chasteté.

Quelques jeunes posèrent des questions. La plupart d'entre eux essayaient de définir ce qui comptait comme une expérience sexuelle et ce qu'ils devaient éviter au juste.

— Tout, répondit Candace, impassible.

Hanna en fut stupéfaite. Elle pensait que les clubs de chasteté proscrivaient seulement la pénétration, mais pas les préliminaires et tous les à-côtés !

Puis la réunion s'acheva, et les jeunes gens se levèrent de leur chaise. Dans un coin de la pièce se trouvait une table sur laquelle étaient posés des canettes de soda, des gobelets en papier, une assiette d'Oreo et un sac de chips Terra YukonGold.

Hanna rajusta les lanières de ses sandales compensées violettes autour de ses chevilles et leva les bras au-dessus de sa tête pour s'étirer. Elle ne put s'empêcher de remarquer que Sean fixait son ventre découvert. Un sourire charmeur aux lèvres, elle se dirigea vers lui.

— Salut, lança-t-elle.

— Hanna…

Mal à l'aise, Sean passa une main dans ses cheveux ras. Quand il les avait coupés ainsi au printemps précédent, Hanna lui avait dit qu'il ressemblait à Justin Timberlake en moins vulgaire. En guise de réponse, Sean s'était lancé dans une interprétation à la fois pathétique et touchante de « Cry me a river ». C'était à l'époque où elle pouvait encore s'amuser avec lui.

— Qu'est-ce que tu fais là ? lui demanda-t-il.

Hanna porta une main à sa gorge.

— Comment ça, qu'est-ce que je fais là ?

— Je ne suis pas sûr que ce soit une bonne idée, déclara Sean.

— Pourquoi ? fulmina Hanna. J'ai le droit d'être ici, autant que n'importe qui d'autre ! Je voulais juste m'excuser, d'accord ? J'ai essayé de le faire au bahut, mais tu n'arrêtes pas de m'éviter.

Sean soupira.

— C'est compliqué.

Hanna s'apprêtait à lui demander ce qu'il y avait de compliqué lorsque Candace posa une main sur leurs épaules.

— Je vois que vous vous connaissez, tous les deux !

— Absolument, répondit Hanna sur un ton faussement enjoué.

Candace lui adressa un sourire rayonnant.

— Nous sommes ravis de t'avoir dans le club, Hanna. Tu seras un modèle très positif pour nous.

— Merci.

Un léger frisson parcourut Hanna. Club de chasteté ou pas, elle ne se sentait pas souvent acceptée aussi chaleureusement. Ni par son professeur de tennis, ni par ses amis, ni par ses professeurs, et encore moins par ses parents. La chasteté était peut-être sa vocation.

Elle s'imagina en porte-parole du mouvement – une sorte de Miss Amérique, mais avec une chevalière du club de chasteté au lieu d'une couronne en brillants. Ou un sac à main du club de chasteté. Par exemple, un papillon Louis Vuitton avec des cerises et un gros C peint à la main.

— Tu penses revenir la semaine prochaine? s'enquit Candace.

Hanna jeta un coup d'œil à Sean.

— Probablement.

— Merveilleux! s'écria Candace.

Elle s'éloigna, laissant Hanna de nouveau seule avec Sean. La jeune fille rentra son ventre en regrettant d'avoir englouti un esquimau au chocolat Good Humor, acheté sur un coup de tête avant la réunion chez le glacier de la Maison de la Jeunesse.

— Alors, tu leur as parlé de moi...

Sean ferma les yeux.

— Je suis désolé que Candace ait mis ça sur le tapis.

— Il n'y a pas de quoi, le rassura Hanna. Je n'avais pas réalisé à quel point... tout ceci comptait pour toi. Et je suis d'accord avec certains des trucs qu'ils ont dit. Comme le fait qu'on ne devrait faire l'amour qu'avec la personne qu'on aime. Je suis totalement pour. Et tout le monde a l'air vraiment sympa.

À son grand étonnement, elle réalisa qu'elle était sincère.

Sean haussa les épaules.

— Oui, on peut voir ça comme ça.

Surprise par l'apathie du jeune homme, Hanna fronça les sourcils. Puis elle soupira et leva les yeux vers lui.

— Sean, je suis vraiment désolée pour ce qui s'est passé. Pour... pour la voiture. Je ne sais pas comment m'excuser. Je me sens tellement stupide. Mais je ne supporte pas que tu me détestes.

Sean garda le silence quelques instants.

— Je ne te déteste pas, lâcha-t-il enfin. Je t'ai parlé un peu durement vendredi soir. On n'était pas dans notre état normal, ni l'un ni l'autre. Ça n'excuse pas ce que tu as fait, mais... Tu es bénévole à la clinique maintenant, pas vrai ?

— Ouais, répondit Hanna en espérant que son nez n'allait pas se plisser en une grimace de dégoût.

Sean hocha la tête.

— Je trouve ça super. Je suis sûr que tu illumineras la journée des patients.

Hanna sentit ses joues rosir, mais la gentillesse de Sean ne la surprenait pas. Il avait toujours été serviable et compatissant, un vrai boy-scout. Il donnait de l'argent aux SDF de Philadelphie, recyclait ses vieux portables et ne disait jamais de mal de personne, pas même des célébrités qui n'existaient que pour qu'on se moque d'elles. C'était une des raisons pour lesquelles Hanna était tombée amoureuse de lui en 6e, quand elle n'était encore qu'une grosse nulle pathétique.

Jusqu'à la semaine dernière, Sean était son petit ami. Elle avait parcouru du chemin depuis l'époque où elle faisait le sale boulot d'Ali en répandant des ragots sur leurs camarades de classe. Elle n'allait pas laisser une petite erreur commise sous l'emprise de l'alcool détruire leur relation. Même si… quelque chose – ou plutôt quelqu'un – d'autre risquait de s'en charger à sa place.

*Je pourrais te détruire.*

— Sean ? (Le cœur d'Hanna battait la chamade.) Est-ce que tu as reçu des textos bizarres qui parlaient de moi ?

— Des textos ? (Le jeune homme pencha la tête sur le côté.) Non.

Hanna se mordit l'ongle du pouce.

— Si tu en reçois, ne crois pas ce qu'ils racontent.

— D'accord.

Sean lui sourit. Elle sentit comme une minuscule décharge électrique lui parcourir le corps.

— Alors, reprit-elle après une pause. Tu vas à Foxy ce week-end ?

Sean détourna les yeux.

— Probablement. Avec le reste de la bande.

— Réserve-moi une danse, ronronna Hanna en lui pressant la main.

Elle adorait les mains de Sean – robustes, chaudes et si masculines. Ce simple contact la rendait si heureuse qu'elle pouvait presque envisager de renoncer au sexe avant le mariage. Sean et elle resteraient toujours debout, se couvriraient les yeux pendant les scènes d'amour au cinéma et feraient un détour pour ne pas passer devant le magasin de lingerie Victoria's Secret du centre commercial. Si c'était le prix à payer pour être avec le seul garçon qu'elle ait jamais aimé, Hanna était prête à faire ce sacrifice.

À moins qu'elle ne puisse dissuader Sean de renoncer à ses principes. Vu la façon dont il louchait sur son ventre, ça ne lui semblait pas totalement impossible.

# 11

# LA MÈRE D'EMILY NE LUI A JAMAIS APPRIS QU'ON NE DEVAIT PAS MONTER DANS LA VOITURE D'UN INCONNU ?

Emily tourna le bouton du distributeur de chewing-gums situé à l'entrée de Fresh Fields. C'était le mercredi soir après l'entraînement, et à la demande de sa mère, la jeune fille faisait quelques courses pour le dîner. Elle s'achetait un chewing-gum à chacune de ses visites chez Fresh Fields. Elle en avait même fait un jeu : si le chewing-gum était jaune, quelque chose de bien allait lui arriver. Elle regarda la boule qui venait de tomber dans sa main. Elle était verte.

— Salut.

Quelqu'un s'arrêta à côté d'elle. Emily leva les yeux.

— Aria. Salut.

Comme d'habitude, Aria Montgomery n'avait pas peur de sortir du lot d'un point de vue vestimentaire. Elle arborait une doudoune sans manche bleu électrique qui soulignait la couleur de ses yeux. Et même si elle portait la jupe d'uniforme en vigueur à l'Externat de Rosewood, elle l'avait raccourcie bien au-dessus du genou et la mettait avec un caleçon noir et des ballerines bleu roi. Ses cheveux noirs étaient relevés en une queue-de-cheval haute, comme celles des pom-pom girls. Sur elle, ce look fonctionnait à merveille – comme en témoignaient les regards que lui jetaient la plupart des mâles de moins de soixante-quinze ans sur le parking du supermarché.

Aria se pencha vers Emily.

— Tu tiens le coup ?

— Oui, et toi ?

Aria haussa les épaules. Elle jeta un regard soupçonneux à la ronde. Le parking était plein d'employés qui ramassaient les caddies abandonnés çà et là.

— Tu n'en as pas reçu d'autre… ?

— Non, répondit Emily en évitant le regard de son amie. (Elle avait effacé le texto du lundi, celui qui parlait de son nouvel amour. Donc, c'était presque comme s'il n'avait jamais existé.) Et toi ?

— Moi non plus. (Aria haussa les épaules.) Peut-être qu'on est tirées d'affaire.

*On ne l'est pas*, voulut la détromper Emily.

— Bon, ben… Tu peux m'appeler quand tu veux, lui proposa Aria en se dirigeant vers le distributeur de boissons.

Emily prit une suée au moment où elle s'éloigna. Pourquoi était-elle la seule à avoir encore reçu un message de « A » ? Est-ce qu'il – ou elle – avait décidé de s'acharner sur elle ?

Elle fourra ses achats dans son sac à dos, défit l'antivol de son vélo et quitta le parking. En tournant dans une rue latérale bordée de barrières blanches sur des kilomètres et des kilomètres, elle perçut un frémissement automnal dans l'air. Cela lui rappela qu'on était au début de la saison de natation. D'habitude, elle aimait bien ça – mais cette année, ça la rendait nerveuse.

La veille, après la fin du Tank, Lauren avait annoncé le nom de la nouvelle capitaine de l'équipe féminine. Toutes les autres filles s'étaient jetées sur Emily pour la féliciter, et quand elle avait raconté ça à ses parents, sa mère en avait eu les larmes aux yeux.

Emily savait qu'elle aurait dû se sentir heureuse. Les choses étaient revenues à la normale. Mais il lui semblait qu'*elle* avait irrémédiablement changé.

— Emily ! appela quelqu'un derrière elle.

La jeune fille tourna la tête, et la roue avant de son vélo dérapa sur des feuilles mortes humides. Soudain, elle se retrouva par terre.

— Oh mon Dieu, tu t'es fait mal ? s'enquit la personne dans son dos.

Emily ouvrit les yeux. Toby Cavanaugh la surplombait. La capuche de sa parka était relevée, plongeant son visage dans l'ombre et lui conférant un air sinistre.

Emily cria. Depuis la veille, elle n'avait cessé de penser à l'incident survenu dans le couloir des vestiaires. L'expression frustrée de Toby. La façon dont il avait suffi qu'il jette un regard à Ben pour que celui-ci recule. Était-ce une coïncidence s'il passait par là à ce moment précis, ou est-ce qu'il la suivait ?

La jeune fille repensa au message de « A ». *La plupart d'entre nous ont complètement changé mais*... De fait, Toby n'était plus le même.

Il s'accroupit près d'elle.

— Laisse-moi t'aider.

Emily repoussa son vélo, remua prudemment ses jambes, puis releva le bas de son jean pour inspecter la longue estafilade sur son mollet.

— Ça va.

— Tu as fait tomber ça.

Toby lui tendit son porte-monnaie en cuir vernis rose, avec un E monogrammé dessus – un cadeau qu'Ali lui avait fait un mois avant sa disparition. Emily y tenait beaucoup.

— Euh…, merci, balbutia-t-elle en le prenant.

Toby observa son écorchure avec attention, en fronçant les sourcils.

— Ça a l'air assez vilain. Tu veux monter dans ma voiture ? Je dois avoir des pansements.

Le cœur d'Emily battait la chamade. D'abord, elle avait reçu le message de « A », puis Toby était venu à son secours dans le couloir des vestiaires, et maintenant, ça. Que faisait-il à Tate ? N'était-il pas censé être dans le Maine ? Emily s'était toujours demandé si Toby savait pour l'affaire Jenna, et pourquoi il s'était accusé d'un crime qu'il n'avait pas commis.

— Je te jure que ça va, reprit-elle, sa voix montant dans les aigus.

— Laisse-moi au moins te déposer quelque part, insista Toby.

— Non ! s'exclama Emily.

Puis elle remarqua le sang qui s'écoulait de sa jambe. Elle n'avait jamais pu supporter la vue du sang. Ses bras s'engourdirent.

— Emily ? l'interpella Toby. Tu… ?

La vision d'Emily se brouilla. Elle ne pouvait pas s'évanouir maintenant. Elle devait s'éloigner de Toby.

*La plupart d'entre nous ont complètement changé mais…*

Puis tout vira au noir.

Quand elle revint à elle, Emily gisait sur la banquette arrière d'une petite voiture. Plusieurs pansements entrecroisés recouvraient sa blessure.

Elle promenait un regard hébété autour d'elle, tentant de reprendre ses esprits, quand elle identifia le conducteur.

Toby tourna la tête vers elle.

— Bouh !

Emily hurla.

— Wouah ! (Toby s'arrêta à un stop et leva les mains en l'air comme pour dire : « Ne tirez pas ! ») Désolé, c'était juste une blague.

Emily se redressa. La banquette arrière était couverte de trucs : des bouteilles de Gatorade vides, des carnets à spirale, des livres de classe, une paire de baskets pourries et un bas de jogging gris. La housse usée jusqu'à la trame laissait, par endroits, entrevoir de la mousse bleue complètement aplatie. Un désodorisant à l'effigie de l'ours dansant du groupe des Grateful Dead pendait au rétroviseur. Il ne devait pas être très efficace, car une odeur âcre et très désagréable embaumait l'intérieur du véhicule.

— Qu'est-ce que tu fais ? s'écria Emily. Où tu m'emmènes ?

— Tu es tombée dans les pommes, répondit calmement Toby. Parce que tu avais perdu trop de sang, peut-être. Je ne savais pas quoi faire, alors je t'ai portée dans ma voiture et j'ai mis ton vélo dans le coffre.

Emily jeta un coup d'œil à ses pieds et y vit son sac à dos. Toby l'avait portée ? Genre, dans ses bras ? Elle se sentait si paniquée qu'elle crut qu'elle allait s'évanouir une deuxième fois. Elle regarda par la vitre. Le paysage boisé ne lui disait rien. Ils pouvaient être n'importe où.

— Laisse-moi descendre ! l'implora-t-elle. Je rentrerai en vélo.

— Mais il n'y a pas de sortie…

— Je suis sérieuse. Arrête-toi.

Toby se gara sur le bas-côté et se retourna vers elle. Les coins de sa bouche s'abaissèrent, et il écarquilla les yeux.

— Je ne voulais pas... (Il se passa une main sur le menton.) Qu'est-ce que j'étais censé faire, t'abandonner au milieu de la route ?

— Oui.

— Ah bon. Ben, désolé. (Il descendit de voiture et ouvrit la portière d'Emily. Une mèche de cheveux noirs tomba devant ses yeux.) Au bahut, je m'étais porté volontaire pour participer au groupe de secourisme. Maintenant, j'essaye de sauver tout et n'importe quoi. Même les hérissons écrasés.

Emily balaya la route de campagne du regard et remarqua la roue à aube géante du Haras Applegate. Ils n'étaient pas au milieu de nulle part : ils étaient à un kilomètre et demi de chez elle.

— Viens, je t'aide à descendre, proposa Toby.

Peut-être était-elle en train de se monter la tête. Des tas de gens avaient beaucoup changé – ses anciennes amies, par exemple. Ça ne signifiait pas nécessairement que Toby était « A ». Emily détendit ses doigts crispés sur la mousse de la banquette.

— Euh... tu peux me ramener chez moi ? Enfin, si tu veux.

Toby la fixa pendant une minute. Un des coins de sa bouche se releva en une ébauche de sourire. Son expression signifiait assez clairement qu'il la trouvait un peu timbrée, mais il s'abstint de le lui dire.

Il se réinstalla derrière le volant, et Emily en profita pour l'examiner subrepticement. De fait, Toby s'était métamorphosé. Son regard jadis inquiétant n'était plus que profond et ténébreux. Et il parlait. De manière cohérente.

L'été après sa 6e, Emily s'était retrouvée dans le même camp de natation que lui. À plusieurs reprises, elle l'avait surpris en train de la fixer sans même essayer de s'en cacher, avant de rabattre la visière de sa casquette sur ses yeux et de s'éloigner en fredonnant. À l'époque, déjà, elle brûlait de lui poser la question à un milliard de dollars : pourquoi s'était-il accusé d'avoir aveuglé sa sœur alors qu'il n'était pas coupable ?

La nuit de l'accident, Ali était revenue dans la maison et avait dit à ses amies que tout allait bien, que personne ne l'avait vue. Les autres filles étaient tellement inquiètes qu'elles n'avaient pas réussi à trouver le sommeil; alors, Ali leur avait gratté le dos pour les apaiser. Le lendemain, quand Toby avait avoué, Aria avait demandé à Ali si elle savait depuis le début qu'il allait le faire – sans ça, comment aurait-elle pu rester aussi calme ?

— J'avais juste le pressentiment qu'on s'en tirerait bien, avait répondu Ali.

Au fil du temps, l'aveu de Toby était devenu l'un des mystères insolubles de la vie d'Emily – comme la véritable raison du divorce de Brad et Jen, ce qu'il y avait par terre dans les toilettes des filles de l'Externat le jour où la femme de ménage avait poussé un hurlement, la cause des absences répétées d'Imogen Smith l'année de leur 6e (parce que ça ne pouvait pas être la mononucléose), ou... l'identité de l'assassin d'Ali.

Emily avait envisagé diverses explications. Toby se sentait coupable pour autre chose. Il voulait partir loin de Rosewood. À moins qu'il n'ait réellement eu une fusée dans la cabane, et que ce soit lui qui ait aveuglé sa sœur.

Toby tourna dans la rue des Fields. La radio diffusait un morceau de blues un peu lancinant et le jeune homme frappait le volant en rythme de ses mains. Emily repensa à la façon dont il l'avait tirée des griffes de Ben la veille. Elle voulait le remercier, mais que répondrait-elle s'il cherchait à en savoir davantage? *Oh, Ben était furax parce qu'il m'a surprise en train d'embrasser une autre fille?*

Elle trouva enfin une question sans danger.

— Alors, tu vas à Tate maintenant?

— Ouais. Mes parents ont dit que si je réussissais à me faire admettre, je pourrais y aller. Et j'y suis parvenu. C'est chouette de m'être rapproché de la maison, sourit Toby. Comme ça, je peux voir ma sœur – elle est dans un bahut de Philadelphie.

*Jenna*. Tout le corps d'Emily se raidit, des mâchoires aux orteils. Elle tenta de dissimuler son malaise. Toby regardait droit devant lui et ne semblait pas avoir remarqué sa soudaine nervosité.

— Et tu étais où avant? Dans le Maine? interrogea Emily en feignant d'ignorer qu'il était inscrit à l'Académie Manning qui, d'après le résultat de ses recherches sur Google, était un établissement pour garçons situé sur Fryeburg Road, à Portland.

— Ouais. (Toby ralentit pour laisser deux petits garçons en rollers traverser la rue.) C'était assez cool. Ce que je préférais, c'étaient les cours de secourisme.

— Tu as déjà… vu quelqu'un mourir? demanda Emily.

De nouveau, le regard de Toby croisa le sien dans le rétroviseur. Alors, elle réalisa que ses yeux n'étaient pas noirs mais bleu marine.

— Non. Mais une vieille dame m'a légué son chien.

— Son chien?

Emily éclata de rire.

— Ouais. J'étais avec elle dans l'ambulance, et je lui ai rendu visite à l'hosto. On parlait de son chien et je lui ai dit que je les adorais. Quand elle est morte, son notaire m'a retrouvé.

— Et… tu as gardé son chien?

— En fait, c'est une chienne. Elle est chez mes parents en ce moment. Elle est adorable, mais presque aussi vieille que son ancienne maîtresse, grimaça Toby.

Emily gloussa, et quelque chose en elle commença à se dégeler. Toby avait l'air… normal. Et sympa.

Avant qu'elle puisse ajouter autre chose, ils arrivèrent devant chez elle. Toby se gara et l'aida à sortir son vélo du coffre. Quand elle lui prit le guidon des mains, leurs doigts se touchèrent. Un léger frisson parcourut Emily. Toby la fixa un moment, puis elle baissa les yeux vers le trottoir. Une éternité auparavant, elle y avait apposé sa main dans le ciment encore frais. À présent, l'empreinte semblait beaucoup trop petite pour lui avoir appartenu un jour.

Toby remonta dans sa voiture.

— On se voit demain ?

Emily releva brusquement la tête.

— P-Pourquoi ?

Toby mit le contact.

— La rencontre Rosewood-Tate, tu te souviens ?

— Oh. Bien sûr.

Comme le jeune homme s'éloignait, Emily sentit son cœur affolé retrouver progressivement son rythme normal. L'espace d'une seconde, elle avait cru que Toby lui demandait de sortir avec lui.

*Ne sois pas idiote*, se gronda-t-elle en montant les marches de sa maison. Toby et elle, c'était à peu près aussi crédible que… que le retour d'Ali, vivante. Et pour la première fois depuis la disparition de son amie, Emily cessa d'espérer.

# 12

# La prochaine fois, garde du fond de teint dans ton sac, au cas où

— *Cuàndo es?* lui chuchota une voix à l'oreille. Quelle heure est-il? L'heure pour Spencer de mourir!

Spencer se redressa en sursaut. La silhouette noire et familière qui se penchait vers elle avait disparu. Elle était dans une chambre à coucher blanche et lumineuse. Des esquisses de Rembrandt et un poster du système musculaire humain étaient accrochés aux murs. À la télé, Toccata de *1, rue Sésame* apprenait aux enfants à dire l'heure en espagnol. L'horloge du décodeur indiquait 6:04. Par la fenêtre, Spencer apercevait le soleil se lever et sentait une odeur de bagels frais et d'œufs brouillés monter de la rue.

Elle regarda à côté d'elle, et tout s'éclaircit. Wren dormait sur le dos, torse nu et un bras replié sur son visage. Son père était coréen et sa mère anglaise, moyennant quoi, il avait une peau dorée absolument parfaite – ainsi qu'une cicatrice au-dessus de la lèvre, des taches de rousseur sur le nez et des cheveux noir bleuté en bataille. Il sentait le déodorant

Adidas et l'adoucissant Tide. L'épais anneau d'argent qu'il portait à l'index droit brillait dans la lumière matinale.

Le jeune homme baissa son bras et ouvrit ses magnifiques yeux en amande.

— Bonjour, toi, articula-t-il d'une voix endormie.

Il attrapa Spencer par la taille et l'attira vers lui.

— Bonjour, chuchota la jeune fille en résistant.

Elle entendait encore la voix de son rêve : « Il est l'heure pour Spencer de mourir ! » C'était celle de Toby.

Wren se rembrunit.

— Qu'est-ce qui ne va pas ?

— Rien, répondit très vite Spencer. (Elle appuya deux doigts à la base de son cou et sentit son pouls affolé.) J'ai juste… fait un cauchemar.

— Tu veux m'en parler ? demanda Wren.

Spencer hésita. Elle aurait bien aimé, mais… Elle secoua la tête.

— Alors, viens ici.

Ils passèrent quelques minutes à s'embrasser. Spencer se laissa envahir par un sentiment de reconnaissance et de soulagement. Tout allait bien se passer. Elle était en sécurité.

C'était la première fois que Spencer couchait – et passait la nuit – dans le lit d'un garçon. La veille au soir, elle avait foncé à Philadelphie, s'était garée dans la rue de Wren et n'avait même pas payé le parcmètre. De toute façon, ses parents avaient probablement prévu de lui confisquer sa voiture. Wren et elle étaient aussitôt tombés sur le lit du jeune homme, et ils ne s'étaient pas relevés depuis – sauf pour ouvrir au livreur qui venait leur apporter des plats chinois.

Plus tard, Spencer avait appelé et laissé un message sur le répondeur de ses parents pour leur dire qu'elle passait la nuit chez Kirsten, sa copine du hockey. Elle s'était sentie stupide d'essayer de maintenir une apparence de responsabilité alors qu'elle était en train d'agir de manière aussi irresponsable, mais tant pis.

Pour la première fois depuis qu'elle avait commencé à recevoir des messages de « A », Spencer avait dormi comme un bébé. En partie parce qu'elle était à Philadelphie et non à Rosewood, dans la maison en face de celle de Toby, mais aussi et surtout grâce à Wren. Avant de sombrer dans les bras de Morphée, ils avaient parlé d'Ali pendant une heure – de l'amitié qui liait les deux filles, des semaines qui avaient suivi sa disparition, de la découverte de son corps. Wren avait même laissé Spencer choisir la piste « cigales » de sa machine à bruits, alors que c'était celle qu'il aimait le moins – après « cascade ».

Spencer se mit à l'embrasser avec plus de fougue et ôta son immense T-shirt de l'université de Pennsylvanie qu'elle avait porté en guise de chemise de nuit. Wren caressa sa clavicule du bout du doigt, puis se mit à quatre pattes sur le lit.

— Tu as envie? demanda-t-il.

— Oui, chuchota Spencer.

— Tu es sûre?

— Han, han.

Elle se tortilla pour enlever ses sous-vêtements, et Wren se débarrassa de son propre T-shirt.

Le cœur de Spencer battait à tout rompre. Elle était encore vierge, et aussi perfectionniste au sujet du sexe que de tout le reste – si elle le faisait, il fallait que ce soit avec la bonne personne.

Mais Wren était la bonne personne. Elle se rendait compte qu'elle s'apprêtait à franchir le point de non-retour : si ses parents découvraient ce qu'elle avait fait, ils ne lui paieraient plus jamais rien. Ils ne lui accorderaient plus un seul regard. Ils ne l'enverraient pas à la fac. Peut-être même cesseraient-ils de la nourrir. Et alors ? Auprès de Wren, elle se sentait en sécurité.

Un épisode de *1, rue Sésame*, un épisode d'*Histoires de Dragons* et un demi-épisode d'*Arthur* plus tard, Spencer roula sur le dos et fixa le plafond d'un air béat. *Quand je pense que je voulais y aller doucement...* Puis elle se redressa sur les coudes et jeta un coup d'œil au réveil.

— Et merde ! s'exclama-t-elle.

Sept heures vingt ! L'école commençait à huit heures, elle allait au moins manquer le premier cours de la journée.

— Il faut que j'y aille.

Elle se leva d'un bond et examina sa jupe à carreaux, son blazer, ses sous-vêtements et ses bottes qui gisaient en vrac sur le sol.

— Et que je passe chez moi pour me changer.

Wren s'assit dans le lit.

— Pourquoi ?

— Je ne peux pas porter la même tenue deux jours de suite, répondit Spencer.

Elle vit bien que le jeune homme se retenait d'éclater de rire.

— C'est un uniforme, protesta-t-il.

— Oui, mais j'avais déjà ce caraco et ces bottes hier.

Il se mit à glousser.

— J'aime même ta maniaquerie.

Spencer baissa la tête. *Il a dit : « J'aime ». En parlant de moi.*

La jeune fille se doucha en quatrième vitesse. Son cœur battait toujours la chamade. Elle se sentait anxieuse parce qu'elle allait être en retard et troublée à cause de son cauchemar, mais totalement euphorique d'avoir couché avec Wren.

Quand elle sortit de la salle de bains, le jeune homme était assis sur le lit. Une bonne odeur de café à la noisette planait dans l'appartement. Spencer prit la main de Wren, lui ôta sa bague en argent et l'enfila à son propre pouce.

— Elle me va bien.

Lorsqu'elle leva les yeux vers Wren, celui-ci affichait un petit sourire mystérieux.

— Quoi ? demanda-t-elle.

— C'est juste que… (Wren secoua la tête et haussa les épaules.) J'ai du mal à croire que tu sois encore au lycée. Tu es tellement… mature.

Spencer rougit.

— Pas vraiment.

— Si, je te jure. Tu as l'air de tout maîtriser à la perfection, encore plus que…

Wren s'interrompit, mais Spencer savait ce qu'il voulait dire. « Encore plus que Melissa. » Elle se sentit emplie de joie. Melissa avait peut-être remporté la bataille à propos de leurs parents, mais Spencer avait remporté celle concernant Wren. Et c'était la seule qui comptait.

D'un pas vif, Spencer remonta la longue allée de briques qui menait à sa maison. Il était maintenant neuf heures dix, et le second cours de la journée avait déjà commencé. Son père avait dû partir au travail depuis longtemps, et avec un peu de chance, sa mère serait à l'écurie.

Elle ouvrit la porte d'entrée. Le ronronnement du frigo mis à part, la maison était silencieuse. Spencer se dirigea vers sa chambre sur la pointe des pieds, en se rappelant qu'elle devrait préparer un faux mot d'excuse et imiter la signature de sa mère. C'était bien la première fois qu'elle faisait une chose pareille. Tous les ans, elle remportait le prix de ponctualité de l'Externat.

— Salut.

Spencer hurla et fit volte-face. Le sac qui contenait ses livres de classe lui échappa des mains.

— Doux Jésus ! (Melissa se tenait sur le seuil de sa chambre.) Calme-toi.

— C-Comment se fait-il que tu ne sois pas en cours ? balbutia Spencer, survoltée.

Melissa portait un bas de jogging en velours fuchsia et un T-shirt délavé de l'université de Pennsylvanie, mais ses cheveux blonds coupés au carré étaient retenus par un serre-tête bleu marine. Même pendant ses moments de détente, elle réussissait à avoir l'air coincée.

— Et toi ? riposta-t-elle.

Spencer passa une de ses mains sur sa nuque moite.

— Je... j'avais oublié quelque chose. Il a fallu que je revienne.

— Ah.

Melissa lui adressa un sourire énigmatique. Un frisson parcourut l'échine de Spencer. Elle avait l'impression d'être au bord d'une falaise, sur le point de basculer dans le vide.

— En fait, ça tombe bien que tu sois là. J'ai réfléchi à ce que tu as dit lundi. Moi aussi, je suis désolée pour tout ce qui s'est passé.

— Oh, fut tout ce que Spencer réussit à articuler.

Melissa baissa la voix.

— On devrait vraiment être plus sympa l'une envers l'autre. Essayer de moins se disputer. Le monde est déjà assez dingue comme ça. Regarde la pauvre Alison DiLaurentis. À côté de ce qui lui est arrivé, nos petites histoires paraissent bien futiles.

— C'est vrai, murmura Spencer, qui trouvait néanmoins la comparaison étrange.

— Bref, j'en ai parlé à papa et maman, annonça Melissa. Je pense qu'ils finiront par se calmer, eux aussi.

— Oh... (Spencer passa sa langue sur ses dents.) Wouah... Merci. Ça me touche beaucoup.

Melissa lui fit un sourire rayonnant.

Il y eut un long silence. Puis Melissa entra dans la chambre de sa cadette et s'adossa à un valet en cerisier.

— Sinon, quoi de neuf ? Tu vas à Foxy ce week-end ? Ian m'a demandé de l'accompagner, mais je ne crois pas que je vais accepter. Je suis sans doute trop vieille.

Désarçonnée, Spencer mit un moment à répondre. Melissa mijotait-elle un coup ? Ce n'était pas du tout le genre de choses dont elles parlaient d'habitude.

— Euh... je ne sais pas encore.

— Tant pis. (Un sourire en coin se dessina sur le visage de Melissa.) J'espère que tu iras avec le mec qui t'a fait ça, dit-elle en désignant le cou de Spencer.

Spencer se précipita vers son miroir et vit l'énorme suçon violet près de sa clavicule. Elle se palpa frénétiquement la gorge et remarqua qu'elle portait toujours la bague de Wren.

Melissa vivait encore avec lui quelques jours plus tôt. Avait-elle reconnu son anneau ? Spencer l'arracha de son doigt et le fourra dans son tiroir à sous-vêtements. Elle sentait son pouls lui marteler violemment les tempes.

Le téléphone sonna. Melissa décrocha dans le couloir. Quelques secondes plus tard, elle repassa la tête dans la chambre de sa sœur.

— C'est pour toi, chuchota-t-elle. Un garçon !

— Un... garçon ?

Wren n'était quand même pas assez stupide pour l'appeler chez elle ? Mais qui d'autre cela pouvait-il être, un jeudi matin à neuf heures et quart ? L'esprit de Spencer s'éparpilla dans une vingtaine de directions. Elle prit le combiné que lui tendait sa sœur.

— Allô ?

— Spencer ? C'est Andrew. Campbell. Du lycée.

Son correspondant laissa échapper un petit rire nerveux.

Spencer jeta un coup d'œil à Melissa.

— Hum, salut, marmonna-t-elle. (L'espace d'un instant, elle ne parvint même pas à se souvenir qui était Andrew Campbell.) Qu'est-ce qui t'arrive ?

— Je voulais juste savoir si tu avais chopé la grippe qui traîne en ce moment. Je ne t'ai pas vue à la réunion du bureau des élèves ce matin. C'est la première fois que tu en rates une.

— Oh...

Spencer déglutit avec difficulté. Melissa était toujours plantée sur le seuil de sa chambre comme si elle attendait quelque chose.

— Oui, mais... euh... ça va mieux maintenant.

— Je me suis porté volontaire pour prendre tes devoirs, ajouta Andrew. Vu qu'on suit les mêmes cours. (Sa voix résonnait comme s'il appelait depuis les vestiaires du gymnase. C'était bien son genre de sécher l'EPS.) En algèbre, on a tout un tas d'exercices.

— D'accord. Merci.

— Et je me disais que tu voudrais peut-être jeter un coup d'œil aux notes que j'ai prises pour les essais ? McAdam a annoncé que ça compterait pour une grosse partie de notre moyenne.

— Euh... bien sûr.

Melissa accrocha le regard de Spencer et haussa les sourcils d'un air excité.

— Le suçon ? articula-t-elle en désignant le cou de sa sœur, puis le téléphone.

Spencer avait l'impression d'avoir du yaourt à la place de la cervelle. Soudain, elle eut une idée. Elle se racla la gorge.

— Dis, Andrew… tu as une cavalière pour Foxy?

— Foxy? répéta le jeune homme, surpris. Euh… à vrai dire, je n'avais pas l'intention d'y…

— Tu veux m'accompagner? coupa Spencer.

Andrew laissa échapper un petit rire qui ressemblait à un hoquet.

— Tu es sérieuse?

— Euh… oui, répondit Spencer en fixant Melissa.

— Alors, oui! Avec grand plaisir, s'enthousiasma Andrew. À quelle heure? Qu'est-ce que je dois mettre? Tu sors avec des amis avant? Tu vas à une after après?

Spencer leva les yeux au ciel. C'était bien son style de poser un million de questions, comme s'il allait y avoir une interro écrite.

— Je ne sais pas encore, répondit-elle en se tournant vers la fenêtre.

Puis elle raccrocha. Elle se sentait épuisée comme si elle avait couru des kilomètres à l'entraînement de hockey.

Quand elle se retourna vers la porte, Melissa avait disparu.

# 13

## UN CERTAIN PROF D'ANGLAIS N'EST PAS UN NARRATEUR FIABLE

Le jeudi en fin de matinée, Aria se tenait hésitante sur le seuil de la classe, où devait avoir lieu son cours d'anglais, quand Spencer passa dans le couloir.

— Hé, lança Aria en lui saisissant le bras. Tu en as reçu d'autres… ?

Les yeux de Spencer dardaient de gauche et de droite, comme ceux des gros lézards qu'Aria avait vus au vivarium du zoo de Paris.

— Euh… non, bredouilla-t-elle. Et je suis vraiment à la bourre, alors…

Elle se dégagea et s'éloigna en courant. Aria se mordit la lèvre. *D'accord.*

Quelqu'un posa une main sur son épaule. Elle émit un petit cri et lâcha sa bouteille d'eau, qui roula par terre.

— Wouah… Je voulais juste passer.

Ezra se tenait derrière elle. Il avait manqué les cours

le mardi et le mercredi, et Aria se demandait s'il avait démissionné.

— Désolée, marmonna-t-elle, les joues écarlates.

Ezra portait le même pantalon en velours froissé que la semaine précédente, une veste en tweed avec un petit trou au coude et des Merrill à lacets. De près, il sentait vaguement la bougie Seda France parfumée à l'ylang-ylang et au safran qu'Aria se souvenait avoir vue sur sa cheminée. Six jours à peine s'était écoulés depuis sa visite chez lui, mais il lui semblait que ça faisait une éternité – ou même deux.

Elle entra derrière lui sur la pointe des pieds.

— Tu étais malade ? demanda-t-elle.

— Oui, répondit Ezra. J'avais la grippe.

— Désolée pour toi.

Aria se demanda si elle allait l'attraper elle aussi.

Ezra regarda autour de lui. Comme la salle était vide, il se rapprocha d'Aria.

— Écoute... Que dirais-tu si on recommençait tout à zéro ?

Il avait l'air à la fois décidé et distant.

— Hum, d'accord, rétorqua Aria.

— Il va falloir se supporter pendant toute une année scolaire, ajouta Ezra. Je crois qu'il vaut mieux oublier ce qui s'est passé.

Aria déglutit. Elle savait que leur relation était partie sur de mauvaises bases, mais elle ressentait quand même des sentiments à l'égard d'Ezra. Elle avait mis son âme à nu devant lui, ce qu'elle n'aurait jamais fait devant qui que ce soit d'autre. Et il était si différent des autres garçons...

— Tu as raison, admit-elle, même si elle n'en était pas totalement convaincue.

Elle ne rêvait pas. Ils avaient établi... un véritable dialogue.

Ezra hocha légèrement la tête. Puis il tendit une main et la posa sur la nuque d'Aria. Des frissons parcoururent l'échine de la jeune fille. Elle retint son souffle jusqu'à ce qu'Ezra laisse retomber sa main et s'éloigne.

L'esprit en ébullition, elle alla s'asseoir à son pupitre. S'agissait-il d'un signe ? Ezra avait dit qu'il voulait oublier ce qui s'était passé entre eux, mais son comportement laissait penser le contraire.

Avant qu'Aria ne décide ou non si elle devait le lui faire remarquer, Noel Kahn se glissa sur la chaise voisine et la piqua avec son stylo Montblanc.

— Alors comme ça, tu me trompes, la Finlandaise ?

— Quoi ?

Aria sursauta et porta une main à son cou.

— J'ai entendu Sean Ackard se renseigner sur toi. Tu sais qu'il est avec Hanna, pas vrai ?

Aria promena sa langue sur la face interne de ses dents.

— Sean… Ackard ? répéta-t-elle.

— Il n'est plus avec Hanna, intervint James Freed en s'installant à sa place, juste devant Noel. Mona m'a dit qu'Hanna l'avait plaqué.

— Alors, il te plaît ? demanda Noel en repoussant les cheveux noirs ondulés qui lui tombaient devant les yeux.

— Non, répondit Aria sans réfléchir.

Pourtant, elle ne cessait de repenser à la conversation qu'elle avait eue avec Sean dans sa voiture mardi. Ça lui avait fait beaucoup de bien de parler des choses qui la tourmentaient.

— Tant mieux, répliqua Noel, passant le dos de sa main sur son front en un geste théâtral. Je m'inquiétais.

Aria leva les yeux au ciel.

Hanna entra à l'instant où la sonnerie retentit. Elle

déposa son fourre-tout Prada sur son pupitre et s'affala sur sa chaise en adressant un sourire forcé à Aria.

— Salut, lança timidement Aria.

Au lycée, Hanna semblait toujours fermée, inaccessible.

— Hé, Hanna, tu es encore avec Sean Ackard ou pas? interrogea Noel d'une voix forte.

Hanna le fixa. Un tic nerveux fit tressaillir une de ses paupières.

— Ça ne marchait pas entre nous. Pourquoi?

— Pas de raison particulière, reprit très vite Aria.

Même si elle se demandait bien pourquoi Hanna avait rompu avec lui. Ils allaient parfaitement bien ensemble.

Ezra frappa dans ses mains.

— Très bien, déclara-t-il. En plus des livres que nous lisons en classe, je voudrais que nous réalisions une étude sur les narrateurs auxquels on ne peut pas se fier.

Devon Arliss leva la main.

— Qu'est-ce que ça veut dire?

Ezra se mit à faire les cent pas dans la pièce.

— Eh bien, dans certains romans, l'histoire est racontée à la première personne – par un narrateur. Que se passe-t-il s'il ne dit pas la vérité? Il peut donner une version inexacte des événements pour mettre le lecteur dans son camp. Pour l'effrayer. Ou peut-être simplement parce qu'il est fou!

Aria frissonna. Ça lui faisait penser à « A ».

— Je vais vous attribuer un livre à chacun, poursuivit Ezra. Vous devrez me rendre un devoir de dix pages dans lequel vous développerez dans une première partie les arguments en faveur de sa fiabilité et dans une seconde, les arguments de la thèse inverse.

Les élèves grommelèrent.

Aria appuya son menton sur sa main. Et si « A » n'était pas entièrement fiable? S'il ne savait pas tout – s'il essayait seulement de les persuader du contraire ? Qui pouvait-il bien être, en fait ?

Aria promena un regard à la ronde. Amber Billings triturait un trou dans ses collants ; Mason Byers vérifiait discrètement les résultats des matchs de base-ball sur son portable ; Hanna prenait des notes avec un stylo à encre violette orné d'une plume. L'une de ces personnes pouvait-elle être « A » ? Qui pouvait savoir à la fois pour Ezra, pour les parents d'Aria et... pour l'affaire Jenna ?

Dehors, un jardinier assis sur une tondeuse John Deere fonça vers la fenêtre de la classe. Aria sursauta. Ezra parlait toujours de son nouveau projet, s'interrompant parfois pour boire une gorgée de café. Il adressa un sourire presque imperceptible à Aria, dont le cœur se mit à battre la chamade.

James Freed se pencha, enfonça un index entre les côtes d'Hanna et désigna Ezra.

— J'ai entendu dire que Fitz était un sacré tombeur, chuchota-t-il assez fort pour qu'Aria et le reste de sa rangée l'entendent.

Hanna jeta un coup d'œil à Ezra et fronça le nez.

— Lui ? Beurk !

— Apparemment, il a une petite amie à New York, mais il se tape des filles de Hollis – une différente chaque semaine.

Aria se redressa. *Une petite amie ?*

— Qui t'a raconté ça ? interrogea Noel.

James grimaça.

— Tu connais Mlle Polanski ? La prof de sciences nat stagiaire ? C'est elle qui me l'a dit. Elle vient parfois s'en griller une avec nous dans le coin fumeurs.

Noel tapa dans la main de James.

— Mlle Polanski est grave bonne, mon pote.

— Sérieusement, tu crois qu'elle accepterait de m'accompagner à Foxy ? demanda James.

Aria eut l'impression que quelqu'un venait de la jeter dans les flammes. *Une petite amie ?* Le vendredi soir, Ezra lui avait dit qu'il n'était sorti avec personne depuis longtemps. Elle se souvenait d'avoir remarqué ses plats surgelés individuels, ses huit mille romans, son unique verre à vin et ses plantes mortes. Son intérieur n'était certainement pas celui de quelqu'un qui a une petite amie.

Évidemment, James pouvait se tromper, mais ça semblait peu probable. Pourquoi Mlle Polanski lui aurait-elle menti ? Aria bouillait intérieurement. Quelques années plus tôt, elle aurait pu croire que seuls les étudiants de Rosewood étaient des coureurs, mais elle en avait beaucoup appris sur les garçons en Islande. Parfois, les plus ordinaires étaient aussi les plus infidèles. Parce que Ezra était sensible, gentil et qu'il se fichait pas mal de ses fringues, il inspirait d'emblée la confiance. Un peu comme Byron Montgomery.

Aria fut prise de nausée. Elle se leva, saisit le laissez-passer accroché à un clou et sortit de la salle.

— Aria ? appela Ezra sur un ton inquiet.

Elle l'ignora. Dans les toilettes des filles, elle se précipita vers le lavabo, fit couler un peu de savon liquide rose dans ses mains et frotta sa nuque à l'endroit où Ezra l'avait touchée.

Elle revenait vers la salle d'anglais quand son portable bipa, annonçant la réception d'un nouveau texto. Elle le sortit de sa poche et appuya sur la touche lecture.

*Aria : petite coquine ! Tu es pourtant bien placée pour savoir qu'une élève qui court après son prof, c'est mal. Ce sont les filles comme toi qui brisent des familles parfaitement heureuses. – A*

Aria se figea. Elle était au milieu du couloir désert. Elle entendit un bruit et fit volte-face.

Elle se tenait devant la vitrine aux trophées, transformée en mémorial pour Alison DiLaurentis. À l'intérieur se trouvaient différentes photos prises par les professeurs de l'Externat – le genre que l'école offrait aux parents quand leur enfant décrochait son diplôme de fin d'études secondaires. Ali et ses dents du bonheur en maternelle. Ali déguisée en pèlerin pour la pièce jouée par sa classe de CM1. Il y avait même quelques-uns de ses travaux scolaires : un diorama de la vie sous-marine réalisé en CE2 et une illustration du système respiratoire humain datant de son année de CM2.

Un carré rose vif attira l'attention d'Aria. Quelqu'un avait collé un Post-It sur la vitrine. La jeune fille écarquilla les yeux.

*P.S. : Tu te demandes qui je suis, pas vrai? Je suis plus près que tu ne penses. – A*

# 14

## EMILY SE CONTENTE VOLONTIERS DES RESTES D'ALI

— Dites « papillon »! claironna Scott Chin, le photographe du livre de l'année.

C'était le jeudi après-midi, l'équipe de natation de l'Externat de Rosewood se trouvait à la piscine, où elle posait pour une photo de groupe avant le début de la rencontre avec Tate. Emily faisait de la natation depuis si longtemps que ça ne la dérangeait plus de se faire photographier en maillot, elle n'y pensait même pas. Les mains posées sur le bord du starting-block et les bras tendus, elle s'efforça de sourire.

— Magnifique! s'exclama Scott en faisant une moue approbatrice.

Beaucoup d'élèves se demandaient si Scott n'était pas gay. Il ne l'avait jamais admis en public, mais il n'avait pas non plus cherché à réfuter les rumeurs.

Tandis qu'Emily retournait à son sac de sport, elle remarqua les nageurs de Tate se diriger vers les gradins. Toby était au milieu du groupe. Vêtu d'un sweat Champion bleu, il roulait des épaules pour s'échauffer.

Emily retint son souffle. Elle n'avait pas cessé de penser à lui depuis qu'il était venu à son secours la veille. Jamais Ben ne l'aurait prise dans ses bras de cette façon – il aurait craint de se froisser un muscle en la soulevant et de compromettre sa performance d'aujourd'hui. Et à force de penser à Toby, un souvenir presque oublié était remonté à la surface.

C'était l'une des dernières fois où Emily s'était retrouvée seule avec Ali. Elle n'oublierait jamais ce jour : le ciel était bleu, les fleurs épanouies, et il y avait des abeilles partout. La cabane d'Ali sentait le Kool-Aid, la résine et la fumée de cigarette – Ali avait piqué une Parliament dans le paquet de son frère aîné.

Soudain, Ali avait pris les mains d'Emily.

— Surtout ne le répète pas aux autres. Je vois un type plus vieux en secret, et c'est trop génial !

Le sourire d'Emily s'était flétri. Chaque fois qu'Ali lui parlait d'un garçon qui lui plaisait, son cœur se brisait un peu plus.

— Il est trop canon, avait poursuivi Ali. J'ai presque envie d'aller jusqu'au bout avec lui.

— Quoi ? (Emily n'avait jamais rien entendu d'aussi horrifiant.) Qui est-ce ?

— Je ne peux pas te le dire. (Ali avait eu un sourire narquois.) Si vous saviez, vous feriez une de ces crises !

Alors, parce que Emily n'y tenait plus, elle s'était penchée vers Ali et l'avait embrassée.

Il y avait eu quelques merveilleux instants de flottement. Puis Ali s'était reculée en riant. Emily avait fait comme si ce n'était qu'un jeu, et elles étaient rentrées chacune chez elle pour le dîner.

Depuis, Emily avait repensé à ce baiser tant de fois qu'elle avait presque oublié ce qui s'était passé juste avant. Mais à présent que Toby était revenu, et si séduisant... Elle se demandait si le mystérieux copain d'Ali, ça n'avait pas été lui. Qui d'autre aurait pu les faire flipper à ce point?

À bien y réfléchir, il était fort possible qu'Ali ait craqué pour Toby. En fin de 5e, elle avait eu une phase « mauvais garçon », pendant laquelle elle n'arrêtait pas de répéter qu'elle voulait se trouver quelqu'un de « dangereux, si vous voyez ce que je veux dire ». Toby était en maison de redressement, ce qui lui permettait d'entrer aisément dans la catégorie « mauvais garçon ».

Et Ali avait peut-être vu en lui quelque chose que les autres ne percevaient pas. Quelque chose qu'Emily croyait elle aussi distinguer depuis la veille. Aussi étrange que cela puisse paraître, l'éventualité que Toby ait plu à Ali le rendait encore plus séduisant à ses yeux. Ce qui était assez bon pour Ali l'était forcément assez pour elle.

Dès que la première épreuve de natation fut terminée et que l'arbitre annonça le début de la compétition de plongeon, Emily sortit ses tongs de son sac de sport pour rejoindre Toby. Sa main rencontra son téléphone portable enfoui sous sa serviette. L'écran clignotait, elle avait manqué sept appels de Maya.

Sa gorge se serra. Maya lui avait téléphoné, envoyé des textos et des e-mails toute la semaine. Emily n'avait répondu à aucun d'entre eux. À chaque nouvel appel manqué, elle sombrait un peu plus dans la confusion. Une partie d'elle voulait courir retrouver Maya et enfoncer ses doigts dans sa chevelure frisée, monter à l'arrière de son vélo et sécher les cours. Elle avait adoré l'embrasser. Mais l'autre partie d'elle souhaitait que Maya... disparaisse purement et simplement de sa vie.

Une boule dans la gorge, Emily fixa l'écran de son Nokia.

Puis, lentement, elle referma le clapet. Elle avait l'impression de revivre l'épisode où, à l'âge de huit ans, elle avait décidé de jeter Bee-Bee, la couverture qui lui tenait lieu de doudou. *Les grandes filles n'ont pas besoin de doudou*, s'était-elle dit. Mais elle avait eu un mal fou à refermer le couvercle de la poubelle sur Bee-Bee.

Prenant une grande inspiration, elle se dirigea vers les gradins de Tate. Au passage, elle chercha Ben du regard. Le jeune homme était du côté de Rosewood, en train de donner un coup dans l'épaule de Seth avec sa serviette Sammy. Depuis la fin du Tank, mardi, il se tenait à l'écart d'Emily, se comportant comme si elle n'existait pas. C'était toujours mieux que de l'attaquer, mais ça la rendait paranoïaque. Elle se demandait sans cesse s'il ne racontait pas des choses derrière son dos. Elle voulait qu'il la voie s'approcher de Toby et engager la conversation avec lui. *Regarde ! Je parle avec un garçon ! Je ne suis pas lesbienne !*

Toby avait étendu sa serviette sur le carrelage. Il était assis dessus, un iPod sur les genoux, les écouteurs dans les oreilles. Ses cheveux mouillés étaient lissés en arrière. Le survêtement bleu roi qu'il avait enfilé par-dessus son maillot – auquel Emily n'avait pas eu le courage de jeter un coup d'œil pendant les épreuves – faisait paraître ses yeux encore plus bleus.

À la vue de la jeune fille, son visage s'éclaira.

— Salut. Je t'avais bien dit qu'on se verrait aujourd'hui, pas vrai ?

— Oui. (Emily sourit timidement.) Je voulais juste te remercier. De m'avoir aidée hier. Et le jour d'avant.

— Oh. Y a pas de quoi.

À cet instant, Scott surgit avec son appareil.

— La main dans le sac ! s'exclama-t-il en prenant une photo. Je vois le titre d'ici : « Emily Fields, pactisant avec l'ennemi »! J'aurais pourtant cru qu'il n'était pas ton type, ajouta-t-il à voix basse.

Emily lui lança un regard interrogateur. Qu'est-ce que c'était censé signifier? Mais Scott s'éloigna sans rien dire de plus.

Quand elle reporta son attention sur Toby, celui-ci tripotait son iPod. Elle tourna les talons et voulut rejoindre son équipe. Elle n'avait pas fait trois pas que le jeune homme lança :

— Hé, tu veux aller prendre l'air?

Emily s'arrêta. Elle jeta un coup d'œil rapide à Ben, qui ne lui prêtait toujours pas la moindre attention.

— Hum, d'accord, répondit-elle.

Ils sortirent par la double porte vitrée, dépassèrent un groupe de jeunes qui attendaient les derniers bus scolaires de la journée et s'assirent sur le bord de la fontaine du Jour du Fondateur. De l'eau jaillissait du sommet. Comme le ciel était couvert ce jour-là, elle ne scintillait pas – elle avait juste l'air blanc et terne. Emily balaya du regard les pièces d'un penny qui gisait dans le fond.

— Le dernier jour de classe, les terminales poussent leur prof préféré dans cette fontaine, expliqua-t-elle à Toby.

— Je sais. Moi aussi j'étais élève ici dans le temps, souviens-toi.

— Oh.

Emily s'en voulut de sa bêtise. Évidemment qu'il était élève ici dans le temps. Jusqu'à ce qu'on l'envoie en maison de redressement pour une faute qu'il n'avait pas commise.

Toby sortit de son sac un paquet de cookies aux pépites de chocolat. Il le tendit à Emily.

— Tu en veux un? Histoire de reprendre des forces avant l'épreuve suivante?

Emily haussa les épaules.

— Juste la moitié d'un, alors.

— Que tu es raisonnable, la taquina Toby en lui donnant un biscuit. (Il détourna les yeux.) C'est drôle, mais ça ne se passe pas du tout de la même façon entre garçons et entre filles. Les mecs se sentent toujours en compétition les uns avec les autres. Même les gars plus âgés que je connais, genre, mon psy, dans le Maine. Une fois, on a fait un concours à qui mangerait le plus de crevettes. Il m'a battu de six. Et il a dans les trente-cinq ans.

— Des crevettes? (Emily frissonna. Parce qu'elle ne voulait pas poser la question qui lui brûlait les lèvres : « Tu étais suivi par un psy? ») Et qu'est-ce qui s'est passé ensuite? s'enquit-elle.

— Il a tout dégueulé.

Toby effleura la surface de l'eau du bout des doigts. La fontaine sentait encore plus le chlore que la piscine.

Emily passa ses mains sur ses genoux en se demandant s'il voyait un psy pour la même raison qu'il s'était accusé d'avoir aveuglé sa sœur.

Un bus de luxe entra dans le parking de l'Externat. Lentement, les jeunes qui attendaient montèrent à bord. C'étaient les membres de la fanfare de l'école et ils portaient encore leur uniforme : veste rouge à galons dorés, pantalon à pinces assorti et, pour le tambour-major, une énorme toque en fourrure qui devait lui tenir affreusement chaud et devait être tout sauf pratique à porter.

— Hum, tu parles beaucoup du Maine. Tu es content d'être revenu à Rosewood?

Toby haussa un sourcil.

— Et toi, tu es contente d'y être restée?

Emily fronça les sourcils. Elle regarda un écureuil courir en rond autour d'un chêne.

— Je ne sais pas, finit-elle par répondre à voix basse.

Parfois, je ne me sens pas à ma place ici. Avant, j'étais normale, mais maintenant… je ne sais plus. J'ai l'impression de devoir me comporter d'une certaine façon, mais de ne pas y arriver. Ce n'est pas moi.

Toby la fixa.

— Je vois très bien ce que tu veux dire. (Il soupira.) Ici, c'est plein de gens parfaits. Et… quand tu n'es pas comme eux, tu es forcément un raté. Mais je pense qu'à l'intérieur, les gens soi-disant parfaits ne valent pas mieux que nous.

Il tourna son regard vers Emily, et la jeune fille sentit son estomac se nouer. Elle avait l'impression que toutes ses pensées, tous ses secrets étaient écrits en taille de police 72, comme les gros titres des journaux, et que Toby pouvait les lire sur son front. C'était la première fois que quelqu'un éprouvait les mêmes sentiments qu'elle depuis longtemps.

— Moi aussi, je me sens différente, confessa-t-elle tout bas.

— Toi ? (Toby écarquilla les yeux, incrédule.) En quoi ?

Le tonnerre gronda au-dessus de leur tête. Emily glissa les mains à l'intérieur des manches de sa veste de survêtement. *Je ne sais pas qui je suis, ni ce que je veux*, voulait-elle répondre. Au lieu de ça, elle bafouilla :

— J'aime l'orage.

— Moi aussi.

Alors, Toby se pencha lentement vers elle et l'embrassa. Ce fut hésitant et très doux, un simple chuchotement sur sa bouche. Quand le jeune homme se redressa, Emily se toucha les lèvres comme si son baiser s'y prolongeait encore.

— Pourquoi as-tu fait ça ? lui demanda-t-elle.

— Je ne sais pas, avoua Toby. Je n'aurais pas dû ?

— Si, si, murmura Emily. C'était bien.

Sa première pensée fut : *Je viens d'embrasser un garçon qui a peut-être embrassé Ali.* Sa seconde fut qu'elle devait être sérieusement atteinte pour penser quelque chose comme ça.

— Toby ?

Une voix interrompit les deux jeunes gens. Un homme en blouson de cuir se tenait sous l'auvent de la piscine, les mains sur les hanches. C'était M. Cavanaugh. Emily le reconnut pour l'avoir vu au camp de natation, des années auparavant... et aussi la nuit de l'accident de Jenna.

Les muscles de ses épaules se crispèrent. Si M. Cavanaugh était là, où se trouvait Jenna ? Puis elle se souvint que la jeune fille allait au lycée à Philadelphie.

— Qu'est-ce que tu fais là ? demanda M. Cavanaugh en tendant la main pour sentir la pluie qui commençait à tomber. Ton relais commence bientôt.

— Oh. (Toby sauta en bas du muret. Il sourit à Emily.) Tu rentres aussi ?

— Dans une seconde, répondit la jeune fille d'une petite voix. (Elle craignait que ses jambes ne la portent pas.) Bonne chance pour ta course.

— Merci.

Les yeux de Toby s'attardèrent sur elle pendant quelques secondes. Il parut sur le point d'ajouter quelque chose, mais s'éloigna en silence.

Emily resta assise au bord de la fontaine pendant deux ou trois minutes, malgré la pluie qui mouillait de plus en plus sa veste de survêtement. Elle se sentait étrangement pétillante... comme un soda. Elle n'arrivait pas à réaliser ce qui venait de se passer. Quand son Nokia bipa pour annoncer un nouveau texto, elle frémit.

Son cœur se serra. C'était bien ce qu'elle craignait.

*Emily, que dirais-tu si on prenait plutôt cette photo-là pour le livre de l'année ?*

Elle cliqua pour ouvrir le fichier joint. C'était un cliché

d'elle et de Maya pris dans le Photomaton de Noel Kahn. Elles se regardaient, leurs visages à quelques centimètres l'un de l'autre, sur le point de s'embrasser.

Emily en resta bouche bée. Elle se souvenait d'avoir appuyé sur le bouton de la cabine pour prendre des photos, mais il lui semblait que Maya les avait récupérées en partant.

Le message se terminait par :

*Tu ne voudrais pas que les gens voient ça, n'est-ce pas ?*

Et bien entendu, il était signé « A ».

# 15

## ELLE VOLE POUR TOI, ET C'EST COMME ÇA QUE TU LA REMERCIES

Mona sortit de la cabine d'essayage vêtue d'une robe Calvin Klein verte au tissu diaphane et à l'encolure carrée, dont le bas se souleva comme elle tournait sur elle-même pour se faire admirer.

— Qu'est-ce que tu en penses ? demanda-t-elle à Hanna, qui attendait dehors près des portants.

— Superbe, murmura Hanna.

Dans la lumière crue des néons, elle voyait que son amie ne portait pas de soutien-gorge.

Mona prit des poses devant le miroir. Elle était si mince qu'il lui arrivait parfois de descendre jusqu'à une enviable taille 34.

— Je pense qu'elle irait mieux avec ton teint et ta couleur de cheveux, finit-elle par déclarer en tirant sur une bretelle. Tu veux l'essayer ?

— Je ne sais pas trop, répondit Hanna. Elle est assez transparente.

Mona fronça les sourcils.

— Depuis quand est-ce que ça te pose problème ?

Hanna haussa les épaules et se mit à farfouiller parmi les vestes Marc Jacobs.

C'était le jeudi soir, au centre commercial King James. Hanna et Mona se trouvaient au rayon créateur de chez Saks, où elles cherchaient frénétiquement quelque chose à se mettre pour Foxy. Beaucoup de filles des écoles préparatoires, ou qui avaient quitté la fac mais vivaient encore chez leurs parents, assisteraient au bal ; il était important qu'elles ne se pointent pas avec la même robe que cinq autres gosses de riches.

— J'ai envie d'un look classe, annonça Hanna. Comme Scarlett Johansson.

— Pourquoi ? s'étonna Mona. Elle a un gros cul.

Hanna fit la moue. Par « classe », elle entendait « subtil ». Comme ces filles dans les publicités pour les diamants, qui avaient l'air tellement convenables mais en qui tout hurlait : « Baise-moi. » Sean devait être tellement hypnotisé par sa vertu qu'il oublierait la promesse faite à son club de chasteté et se jetterait sur elle pour lui arracher ses sous-vêtements.

Hanna saisit une paire de sandales Miu Miu camel à bouts ouverts sur l'étagère des soldes, à côté de la cabine d'essayage.

— J'adore ! s'exclama-t-elle en les montrant à Mona.

— Tu n'as qu'à les..., suggéra Mona en désignant le fourre-tout d'Hanna.

Mais Hanna remit les sandales sur l'étagère.

— Pas question.

— Pourquoi ? chuchota Mona. Les chaussures, c'est le plus facile. Tu le sais.

Comme Hanna hésitait, elle fit claquer sa langue.

— Tu es toujours traumatisée à cause de Tiffany ?

Au lieu de répondre, Hanna fit mine de s'intéresser à une paire de mules métallisées Marc Jacobs.

Mona prit encore quelques robes dans les rayons et retourna dans la cabine d'essayage. Elle en ressortit très vite, les mains vides.

— Ce magasin craint. Viens, on va chez Prada.

Elles traversèrent le centre commercial, Mona pianotant sur son Sidekick.

— Je demande à Eric de quelle couleur est la boutonnière qu'il compte m'offrir, expliqua-t-elle. J'assortirai peut-être ma robe à ses fleurs.

Mona avait décidé d'aller à Foxy avec Eric, le frère de Noel, qu'elle avait déjà vu plusieurs fois cette semaine. Les fils Kahn étaient toujours un bon choix pour ce genre de soirée : riches, séduisants et chouchous des photographes des rubriques mondaines. Mona avait d'ailleurs poussé Hanna à inviter Noel, mais elle avait trop attendu. Noel avait décidé d'accompagner Celeste Richards, du pensionnat quaker – à la surprise générale, car tout le monde pensait que Noel craquait pour Aria Montgomery. Mais Hanna s'en fichait. Si elle n'y allait pas avec Sean, elle n'irait avec personne.

Mona leva les yeux de son texto.

— Pour l'autobronzant en spray, à ton avis, mieux vaut aller chez Sun Land ou chez Dalia ? Celeste et moi avons rendez-vous chez Sun Land demain, mais j'ai peur d'en ressortir orange.

Hanna haussa les épaules et ressentit une vague jalousie. C'était avec elle, et non avec Celeste, que Mona aurait dû aller chez l'esthéticienne.

Elle allait répondre quand son propre Sidekick sonna. Son cœur s'accéléra. Chaque fois que son portable se manifestait, elle craignait que ce ne soit « A ».

— Hanna ? (C'était sa mère.) Où es-tu ?

— Au centre commercial, répondit Hanna.

Depuis quand sa mère se préoccupait-elle de ce genre de choses ?

— Eh bien, il faut que tu rentres. Ton père va passer à la maison.

— Hein ? Pourquoi ?

Hanna jeta un coup d'œil à Mona, qui examinait les lunettes de soleil bon marché d'un des kiosques de l'esplanade. Elle ne lui avait pas raconté que son père était venu chez elle le lundi. C'était trop bizarre.

— Il a... il a juste besoin de récupérer quelque chose, dit sa mère.

— Quoi exactement ? insista Hanna, sceptique.

Mme Marin laissa échapper un soupir agacé.

— Des papiers dont il a besoin pour pouvoir se remarier. Ça te suffit comme explication ?

Elle sentit des gouttes de sueur lui picoter la nuque. Premièrement, sa mère venait de mentionner une chose à laquelle elle détestait penser : son père allait épouser Isabel et devenir le père de Kate. Deuxièmement, elle avait espéré qu'il passe pour la voir, elle. Pourquoi se donnerait-elle la peine de rentrer s'il venait pour une autre raison ? Ça lui donnerait l'impression qu'elle n'avait pas de vie.

Elle examina son reflet dans la vitrine de Banana Republic.

— Il arrive quand ? s'enquit-elle.

— Dans une heure.

Mme Marin raccrocha brusquement. Hanna referma son portable et le garda entre ses paumes, sentant sa chaleur se communiquer à ses mains.

— C'était qui ? chantonna Mona en glissant un bras sous celui de son amie.

— Ma mère, répondit distraitement Hanna.

Elle se demanda si elle aurait le temps de se doucher avant l'arrivée de son père – elle empestait les différents parfums qu'elle venait de tester chez Neiman Marcus.

— Elle veut que je rentre.

— Pourquoi?

— Juste... parce que.

Mona s'arrêta et dévisagea Hanna attentivement.

— Han. Ta mère n'appelle jamais pour te demander de rentrer « juste parce que ».

Hanna se retourna face à son amie. Elles se trouvaient devant l'entrée de l'Année du Lapin, le restaurant chinois haut de gamme du centre commercial, et l'odeur entêtante de la sauce hoisin envahit les narines d'Hanna.

— Si tu veux vraiment le savoir, c'est parce que... mon père doit passer.

Mona fronça les sourcils.

— Ton père? Je croyais qu'il était...

— Non, coupa très vite Hanna.

Quand elles étaient devenues amies, Hanna avait dit à Mona que son père était mort. Elle s'était juré de ne plus jamais lui parler, donc, il ne s'agissait pas vraiment d'un mensonge.

— On n'a pas eu de contacts pendant très longtemps, expliqua-t-elle. Mais je l'ai revu l'autre jour, il est à Philadelphie pour son travail ou quelque chose comme ça. En tout cas, ce n'est pas pour moi qu'il vient à la maison aujourd'hui. Je ne comprends pas pourquoi ma mère tient tellement à ce que je sois là.

Mona posa une main sur sa hanche.

— Pourquoi tu ne m'en as pas parlé avant?

Hanna haussa les épaules.

— Quand est-ce que tu l'as vu?

— Je ne sais plus. Lundi?

— Lundi ? répéta Mona sur un ton blessé.

— Les filles ! s'exclama une voix.

Hanna et Mona se retournèrent. C'était Naomi Zeigler. Riley Wolfe et elle sortaient de chez Prada, des sacs de shopping noirs pendus à leurs épaules au bronzage artificiel impeccable.

— Vous cherchez une robe pour Foxy? interrogea Naomi.

Sa chevelure blonde était plus brillante que jamais, et sa peau irradiait littéralement, mais Hanna remarqua qu'elle portait une robe BCBG de la saison précédente. Avant qu'elle puisse répondre, Naomi ajouta :

— Inutile de perdre votre temps chez Prada, on a acheté les seuls trucs potables.

— Qu'est-ce qui te dit qu'on n'a pas encore nos robes? répliqua Mona avec froideur.

— Tu y vas aussi, Hanna ? (Riley écarquilla ses yeux marron et rejeta ses cheveux roux en arrière.) Je me disais que comme tu n'es plus avec Sean...

— Je ne manquerais Foxy pour rien au monde, lâcha Hanna avec mépris.

Riley posa une main sur sa hanche. Elle portait un caleçon noir, une minijupe en jean à l'ourlet effiloché et un épouvantable sweat à rayures noires et blanches. Une photo prise récemment par un paparazzi montrait Mischa Barton avec la même tenue.

— Sean est si craquant, ronronna Riley. Il s'est encore embelli cet été.

— Il est complètement gay, rétorqua très vite Mona.

Cela n'eut pas l'air d'inquiéter Riley.

— Je te parie que je peux le faire changer d'avis.

Hanna serra les poings.

Le visage de Naomi s'éclaira.

— Alors, Hanna, la Maison de la Jeunesse, c'est génial,

non? Il faut absolument que tu viennes au cours de Pilates avec moi. Le prof, Oren… Il est à tomber.

— Hanna ne va pas à la Maison de la Jeunesse, l'interrompit Mona. On est inscrites au Body Tonic. La Maison de la Jeunesse, c'est un trou à rats.

Totalement angoissée, Hanna ne cessait de se tourner de Mona vers Naomi et vice versa.

— Tu ne vas pas à la Maison de la Jeunesse? dit Naomi avec son expression la plus innocente. Il me semblait pourtant bien t'y avoir vue hier. Dans le couloir, devant la salle de cardio.

Hanna saisit le bras de Mona.

— On est en retard.

Et elle entraîna son amie loin de la boutique Prada, rebroussant chemin vers Saks.

— C'était quoi, ça? demanda Mona en contournant gracieusement une femme chargée comme un mulet.

— Rien. Je ne peux pas la supporter, c'est tout.

— Qu'est-ce que tu faisais à la Maison de la Jeunesse hier? Tu m'as dit que tu allais chez le dermato.

Hanna s'arrêta. Elle s'était doutée que croiser Naomi juste avant la réunion du club de chasteté ne lui apporterait que des ennuis.

— J'avais… quelque chose à faire là-bas.

— Quoi?

— Je ne peux pas te le dire.

Mona se rembrunit, tourna les talons et entra chez Burberry d'un pas qui traduisait son énervement. Hanna la rattrapa.

— Écoute, je ne peux pas, c'est tout. Je suis désolée.

— Je n'en doute pas.

Mona se mit à fouiller dans son sac et en sortit les escarpins Miu Miu camel de chez Saks. Ils n'étaient pas dans leur boîte, et l'antivol avait été arraché. Elle les agita sous le nez d'Hanna.

— Je voulais te les offrir, mais tu peux oublier.

Hanna en resta bouche bée.

— Mais...

— Tu as revu ton père il y a trois jours, et tu ne m'en as jamais parlé ! s'exclama Mona sur un ton accusateur. Maintenant, tu me mens sur ce que tu fais après les cours.

— Ce n'est pas du tout ce que tu crois, se défendit Hanna.

— En tout cas, ça en a tout l'air, riposta son amie. À quel autre propos m'as-tu menti ?

— Je suis désolée, marmonna Hanna. Je... (Elle baissa les yeux vers ses chaussures et prit une profonde inspiration.) Tu veux savoir ce que je faisais à la Maison de la Jeunesse ? D'accord. Je suis allée à une réunion du club de chasteté.

Mona écarquilla les yeux. Son portable sonna dans son sac, mais elle ne fit aucun mouvement pour décrocher.

— Maintenant, j'espère que tu me mens.

Hanna secoua la tête. Elle se sentait vaguement nauséeuse, la boutique Burberry sentait trop fort le nouveau parfum de la marque.

— Mais... pourquoi ?

— Je veux récupérer Sean.

Mona éclata de rire.

— Tu m'as dit que tu l'avais largué à la soirée de Noel.

Hanna jeta un coup d'œil dans la vitrine de Burberry et faillit faire une crise cardiaque. Son cul était-il vraiment aussi monstrueux ? D'un coup, elle avait retrouvé la silhouette de l'Hanna grassouillette et empotée de jadis.

Hoquetant, elle détourna les yeux et regarda de nouveau. Une Hanna normale lui rendit son regard.

— Non. C'est lui qui m'a larguée, avoua-t-elle.

Mona ne se mit pas à rire, mais ne tenta pas non plus de réconforter Hanna.

— C'est pour ça que tu étais à la clinique de son père ?

— Non, répondit-elle instantanément, oubliant qu'elle avait croisé son amie là-bas. (Puis elle réalisa qu'elle allait peut-être devoir lui révéler la vérité.) Enfin, si. En quelque sorte.

Mona haussa les épaules.

— De toute façon, j'avais déjà entendu dire que c'était Sean qui t'avait larguée.

— Quoi ? s'écria Hanna. Par qui ?

— En cours de gym, je crois, répondit Mona avec un geste vague. Je ne me souviens plus. C'est peut-être Sean lui-même qui a lancé la rumeur.

La vue d'Hanna commença à se brouiller. Elle avait du mal à croire que Sean ait parlé... Mais « A » avait très bien pu le faire.

Mona dévisagea son amie.

— Je croyais que tu voulais perdre ta virginité, pas la prolonger.

— Je voulais juste voir comment c'était, murmura Hanna.

— Et... ? (Mona eut un sourire malicieux.) Crache le morceau. Je parie que c'était hilarant. De quoi vous avez discuté ? Vous avez chanté ? Prié ? Raconte !

Hanna fronça les sourcils et lui tourna le dos. En temps normal, elle aurait tout dévoilé à Mona. Mais elle était blessée que son amie se moque d'elle, et elle ne voulait pas lui tendre l'autre joue. Par ailleurs, Candace avait promis que ce qu'elle raconterait ne sortirait pas de la salle 204, et Hanna ne se sentait pas le droit de trahir les membres du club – elle était trop bien placée pour savoir à quel point ça faisait mal. Et puis, si Mona avait entendu une rumeur à son sujet, pourquoi ne lui avait-elle rien dit ? Est-ce qu'elle n'était pas censée être sa meilleure amie ?

— Rien de tout ça, marmonna Hanna. C'était plutôt chiant.

La curiosité de Mona s'atténua instantanément sous l'effet de la déception. Les deux amies se fixèrent en silence. Puis le portable de Mona sonna, et la jeune fille détourna les yeux.

— Celeste ? lança-t-elle en décrochant. Coucou !

Hanna se mordilla nerveusement les lèvres et consulta sa montre-bracelet Gucci.

— Il faut que j'y aille, chuchota-t-elle à Mona en désignant la sortie est du centre commercial. Mon père…

— Attends une seconde, demanda Mona à son interlocutrice. (Elle couvrit son téléphone de sa main, grimaça en regardant les sandales Miu Miu et les fourra dans les mains d'Hanna.) Prends-les. De toute façon, je les trouve affreuses.

Hanna recula en tenant les chaussures volées par leur bride. Tout à coup, elle aussi les trouvait affreuses.

# 16

## UNE SOIRÉE EN FAMILLE PAISIBLE ET NORMALE CHEZ LES MONTGOMERY

Ce soir-là, assise sur son lit, Aria tricotait un hibou en mohair qu'elle avait l'intention de remplir de mousse pour s'en servir de coussin. Le hibou était marron et d'aspect plutôt masculin ; elle l'avait commencé la semaine précédente en pensant l'offrir à Ezra. Comme ça ne risquait plus d'arriver, elle se demandait... si elle n'allait pas en faire cadeau à Sean. *Mais il trouverait peut-être ça bizarre, non ?*

Avant sa disparition, Ali essayait sans cesse de caser Aria avec des garçons de Rosewood.

— Va le voir et parle-lui, l'exhortait-elle. Ce n'est pas sorcier.

Mais ça l'était pour Aria. Chaque fois qu'elle se retrouvait face à un garçon de Rosewood, elle se figeait et bredouillait la première chose qui lui passait par la tête – et qui, pour une raison inexplicable, avait généralement trait à l'algèbre. Alors qu'elle détestait l'algèbre.

À la fin de sa 5e, un seul garçon lui avait jamais adressé la parole en dehors des cours : Toby Cavanaugh.

Et c'était un souvenir effrayant.

Ça s'était passé quelques semaines avant la disparition d'Ali. Aria s'était inscrite à un stage d'art dramatique qui se tenait le week-end. Le premier samedi, qui avait-elle vu débarquer comme une fleur ? Toby.

Ça l'avait stupéfiée : est-ce qu'il n'était pas censé se trouver en maison de redressement… et y rester jusqu'à la fin des temps ? Mais apparemment, dans son école du Maine, les grandes vacances commençaient plus tôt qu'à l'Externat de Rosewood.

Il s'était assis dans un coin, les cheveux devant les yeux, et faisait claquer un élastique sur son poignet.

La prof de théâtre, une maigrichonne aux cheveux frisés et aux vêtements de hippie, avait donné un exercice à ses élèves. Ils devaient se mettre par deux et, chacun son tour, se crier une phrase jusqu'à trouver le rythme naturel de celle-ci. Au fil des répétitions, la phrase était censée évoluer de manière organique.

Quelques changements de partenaire plus tard, Aria s'était retrouvée face à Toby. La phrase du moment était : « Il ne neige jamais en été. »

— Il ne neige jamais en été, avait dit Toby.

— Il ne neige jamais en été, avait répété Aria.

— Il ne neige jamais en été.

Toby avait les yeux cernés et les ongles rongés jusqu'au sang. Se tenir si près de lui avait rendu Aria nerveuse. Elle ne pouvait s'empêcher de revoir son visage fantomatique à la fenêtre du salon d'Ali juste avant l'accident. Ni l'image de l'ambulancier descendant l'échelle de corde, avec Jenna sur l'épaule. Elle repensait à ce que Mme Iverson, sa prof de sciences nat, avait déclaré la semaine suivante pendant la journée anti-feux d'artifice :

— À la place de son père, ce n'est pas en pension que je l'aurais envoyé, mais en prison !

Puis la phrase avait changé. Elle était devenue : « Souviens-toi l'été dernier. » Toby avait été le premier à la prononcer, et Aria l'avait répétée plusieurs fois avant de réaliser.

— Oh, comme le titre du film ! s'était exclamée la prof en battant des mains.

— Oui, avait acquiescé Toby en souriant à Aria – un vrai sourire, pas un rictus, si bien que l'adolescente s'était sentie encore plus mal.

Quand elle avait raconté ça à Ali, son amie avait soupiré.

— Aria, Toby est cinglé. J'ai entendu dire qu'il avait failli se noyer dans le Maine en nageant dans une mare gelée pour prendre un élan en photo.

Aria n'avait jamais remis les pieds au stage d'art dramatique.

Elle repensa au Post-It de « A » : « Tu te demandes qui je suis, pas vrai ? Je suis plus près que tu ne penses. »

Se pouvait-il que « A » soit Toby ? Le jeune homme était-il entré en douce dans le lycée pour coller ce Post-It sur la vitrine dédiée à la mémoire d'Ali ? L'une de ses trois anciennes amies l'avait-elle vu ? À moins qu'il soit dans la même classe qu'Aria. En anglais, par exemple – la plupart des messages tournaient autour d'événements survenus pendant les cours d'Ezra. Mais qui pouvait-il bien être ? Noel ? James Freed ? Hanna ?

Aria s'attarda plus longuement sur cette dernière hypothèse, qui lui avait déjà traversé l'esprit. Ali avait pu parler à Hanna de l'infidélité de Byron Montgomery. Et Hanna était impliquée dans l'affaire Jenna.

Mais pourquoi ?

Aria feuilleta le trombinoscope de l'Externat de

Rosewood – l'annuaire illustré qui venait de paraître le jour même. Elle trouva la photo de Sean. Le jeune homme avait une coupe courte de sportif, et il était bronzé comme s'il avait passé tout l'été sur le yacht de son père. Les garçons avec lesquels Aria sortait en Islande étaient du genre blafard avec les cheveux longs, et s'ils avaient un bateau, c'était généralement un kayak qu'ils utilisaient pour se rendre jusqu'au glacier de Snaefellsjökull.

Aria composa le numéro de Sean et tomba sur sa boîte vocale.

— Salut, Sean, dit-elle en espérant que sa voix n'était pas trop chantante. C'est Aria Montgomery. Hum… j'appelais juste pour te remercier et… hum… te recommander une philosophe. Elle s'appelle Ayn Rand. Elle écrit des bouquins super complexes mais néanmoins très faciles à lire. Tu devrais y jeter un coup d'œil.

Elle laissa son numéro de portable et son pseudo MSN, raccrocha et regretta immédiatement de ne pouvoir effacer son message. Sean devait déjà être harcelé par des dizaines de filles normales.

— Aria ! appela Ella depuis le bas de l'escalier. À table !

La jeune fille jeta son téléphone sur son lit et descendit d'un pas lent. Une étrange sonnerie en provenance de la cuisine lui fit dresser l'oreille. Est-ce qu'il s'agissait du minuteur du four ? Impossible. La cuisine était décorée dans le style années 50, avec une authentique gazinière Magic Chef de 1956 – si vieille qu'Ella l'utilisait rarement de peur de mettre le feu à la maison.

Mais à la grande surprise d'Aria, sa mère préparait réellement quelque chose au four, et son père et son frère étaient tous deux assis à table. C'était la première fois que la famille se trouvait réunie depuis le week-end précédent. Mike avait passé les trois dernières nuits chez divers copains de son équipe de lacrosse ; quant à Byron, il avait été très occupé à « corriger des copies ».

Un poulet rôti, un saladier de purée et un plat de haricots verts au milieu de la table, des assiettes et des couverts assortis, et même des sets de table. Aria se raidit. Tout cela paraissait beaucoup trop normal... surtout pour sa famille. Quelque chose devait clocher. Peut-être que quelqu'un était mort. Ou que « A » avait tout révélé.

Mais les parents d'Aria ne semblaient nullement troublés. Ella sortit du four – qui, miraculeusement, n'avait pas pris feu – une plaque couverte de petits pains chauds tandis que Byron parcourait le *New York Times* en silence. Il était toujours en train de lire : à table, pendant les matchs de Mike et même au volant.

Aria se tourna vers son père, qu'elle avait à peine vu depuis le Victory.

— Salut, Byron.

Son père lui adressa un sourire chaleureux.

— Salut, Guenon.

Avant, il la surnommait Singe poilu, mais elle l'avait supplié d'arrêter. Il avait toujours l'air de sortir du lit avec ses T-shirts troués, ses caleçons des Philadelphia 76ers ou ses bas de pyjama à carreaux et ses vieilles charentaises. Avec sa tignasse brune perpétuellement en bataille, Aria trouvait qu'il ressemblait à un koala géant.

— Et salut, toi ! lança la jeune fille en ébouriffant les cheveux de son frère.

Mike eut un mouvement de recul.

— Ne me touche pas.

— Mike ! s'exclama Ella en pointant vers lui une des baguettes dont elle se servait d'ordinaire pour faire tenir son chignon.

— Je voulais juste être gentille.

Aria se retint de lancer l'une de ses remarques sarcastiques habituelles à son frère. Elle se contenta de s'asseoir, déplia sa serviette à fleurs brodées, l'étala sur ses genoux et saisit une fourchette au manche en bakélite.

— Le poulet sent super bon, Ella.

Sa mère commença à servir la purée.

— Oh, je l'ai acheté tout préparé à l'épicerie.

— Depuis quand trouves-tu que le poulet sent bon ? aboya Mike. Tu n'en manges pas.

Effectivement. Aria était devenue végétarienne dès la deuxième semaine passée en Islande quand Hallbjorn, son premier petit ami, lui avait acheté dans une sandwicherie ce qu'elle avait d'abord pris pour un hot-dog. Elle avait trouvé ça délicieux, mais après l'avoir terminé, Hallbjorn lui avait annoncé que c'était du macareux. Depuis, chaque fois qu'on lui proposait de la viande, elle voyait un adorable bébé macareux.

— Oui, mais je mange de la purée, répliqua-t-elle en engloutissant une énorme fourchetée. Et elle est à tomber.

Ella fronça les sourcils.

— C'est juste de la Mousseline. Tu sais bien que je ne cuisine pas.

Aria savait qu'elle en faisait trop. Mais si elle agissait en fille modèle plutôt qu'en ado cynique et ronchon comme d'habitude, Byron réaliserait peut-être ce qu'il risquait de perdre.

Aria reporta son attention sur son père. Elle ne voulait pas le détester. Il avait des tas de qualités : il l'écoutait toujours parler de ses problèmes, il était intelligent, il lui préparait des brownies pour la réconforter quand elle était malade. Elle tenta d'imaginer une explication logique plutôt que sentimentale à sa liaison avec Meredith. Elle refusait de croire qu'il aimait quelqu'un d'autre ou qu'il cherchait délibérément à briser leur famille. Mais elle avait du mal à ne pas le prendre personnellement.

Comme elle avalait une bouchée de haricots verts, le portable de sa mère, qui était posé sur le comptoir de la cuisine, sonna. Ella consulta Byron du regard.

— Je réponds ?

Byron fronça les sourcils.

— Pourquoi t'appellerait-on à l'heure du dîner ?

— C'est peut-être Oliver de la galerie.

Soudain, Aria sentit sa gorge se serrer. Et si c'était « A » ? Le portable continuait à sonner. Aria se leva.

— J'y vais.

Ella s'essuya la bouche et repoussa sa chaise.

— Non, c'est pour moi.

— Non ! (Aria se précipita vers le comptoir.) En fait, hum, c'est…

Elle agita désespérément les bras. À court d'idées, elle saisit le portable de sa mère et le jeta dans le salon. L'appareil glissa sur le sol, alla buter contre le canapé et finit par se taire. Polo, le chat de la famille, s'en approcha et le tâta d'une patte rayée.

Quand Aria se retourna, ses parents et son frère la fixaient, interloqués.

— Qu'est-ce qui te prend ? demanda Ella.

— C'est juste que…

Aria transpirait, et elle sentait les battements irréguliers de son cœur se répercuter dans tout son corps. Mike croisa les mains derrière la tête. « Cinglée », articula-t-il.

Ella passa au salon et s'accroupit pour regarder l'écran du portable. Sa jupe froissée effleura le sol, ramassant de la poussière au passage.

— C'était bien Oliver.

Au même moment, Byron se leva.

— Il faut que j'y aille.

— Que tu y ailles? (La voix d'Ella se brisa.) Mais on vient juste de se mettre à table.

Byron alla déposer son assiette vide dans l'évier. Il avait toujours été le mangeur le plus rapide de la planète, plus rapide encore que Mike.

— J'ai des trucs à faire au bureau.

— Mais...

Ella posa les mains sur ses hanches. Impuissants, ses enfants et elle regardèrent Byron disparaître dans l'escalier et redescendre trente secondes plus tard, vêtu d'un pantalon gris et d'une chemise bleue, les cheveux toujours en bataille. Il attrapa ses clés et son attaché-case en cuir fatigué.

— À tout à l'heure.

— Tu peux ramener du jus d'orange? cria Ella.

Mais Byron referma la porte derrière lui sans répondre.

Mike sortit en trombe de la cuisine une seconde plus tard, sans mettre son assiette dans l'évier. Il empoigna son blouson et sa crosse, et enfila ses baskets sans même les délacer.

— Et toi, où vas-tu? interrogea Ella.

— M'entraîner, aboya Mike.

Il avait la tête baissée et se mordillait la lèvre inférieure comme pour s'empêcher de pleurer. Aria voulut se précipiter vers lui, le serrer contre elle et chercher une solution à leur problème, mais elle se sentait paralysée, vissée au damier du carrelage.

Mike claqua la porte d'entrée si fort que toute la maison trembla. Quelques secondes s'écoulèrent avant qu'Ella lève ses yeux gris vers Aria.

— Tout le monde nous quitte.

— Non, ils ne nous quittent pas, contra très vite la jeune fille.

Sa mère revint à table et fixa le reste du poulet dans son assiette. Au bout de quelques instants, elle reposa sa serviette à côté de son assiette sans avoir touché à son contenu et se tourna vers Aria.

— Tu ne trouves pas que ton père est bizarre depuis notre retour?

Aria sentit sa bouche s'assécher.

— Comment ça, bizarre?

— Je ne sais pas. (Ella caressa du doigt le bord de l'assiette en porcelaine.) On dirait que quelque chose le tracasse. C'est peut-être son travail. Il a l'air vraiment débordé.

Aria savait qu'elle aurait dû répondre quelque chose, mais les mots restaient coincés dans sa bouche. Il aurait fallu une ventouse pour les en extraire.

— En tout cas, il ne m'en a pas parlé.

Ce qui n'était pas tout à fait un mensonge.

Ella fixa sa fille.

— Si c'était le cas, tu me le dirais, hein?

Aria baissa la tête et fit semblant d'avoir une poussière dans l'œil.

— Bien sûr.

Ella se leva et débarrassa la table. Aria resta plantée là, inutile. C'était une opportunité qui ne se présenterait pas deux fois, et elle ne la saisissait pas pour autant.

Elle monta dans sa chambre et s'assit devant son bureau sans trop savoir quoi faire. En bas, elle entendit le générique de *Jeopardy!* Peut-être devrait-elle redescendre et tenir compagnie à sa mère. Mais tout ce dont elle avait envie, c'était de pleurer.

Sa messagerie instantanée bipa, signalant l'arrivée d'un nouveau message. Aria reporta son attention sur son ordinateur en se demandant si c'était Sean. Malheureusement…

*A A A A A A : Deux possibilités : tu règles le problème ou tu dis tout à ta mère. Je te donne jusqu'au douzième coup de minuit samedi soir, Cendrillon. Sinon… – A*

Un craquement fit sursauter Aria. Faisant volte-face, elle vit que Polo venait de pousser la porte de sa chambre. Elle le caressa distraitement en relisant le message. Encore, et encore.

« Sinon »? et « Règle le problème »? Comment était-elle censée s'y prendre?

Son ordinateur bipa de nouveau.

*A A A A A A : Tu ne sais pas comment faire? Voici un petit indice : studio de yoga Strawberry Ridge, demain matin à sept heures trente. Tu ferais bien d'y être.*

# 17

## LA PETITE CHÉRIE À SON PAPA A UN SECRET

Plantée à quinze centimètres de son miroir, Hanna s'examinait. Elle avait dû avoir une vision au centre commercial – car elle était parfaitement mince et normale. À moins que... Ses pores avaient l'air plus dilatés que d'habitude. Et ses yeux ne louchaient-ils pas légèrement ?

Nerveuse, la jeune fille ouvrit le tiroir de son bureau et en sortit un énorme sac de chips à l'ancienne. Elle en fourra une grosse poignée dans sa bouche, mâcha et s'interrompit. La semaine précédente, les messages de « A » l'avaient replongée dans l'horrible cycle boulimie-vomissements, une sale manie qu'elle était parvenue à surmonter des années auparavant. Il était hors de question qu'elle replonge. Surtout devant son père.

Roulant le haut du sac pour le fermer, Hanna regarda de nouveau par la fenêtre. Où était son père ? Près de deux heures s'étaient écoulées depuis que sa mère l'avait appelée au centre commercial.

Un Range Rover vert sapin tourna à ce moment-là dans

l'allée de leur maison – un chemin boisé et sinueux qui faisait bien cinq cents mètres. Le conducteur en négocia habilement les tours et les détours, comme s'il connaissait chacun d'eux par cœur. Quand Hanna était petite, son père et elle faisaient de la luge dans ce chemin. Il lui avait appris à se pencher dans les virages pour ne pas que la luge se renverse.

Le carillon de la porte d'entrée fit sursauter Hanna. Son pinscher miniature, Dot, se mit à aboyer – de plus en plus fort et frénétiquement quand retentirent un deuxième, puis un troisième coup de sonnette.

— J'arrive ! cria Hanna.

— Salut ! lança son père lorsqu'elle ouvrit la porte.

Dot se mit à danser autour de lui. Il se pencha pour l'attraper.

— Bonjour, toi.

— Dot, non ! ordonna Hanna.

— Il ne me dérange pas.

Tom Marin caressa le minuscule museau du pinscher. Il ignorait que c'était une femelle : Hanna l'avait adoptée peu de temps après son départ de la maison.

— Alors...

Un peu gêné, M. Marin hésitait sur le seuil. Il portait un costume gris anthracite avec une cravate bleu et rouge, comme s'il sortait tout juste d'une réunion. Hanna se demanda s'il voulait entrer. Ça lui faisait bizarre d'inviter son père dans sa propre maison.

— Je peux... ? commença-t-il.

— Tu veux... ? lui proposa Hanna simultanément.

Tom Marin eut un petit rire nerveux. Hanna ne sut pas trop si elle avait envie de l'embrasser ou non. Il fit un pas vers elle. Elle recula et se cogna contre le chambranle de la porte.

— Vas-y, entre, lâcha-t-elle – s'efforçant, mais en vain, de ne pas laisser transparaître son agacement.

Ils se retrouvèrent face à face dans le hall. Hanna sentit le regard de son père la détailler.

— Je suis content de te voir, déclara-t-il.

Hanna haussa les épaules. Elle aurait bien voulu avoir une cigarette ou quelque chose d'autre pour s'occuper les mains.

— Hum. Oui. Alors, tu es venu prendre les papiers ? Ils sont juste là.

Tom Marin l'ignora et plissa les yeux.

— Je voulais te demander l'autre jour… tes cheveux… tu leur as fait quelque chose ? Ils sont plus courts qu'avant, non ?

Hanna grimaça.

— Plus foncés.

Son père tendit un index.

— Bingo ! Et tu ne portes plus tes lunettes.

— Je me suis fait opérer au laser, dit Hanna en le fixant sévèrement. Il y a deux ans.

— Oh.

Son père fourra ses mains dans ses poches.

— À t'entendre, on croirait que c'est une mauvaise chose.

— Non, non, la détrompa-t-il très vite. C'est juste que… ça te change beaucoup.

Hanna croisa les bras sur sa poitrine. Quand ses parents avaient décidé de divorcer, elle avait cru que c'était de sa faute. Parce qu'elle était grosse et empotée. Rencontrer Kate l'avait confortée dans sa certitude. Son père avait trouvé une fille de remplacement – du modèle supérieur.

Après le désastre d'Annapolis, il avait tenté de rester en contact. Au début, Hanna acceptait de le prendre au téléphone mais ne lui répondait que par monosyllabes. Son père l'avait interrogée, avait essayé de comprendre ce qui n'allait pas, mais elle était trop embarrassée pour le lui avouer. Les appels s'étaient espacés... Puis un jour, ils avaient cessé totalement.

M. Marin longea le hall en direction du salon, le parquet craquait sous ses pieds. Hanna se demandait s'il faisait l'inventaire de ce qui avait changé et de ce qui était resté pareil depuis son déménagement. Avait-il remarqué que la photo en noir et blanc le représentant avec sa fille, jadis accrochée au-dessus de la console style Mission, n'était plus là ? Et qu'à sa place trônait désormais une lithographie représentant une femme dans les différentes postures de la salutation au soleil – une œuvre que Tom Marin détestait mais qu'Ashley adorait ?

Le père d'Hanna se laissa tomber dans le canapé du salon – une pièce qui ne servait jamais à personne, et où lui-même mettait très rarement les pieds avant son divorce. Elle était trop sombre, trop étouffante, et ses tapis orientaux hideux sentaient l'aérosol. Ne sachant pas quoi faire d'autre, Hanna le suivit et s'assit sur le fauteuil à pattes de lion dans le coin.

— Alors, comment vas-tu ? interrogea Tom Marin.

La jeune fille replia ses jambes sous elle.

— Bien.

— Tant mieux.

Un autre silence interminable. Hanna entendit les griffes minuscules de Dot cliqueter sur le plancher de la cuisine, puis sa petite langue laper de l'eau dans son bol. Elle pria de toutes ses forces pour qu'il se passe quelque chose – que le téléphone sonne, que l'alarme anti-incendie se déclenche, ou même qu'elle reçoive un nouveau message de « A ». N'importe quoi qui mette un terme à ce supplice.

— Et toi, comment vas-tu ? finit-elle par demander.

— Pas trop mal. (Son père saisit un coussin orné de glands et le tint à bout de bras.) J'avais oublié à quel point ces trucs étaient laids.

Hanna était d'accord avec lui, mais sa remarque lui déplut néanmoins. Est-ce que cela signifiait que les coussins d'Isabel étaient parfaits ?

Son père leva les yeux.

— Tu te souviens de ce jeu auquel tu jouais quand tu étais petite ? Tu posais les coussins par terre et tu sautais de l'un à l'autre en faisant comme si le plancher était de la lave en fusion ?

— Papa...

Hanna fronça le nez et serra ses genoux un peu plus fort contre elle.

Tom Marin pressa le coussin.

— Tu y jouais pendant des heures, insista-t-il.

— J'avais six ans.

— Tu te souviens de Cornelius Maximilian ?

Hanna leva la tête. Les yeux de son père pétillaient.

— Papa...

Tom Marin lança le coussin en l'air et le rattrapa.

— Je ne devrais pas parler de lui, c'est ça ? Ça fait trop longtemps ?

Hanna avança le menton d'un air de défi.

— Probablement.

Mais intérieurement, elle s'autorisa une ébauche de sourire. Cornelius Maximilian était une blague entre eux, un truc qu'ils avaient inventé après avoir vu *Gladiator*. Hanna avait été ravie que son père l'emmène voir un film aussi violent, déconseillé aux moins de treize ans. Malgré tout elle n'avait que dix ans à l'époque, et tout ce sang l'avait horrifiée.

Le soir, comme elle craignait de ne pas réussir à s'endormir, son père avait inventé Cornelius pour la rassurer. C'était le seul chien – un caniche, avaient-ils décidé, même s'ils en faisaient parfois un terrier de Boston – assez costaud pour combattre dans l'arène des gladiateurs. Il triomphait systématiquement des tigres et des autres animaux féroces. Il pouvait tout faire, y compris ramener les morts à la vie.

Hanna et son père avaient imaginé toute la vie de Cornelius Maximilian : ce qu'il faisait pendant ses jours de repos, quel genre de colliers cloutés il aimait porter, comment il désespérait de se trouver une petite amie. Parfois, ils parlaient de lui devant la mère d'Hanna, et celle-ci demandait toujours : « Quoi ? Qui ? » alors qu'ils lui avaient déjà expliqué un millier de fois. Quand Hanna avait adopté Dot, elle avait envisagé de le baptiser Cornelia, mais c'eût été trop triste.

Son père se carra dans le fond du canapé.

— Je suis désolé que ça se soit passé comme ça.

Hanna fit mine d'être absorbée par sa French manucure.

— Comme quoi ?

— Tu sais… (Tom Marin se racla la gorge.) Qu'on ne se voie plus. Qu'on ne se parle même plus. C'est ma faute. Je n'ai pas été un père très présent ces dernières années.

Hanna leva les yeux au ciel. Ça virait au téléfilm dégoulinant de bons sentiments.

— Pas grave.

M. Marin pianota sur la table basse. Il était visiblement très mal à l'aise. *Tant mieux*, songeait Hanna.

— Alors, pourquoi as-tu volé la voiture du père de ton copain ? J'ai demandé à ta mère si elle était au courant, mais non.

— C'est compliqué, répondit très vite Hanna.

Quelle ironie ! À l'époque du divorce, elle passait son

temps à chercher des moyens pour que ses parents recommencent à se parler et retombent amoureux l'un de l'autre – comme les jumelles incarnées par Lindsay Lohan dans *À nous quatre*. Finalement, il avait suffi qu'elle se fasse arrêter deux fois par la police.

— Allez, insista M. Marin. Vous veniez de rompre? Tu étais bouleversée?

— Je suppose que oui.

— C'est lui qui t'a quittée?

Hanna déglutit.

— Comment le sais-tu?

— S'il ne veut plus de toi, peut-être qu'il n'en valait pas la peine, décréta son père.

Hanna n'en crut pas ses oreilles. Elle avait dû mal à comprendre. À force d'écouter son iPod à fond, elle devait probablement avoir des problèmes d'audition.

— Tu as beaucoup pensé à Alison ces derniers temps? enchaîna son père.

Elle fixa ses mains.

— Oui, aussi.

M. Marin secoua la tête.

— C'est incroyable ce qui lui est arrivé.

Hanna déglutit de nouveau avec difficulté. Elle avait l'impression qu'elle allait se mettre à pleurer.

— Je sais.

Son père se laissa aller contre le dossier du canapé, qui émit un étrange bruit de pet. Quelques années plus tôt, Tom Marin n'aurait pu s'empêcher de faire un commentaire. Là, il laissa couler.

— Tu sais quel est mon souvenir préféré d'Alison?

— Lequel? demanda Hanna à voix basse, priant pour qu'il ne réponde pas : « Quand vous êtes venues à Annapolis et qu'elle s'est si bien entendue avec Kate. »

— C'était l'été. Je crois que vous alliez entrer en 5e. Je vous ai emmenées toutes les deux à Avalon pour la journée. Tu t'en souviens ?

— Vaguement.

Hanna se rappelait qu'elle avait mangé trop de caramels, qu'elle avait l'air énorme dans son bikini, alors qu'Ali était renversante dans le sien, qu'un surfeur avait invité Ali à une soirée autour d'un feu de joie, mais qu'elle l'avait planté à la dernière minute.

— On était assis sur la plage et quelques serviettes plus loin se trouvaient un garçon et une fille. Vous connaissiez la fille parce qu'elle fréquentait la même école que vous, mais vous n'étiez pas spécialement amies avec elle. Elle avait un de ces affreux porte-bouteilles en plastique attaché dans le dos, et buvait avec une paille. Alison est allée discuter avec le garçon et a complètement ignoré la fille.

La mémoire d'Hanna lui revint brusquement. Il n'était pas rare de croiser des gens de Rosewood sur la côte de Jersey. La fille dont parlait son père, c'était Mona – et le garçon, c'était son cousin. Ali était allée discuter avec lui parce qu'elle le trouvait mignon. Mona avait eu l'air ravie que la fille la plus populaire de son collège daigne l'approcher, mais les seuls mots qu'Ali lui avait adressés furent : « Hé, mon cochon d'Inde boit dans le même genre de bouteille ! »

— C'est ça, ton souvenir préféré d'Ali ? bredouilla Hanna, qui l'avait soigneusement refoulé – et ne doutait pas que Mona en ait fait autant.

— Je n'ai pas terminé. Alison et le garçon sont allés se baigner ensemble, mais tu es restée sur la plage et tu as parlé avec la fille, qui était visiblement anéantie par le départ des deux autres. Je ne sais pas ce que tu lui as raconté, mais tu as été gentille avec elle. Je me suis senti vraiment fier de toi.

Hanna fronça le nez. Elle doutait d'avoir été gentille – elle s'était sans doute contentée de ne pas être ouvertement méchante comme Ali. L'affaire Jenna lui avait fait perdre le goût de ces petites cruautés.

— Tu étais toujours gentille avec tout le monde, ajouta son père.

— Non, c'est faux, murmura Hanna.

Elle se souvenait de la façon dont elle parlait de Jenna autrefois. « Cette fille est incroyable, papa. Elle a auditionné pour le même rôle qu'Ali dans la comédie musicale du collège, et si tu l'avais entendue chanter ! On aurait dit une vache. » Ou encore : « Jenna Cavanaugh a peut-être eu tout juste au dernier devoir de sciences nat et fait douze pompes en gym pour le test de fitness, mais c'est quand même une grosse naze. »

Son père avait toujours écouté Hanna. La seule chose qui lui importait, c'est qu'elle ne dise rien de méchant devant les personnes concernées. Du coup, Hanna avait été encore plus dépitée par la question qu'il lui avait posée quelques jours après l'accident, alors qu'ils se rendaient au supermarché. Dans la voiture, il s'était tourné vers elle et lui avait demandé tout à coup :

— Attends un peu. La fille qui a été aveuglée... C'est celle qui chante comme une vache, pas vrai ?

Il semblait avoir fait le rapprochement. Trop terrifiée pour répondre, Hanna avait feint une quinte de toux avant de changer de sujet.

Tom Marin se leva et se dirigea vers le petit piano à queue du salon. Il souleva le couvercle du clavier, et un peu de poussière dansa dans l'air. Quand il appuya sur une touche, une note ténue se fit entendre.

— Ta mère a dû te dire qu'Isabel et moi allions nous marier ?

Le cœur d'Hanna se serra.

— Oui.

— On pensait le faire l'été prochain, mais Kate ne sera pas libre à ce moment-là ; elle part suivre un programme pré-universitaire en Espagne.

À la mention du nom de Kate, Hanna se raidit. *Pauvre bébé qui doit aller en Espagne...*

— On aimerait que tu sois là toi aussi, ajouta son père. (Comme Hanna ne réagissait pas, il poursuivit :) Enfin, si tu es disponible. Je sais que ça peut sembler bizarre. Mais on peut en discuter si tu veux. Je préfère qu'on en discute plutôt que tu voles des voitures.

Hanna renifla. Comment son père osait-il penser qu'il existait le moindre rapport entre le vol de la BMW de M. Ackard et son stupide mariage ? Puis elle fronça les sourcils. À moins qu'il y en ait vraiment un...

— Je vais y réfléchir.

Tom Marin caressa le banc du piano.

— Je reste à Philadelphie ce week-end. Samedi soir, je nous ai réservé une table au Bec-Fin.

— Vraiment ? s'exclama Hanna malgré elle.

Le Bec-Fin était un célèbre restaurant français du centre-ville, qu'elle avait envie d'essayer depuis des années. Les parents de Spencer et d'Ali les traînaient souvent là-bas, et les deux filles n'arrêtaient pas de s'en plaindre. Le décor et le service étaient trop guindés, le menu n'était même pas traduit en anglais, et la salle était pleine de vieilles dames portant des fourrures qui avaient encore leur tête et leur queue. Mais aux yeux d'Hanna, c'était le comble du raffinement.

— Et je t'ai réservé une suite au Four Seasons, ajouta son père. Je sais que tu es censée être punie, mais ta mère est d'accord.

— Sérieusement?

Hanna battit des mains. Elle adorait les hôtels chic.

— Il y a une piscine. (Son père eut un petit sourire en coin. Hanna était toujours très excitée quand elle séjournait dans un hôtel avec piscine.) Tu pourrais venir de bonne heure samedi après-midi pour en profiter.

Soudain, Hanna se décomposa. Samedi, c'était le jour de Foxy.

— On ne pourrait pas plutôt faire ça dimanche?

— Non. C'est samedi ou rien.

Elle se mordit la lèvre.

— Samedi, je ne peux pas.

— Pourquoi?

— Il y a... un bal. C'est un événement important.

Son père croisa les mains sur ses genoux.

— Ta mère va te laisser assister à un bal après... après ce que tu as fait?

Hanna haussa les épaules.

— J'avais acheté les billets à l'avance. Ils étaient très chers.

— Ça me ferait très plaisir que tu viennes, ajouta doucement son père. J'adorerais passer un week-end avec toi.

Il avait l'air vraiment déçu. Comme s'il allait se mettre à pleurer. Hanna aussi avait envie de passer un week-end avec lui. Il s'était souvenu du plancher en lave, de toutes les fois où elle avait parlé du Bec-Fin et de son amour immodéré pour les hôtels avec piscine. Elle se demandait s'il partageait également des *private jokes* avec Kate. Elle espérait bien que non.

— Je suppose que je peux annuler, concéda-t-elle enfin.

— Génial, sourit son père.

— Pour l'amour de Cornelius Maximilian, ajouta-t-elle en lui jetant un regard timide.

— Encore mieux.

Par la fenêtre, Hanna regardait son père remonter en voiture et s'éloigner lentement dans l'allée. Une douce chaleur l'envahit. Elle était si heureuse qu'elle ne pensait même pas à récupérer le sac de chips à l'ancienne qu'elle avait remis à la hâte dans un placard de la cuisine. Elle avait juste envie de danser à travers toute la maison.

Quand elle entendit son BlackBerry sonner à l'étage, elle revint brusquement à la réalité. Elle avait tant à faire! Prévenir Sean qu'elle n'irait pas à Foxy. Prévenir également Mona. Trouver une tenue fabuleuse pour aller au Bec-Fin – peut-être cette jolie robe Theory avec ceinture qu'elle n'avait pas encore eu l'occasion de mettre.

Elle courut au premier, ouvrit son BlackBerry et se rembrunit. Elle avait reçu un texto.

*Cinq mots très simples.*

*Hanna. Marin. A. Aveuglé. Jenna.*

À *ton avis, que dirait ton papa chéri s'il l'apprenait?*

*Je te surveille, Hanna. Tu ferais bien de m'obéir.*

*— A*

# 18

## ENTOURE-TOI DE CHOSES ET DE GENS NORMAUX, ET ILS FINIRONT PEUT-ÊTRE PAR DÉTEINDRE SUR TOI

— Tu as vraiment de la chance d'être invitée gracieusement à Foxy, déclara Carolyn, la sœur aînée d'Emily. Tu devrais en profiter.

C'était le vendredi matin. Debout dans l'allée de leur maison, les deux filles attendaient que leur mère les conduise à l'entraînement avant les cours.

Emily se tourna vers sa sœur en passant une main dans ses cheveux. En tant que capitaine de l'équipe féminine de natation, elle avait eu droit à deux billets gratuits pour Foxy, mais elle ne se sentait pas très à l'aise de faire la fête si tôt après l'enterrement d'Ali.

— Je n'ai personne avec qui y aller, objecta-t-elle. Ben et moi, on a rompu, donc…

— Vas-y avec une copine, répliqua Carolyn en se passant du baume sur ses lèvres fines, naturellement roses. Topher et moi, on adorerait y aller, mais mon billet me coûterait tout l'argent que j'ai mis de côté en faisant du baby-sitting.

Du coup, on va passer la soirée chez lui à regarder un DVD.

Emily jeta un coup d'œil à sa sœur. Carolyn était en terminale et lui ressemblait beaucoup avec ses cheveux blond-roux décolorés par le chlore, ses joues couvertes de taches de rousseur, ses cils pâles et son corps athlétique de nageuse. Quand Emily avait été nommée capitaine, elle avait craint que son aînée ne soit jalouse. Mais ça n'avait pas eu l'air de déranger Carolyn le moins du monde. Au fond d'elle-même, Emily aurait bien aimé voir sa sœur flipper – juste une fois.

— Au fait ! s'exclama Carolyn sur un ton guilleret. J'ai vu une photo de toi assez marrante hier.

Le champ de vision d'Emily se rétrécit brusquement.

— Une photo ? répéta-t-elle d'une voix rauque.

Elle pensait à celle que « A » lui avait envoyée par MMS la veille. Ainsi, il avait commencé à la diffuser. Où s'arrêterait-il ?

— Oui, une photo de la rencontre avec Tate, précisa Carolyn. Dessus, tu as l'air… Je ne sais pas, d'un animal traqué.

Emily cligna des yeux. La photo que Scott avait prise sur les gradins. Pendant qu'elle était en train de parler à Toby. Elle se détendit.

— Oh, ça…

— Emily ?

Emily leva la tête et laissa échapper un minuscule hoquet. Maya se tenait à quelques mètres d'elle, sur son VTT Trek bleu. Ses cheveux frisés étaient attachés par une pince, et elle avait roulé les manches de son blouson en jean blanc. Ses yeux étaient cernés. Comme il était étrange de la voir là à une heure aussi matinale.

— Salut, marmonna Emily. Euh… qu'est-ce qui t'amène ?

— C'est le seul endroit où j'étais sûre de te trouver, répondit Maya en désignant la maison. Tu ne m'as pas adressé la parole depuis, genre, lundi.

Par-dessus son épaule, Emily jeta un coup d'œil à Carolyn, qui fouillait dans la poche avant de son sac à dos North Face violet. Elle repensa au message de « A ». Où avait-il pu se procurer ces photos ? N'était-ce pas Maya qui les avait récupérées ? À moins qu'il en existe plusieurs séries…

— Je suis désolée, déclara Emily. (Comme elle ne savait pas quoi faire avec ses mains, elle les posa sur la boîte aux lettres – une copie miniature de la maison des Fields.) J'ai été pas mal occupée ces derniers temps.

— Ouais, ça en a tout l'air.

L'amertume perceptible dans la voix de Maya fit dresser les cheveux d'Emily.

— Q-Qu'est-ce que tu veux dire ? balbutia-t-elle.

Mais Maya avait juste l'air triste et désemparée.

— Simplement que tu ne m'as pas rappelée.

Emily tira sur les cordons de son sweat à capuche rouge.

— Viens par là, murmura-t-elle en se dirigeant vers un saule pleureur qui bordait son jardin.

Elle voulait seulement s'éloigner un peu de Carolyn pour ne pas que sa sœur entende la suite de leur conversation. Malheureusement, les branches de l'arbre dissimulaient les deux filles et projetaient une lumière vert pâle très sexy, dans laquelle la peau de Maya semblait couverte de rosée comme celle d'une nymphe.

— En fait, tu tombes bien. J'ai une question à te poser, chuchota Emily en essayant de refouler ses visions sylvestres dans un coin de son esprit. Tu sais, les photos qu'on a prises dans le Photomaton, pendant la soirée de Noel ?

— Euh… ouais.

Maya se tenait tellement près d'elle qu'Emily sentait presque le bout de ses cheveux lui effleurer la joue. Elle avait l'impression qu'un million de terminaisons nerveuses supplémentaires s'étaient développées et que toutes la stimulaient en même temps.

— Quelqu'un les a vues ?

Maya mit quelques instants à répondre :

— Non.

— Tu es en sûre ? insista Emily.

Maya pencha la tête sur le côté comme un oiseau et esquissa un petit sourire.

— Mais si tu y tiens, je peux les montrer. (Quand elle aperçut Emily frémir, la lueur taquine de son regard s'évanouit.) Attends un peu. C'est pour ça que tu m'évites ? Tu as cru que je m'amusais à les montrer à tout le monde ?

— Je ne sais pas, marmonna Emily en frottant son pied le long d'une racine.

Son cœur battait si fort qu'elle devait être en train d'établir un nouveau record du monde.

Maya tendit la main, prit le menton d'Emily et le souleva pour forcer son amie à la regarder.

— Je ne ferais jamais ça. Je préfère de loin les garder pour moi.

Emily se dégagea brusquement. Maya ne pouvait pas la toucher ainsi dans son propre jardin, devant la maison de ses parents.

— J'ai un truc à te dire. J'ai... j'ai rencontré quelqu'un.

— Quel genre de quelqu'un ?

— Il s'appelle Toby. Il est adorable. Et... et je crois qu'il me plaît.

Maya cligna des yeux, l'air aussi incrédule que si Emily venait de lui annoncer qu'elle était tombée amoureuse d'une chèvre.

— Je vais lui demander d'être mon cavalier pour Foxy, poursuivit Emily.

L'idée venait juste de lui traverser l'esprit, mais elle la trouvait excellente. Toby n'était pas parfait et ne prétendait pas l'être. Ça lui convenait parfaitement. Et en faisant un petit effort, elle pouvait presque oublier qu'il était le demi-frère de Jenna. Sans compter que si elle allait à Foxy avec un garçon, ça désamorcerait les photos de la soirée de Noel en prouvant à tout le monde qu'elle n'était pas lesbienne.

*Non?*

Maya fit claquer sa langue.

— Mais Foxy, c'est demain. Et s'il avait déjà prévu autre chose?

Emily haussa les épaules. Elle était à peu près certaine que Toby serait libre.

— Et je croyais que les billets étaient trop chers, ajouta Maya.

— J'ai été... euh... nommée capitaine de mon équipe de natation, bredouilla Emily. Donc, j'en ai eu deux gratuits.

Maya marqua une pause avant de lâcher :

— Wouah!

Emily pouvait presque percevoir sa déception, comme s'il s'agissait d'une phéromone planant dans l'air. C'était Maya qui l'avait convaincue d'arrêter la natation.

— Ben... Félicitations, alors, lança la jeune fille sur un ton peu convaincu.

Emily fixa ses Vans bordeaux.

— Merci, marmonna-t-elle.

Elle sentait bien que Maya s'attendait à ce qu'elle relève la tête et s'écrie : « Andouille! Je plaisantais! » Elle en fut agacée. Pourquoi fallait-il que Maya lui complique les choses? Pourquoi ne pouvaient-elles pas être simplement amies?

Maya renifla bruyamment, puis écarta les branches du saule et émergea dans le jardin des Fields. En la suivant, Emily aperçut sa mère sous le porche. Les cheveux courts et raides de Mme Fields faisaient des épis, et elle avait sa tête des mauvais jours, celle qui disait : « Écartez-vous de mon chemin, je suis pressée. » À la vue de Maya, elle pâlit.

— Emily, il est temps d'y aller, aboya-t-elle.

— J'arrive! claironna Emily.

Elle n'avait pas voulu que sa mère voie ça. Elle reporta son attention sur Maya, qui se tenait près de son vélo sur le trottoir.

— Tu ne peux pas changer ce que tu es, Emily, lança la jeune fille d'une voix forte. J'espère que tu en es consciente.

Emily sentit le regard de sa mère et de Carolyn la transpercer.

— Je ne sais pas de quoi tu parles, répliqua-t-elle d'une voix tout aussi forte.

— Emily, vous allez être en retard, intervint Mme Fields.

Maya jeta un dernier coup d'œil à Emily, puis s'en fut en pédalant rageusement.

Emily déglutit. Elle se sentait partagée entre divers sentiments. D'un côté, elle en voulait à Maya d'avoir provoqué cette confrontation – ici, dans son jardin, devant sa mère et sa sœur. D'un autre côté, elle éprouvait le même regret mêlé de culpabilité que quand, âgée de sept ans, elle avait laissé échapper le ballon à l'hélium en forme de Mickey Mouse qu'elle avait supplié ses parents de lui acheter à Disney World. Elle l'avait suivi des yeux jusqu'à ce qu'il disparaisse dans le ciel, et elle avait continué à y penser pendant tout le reste du séjour, jusqu'à ce que sa mère lui dise :

— Ce n'était qu'un ballon, ma chérie. Et tu n'avais qu'à ne pas le lâcher.

Emily rebroussa chemin vers la Volvo en traînant les

pieds et céda la place de devant à Carolyn sans même protester. Comme la voiture sortait de l'allée, elle jeta un coup d'œil à Maya, qui n'était plus qu'un point minuscule dans le lointain. Puis elle prit une profonde inspiration et posa ses mains sur le dossier du siège de sa mère.

— Devine quoi, maman? Je vais demander à un garçon de m'accompagner au bal de charité demain soir.

— Quel bal de charité? s'enquit Mme Fields sur un ton qui signifiait : « Je ne suis pas du tout contente de toi. »

— Foxy, répondit Carolyn en tripotant le bouton de la radio. Cette soirée dont on parle dans les journaux et aux infos locales. C'est tellement énorme que certaines filles se font faire de la chirurgie esthétique avant d'y aller.

Mme Fields fit la moue.

— Je ne suis pas sûre de vouloir que tu y ailles.

— Mais j'ai des billets gratuits parce que je suis capitaine de l'équipe, protesta Emily.

— Maman, tu dois la laisser y aller, renchérit Carolyn. C'est tellement glamour...

Mme Fields jeta un coup d'œil à Emily dans le rétroviseur.

— Qui est ce garçon?

— Il s'appelle Toby. Avant, il allait à l'Externat de Rosewood, mais maintenant, il est à Tate, expliqua Emily en omettant de mentionner où Toby avait passé les trois dernières années, et pourquoi.

Par chance, contrairement aux mères de certaines de ses camarades, Mme Fields ne mémorisait pas le moindre détail concernant les jeunes de l'âge de sa fille. Carolyn non plus ne réagit pas – les scandales lui passaient complètement au-dessus de la tête, y compris les plus juteux concernant les stars d'Hollywood.

— Il est vraiment gentil, et c'est un bon nageur. Beaucoup plus rapide que Ben.

— Ce Ben était un garçon très convenable, murmura Mme Fields.

Emily serra les dents.

— Oui, mais Toby est beaucoup plus gentil.

Elle voulut ajouter : « Ne t'inquiète pas, il est blanc », mais n'en eut pas le courage.

Carolyn se retourna à moitié sur son siège.

— C'est le garçon qui était avec toi sur la photo ?

— Oui, répondit Emily tout bas.

Carolyn reporta son attention sur leur mère.

— Il est vraiment bon. Il a battu Topher au deux cents mètres libre.

Mme Fields adressa un petit sourire à Emily.

— Tu es censée être punie, mais après tout ce qui s'est passé cette semaine, je suppose que tu peux y aller. Mais pas de chirurgie esthétique.

Emily fronça les sourcils. Prendre un truc aussi ridicule au sérieux, c'était bien le genre de sa mère. L'année précédente, Mme Fields avait vu un reportage sur le « crystal meth », une drogue qu'on trouvait soi-disant partout, même dans les écoles privées. Elle avait même banni le Vicks de la maison, comme si Carolyn et Emily allaient monter un laboratoire clandestin pour fabriquer leur propre drogue dans leur chambre.

Emily eut un petit rire étranglé.

— Je n'ai pas l'intention de...

Mais Mme Fields accrocha son regard dans le rétroviseur et se mit à glousser.

— Je plaisantais. (Du menton, elle désigna le bout de la rue où Maya avait disparu.) C'est bien que tu te fasses de nouveaux amis.

# 19

## GARE AUX FILLES ARMÉES D'UN FER À MARQUER

Le studio de yoga Strawberry Ridge se trouvait dans une ancienne grange reconvertie située de l'autre côté de Rosewood. Aria s'y rendit à vélo, franchissant un pont couvert couleur tabac et longeant les petites maisons de la fac de Hollis, de charmantes bâtisses coloniales un peu décrépites à la peinture écaillée mauve, rose ou bleue.

Elle rangea son vélo dans le rack prévu à cet effet et déjà occupé par des deux-roues aux cadres recouverts d'autocollants de la SPA ou de slogans végétariens du style : VIANDE = MEURTRE.

Dans le hall, elle s'arrêta pour observer les filles ni coiffées ni maquillées et les garçons étrangement souples et poilus. Est-ce qu'elle n'était pas folle d'avoir pris les instructions de « A » à la lettre ? Se sentait-elle prête à affronter Meredith ? Peut-être que « A » lui tendait un piège. Peut-être qu'il se trouvait là en ce moment même.

Aria n'avait vu Meredith que trois fois auparavant : d'abord, quand la jeune femme était venue chez les

Montgomery lors d'un cocktail organisé par Byron pour ses étudiants ; ensuite, quand elle l'avait surprise dans la voiture avec son père ; et enfin, au Victory en début de semaine. Mais elle l'aurait reconnue entre mille.

Et voilà que Meredith se tenait devant un placard dont elle sortait des tapis de sol, des couvertures et des bracelets lestés. Ses cheveux bruns étaient relevés en une queue-de-cheval brouillonne, et une toile d'araignée rose ornait l'intérieur de son poignet.

Elle aperçut Aria et sourit.

— Tu es nouvelle, pas vrai ?

Leurs regards se croisèrent, et l'espace d'une seconde, Aria eut l'impression effrayante que Meredith savait qui elle était. Puis la jeune femme se pencha pour mettre un CD dans son lecteur portable. Un air de sitar s'échappa des enceintes.

— Tu as déjà fait de l'ashtanga ?

— Hum, oui, répondit Aria.

Remarquant une pancarte qui disait « COURS INDIVIDUELS 15 $ », elle sortit un billet de dix dollars et un autre de cinq, qu'elle posa sur le bureau en se demandant comment « A » savait que Meredith travaillait là – et s'il était là lui aussi.

Meredith esquissa un sourire.

— Je suppose que tu connais le secret ?

— Qu-Quoi ? bredouilla Aria, le cœur battant. Quel secret ?

— Tu as apporté ton propre tapis de sol, ajouta Meredith en désignant le rouleau de mousse rouge coincé sous le bras de la jeune fille. La plupart des nouveaux utilisent ceux du studio. Ce n'est pas moi qui te l'ai dit, mais avec tous les champignons qu'il y a sur ces matelas, tu as amplement de quoi faire un fromage.

Aria tenta de sourire. Elle apportait toujours son propre

tapis de sol au yoga depuis la première fois qu'elle avait assisté à un cours avec Ali, en 5e. Ali répétait constamment que les tapis de sol utilisés par d'autres gens pouvaient donner des MST.

Meredith dévisagea Aria en plissant les yeux.

— Ton visage ne m'est pas étranger. Tu es dans mon cours de dessin, peut-être ?

Aria secoua la tête, soudain consciente que le studio sentait les pieds et l'encens. C'était le genre d'endroit que sa mère aurait pu fréquenter. En fait, elle le fréquentait peut-être.

— Comment t'appelles-tu ?

— Hum, Alison, répondit Aria sans réfléchir.

Elle n'avait pas le prénom le plus commun du monde, et elle craignait que Byron ne l'ait mentionné devant sa jeune maîtresse. Elle s'interrogea. Était-il plausible que Byron ait parlé de sa fille à Meredith ?

— Tu ressembles à une des nanas de la classe dont je suis la prof assistante, expliqua Meredith. Mais les cours viennent juste de commencer, et je me mélange encore un peu les pinceaux.

Aria saisit un prospectus pour un séminaire dont le thème était « Apprenez à connaître vos chakras ».

— Alors, vous êtes étudiante en troisième cycle ?

Meredith acquiesça.

— Je prépare mon diplôme supérieur d'arts plastiques.

— C'est quoi, votre spécialité ?

— Je fais des tas de choses différentes. De la peinture, du dessin… (Meredith jeta un coup d'œil derrière Aria et agita la main pour saluer quelqu'un qui venait d'entrer.) Mais depuis peu, je m'intéresse au marquage.

— Au quoi ?

— Le marquage au fer rouge. Je prends des fers qui

représentent les lettres de l'alphabet, je les fusionne ensemble pour former des mots et je m'en sers pour marquer des blocs de bois.

— C'est la même technique que pour marquer le bétail? s'étonna Aria.

Meredith baissa la tête.

— Chaque fois que j'essaye de l'expliquer, les gens me prennent pour une folle.

— Pas moi, ajouta Aria. Je trouve ça cool.

Meredith jeta un coup d'œil à l'horloge murale.

— Il nous reste quelques minutes avant le début du cours. Je peux te montrer des photos, si tu veux. (Elle fourra la main dans un sac en tissu rayé posé à côté d'elle et en sortit son téléphone portable.) Fais défiler comme ça.

Les photos représentaient des blocs de bois clair. Certains n'étaient ornés que d'une seule lettre, d'autres arboraient un ou deux mots : « Attrape-moi », « Maniaque ». Les lettres avaient une drôle de forme mais rendaient vraiment bien une fois brûlées dans le bois. La dernière photo montrait un long bloc rectangulaire sur lequel se détachait toute une phrase : « L'erreur est humaine, mais elle a quelque chose de divin. »

Aria leva les yeux.

— Mae West.

Le visage de Meredith s'éclaira.

— C'est une de mes citations préférées.

— Pareil. (Aria rendit son téléphone à la jeune femme.) Ce que vous faites est vraiment super.

Meredith sourit.

— Je suis contente que ça te plaise. Je ferai peut-être une expo d'ici deux ou trois mois.

—Je suis sur...

Aria pinça les lèvres. Elle avait failli dire : « Je suis

surprise. » Elle ne pensait pas que Meredith serait comme ça. Chaque fois qu'elle tentait d'imaginer la maîtresse de son père, elle ne lui prêtait que des défauts. La Meredith imaginaire n° 1 étudiait l'histoire de l'art et travaillait pour une obscure galerie quelque part sur la Main Line, où elle vendait des toiles représentant des paysages à de vieilles dames riches. La Meredith imaginaire n° 2 écoutait Kelly Clarkson, aimait la série *Laguna Beach* et, pour peu qu'on la pousse, n'hésiterait pas à montrer ses seins afin d'apparaître dans l'émission *Girls Gone Wild*. Jamais Aria n'aurait cru qu'elle aussi serait une artiste. Pourquoi Byron avait-il besoin d'une artiste? Il avait déjà Ella.

Tandis que Meredith saluait une nouvelle venue, Aria passa dans la salle de yoga proprement dite. Plafond très haut avec poutres apparentes, plancher en bois ciré couleur caramel et tentures indiennes aux murs. La plupart des élèves étaient déjà allongés sur leur tapis de sol. Un étrange silence régnait dans la pièce.

Aria promena un regard à la ronde. Une brune avec de grosses cuisses faisait le pont. Un type maigre passait de la posture du chien tête en bas à celle de l'enfant en respirant bruyamment par le nez. Dans le coin, une blonde était assise jambes croisées une par-dessus l'autre et buste tourné au maximum vers la droite. Quand elle pivota face à elle, Aria eut un choc.

— Spencer? balbutia-t-elle.

Sa camarade pâlit et se redressa sur les genoux.

— Oh, Aria! Salut.

Aria déglutit avec difficulté.

— Qu'est-ce que tu fais là?

Spencer la dévisagea comme si elle était devenue folle.

— Euh... du yoga?

— Ça, je sais, mais… (Aria secoua la tête.) Je veux dire, est-ce que quelqu'un t'a demandé de venir ici, ou… ?

— Non. (Spencer la fixa en plissant les yeux d'un air soupçonneux.) Attends. Pourquoi tu me demandes ça ?

Aria repensa au message de « A ». « Tu te demandes qui je suis, pas vrai ? Je suis plus près que tu ne le penses. »

Son regard passa de Spencer à Meredith, qui bavardait avec quelqu'un dans le hall, puis revint vers Spencer. Elle se gratta les méninges. Quelque chose clochait sérieusement.

Le cœur battant la chamade, Aria sortit de la salle à reculons. Elle se précipita vers la sortie, bousculant au passage un grand type barbu en collant.

Dehors, le monde était totalement imperméable à sa panique : les oiseaux gazouillaient, les pins oscillaient, une femme parlait dans son portable en poussant un landau devant elle.

Comme Aria défaisait hâtivement l'antivol de son vélo, une main s'abattit sur son bras. Elle sursauta et leva les yeux. Meredith se tenait près d'elle, la fixant d'un regard dur. Aria hoqueta de surprise.

— Tu ne restes pas pour le cours ? demanda Meredith.

Aria secoua la tête.

— Non, je, euh… Un problème de famille urgent, bredouilla-t-elle. Il faut que j'y aille.

D'une secousse, elle dégagea son vélo du rack, l'enfourcha et se mit à pédaler vigoureusement.

— Attends ! hurla Meredith derrière elle. Laisse-moi te rendre ton argent !

Mais Aria était déjà loin.

# 20

## Quand on te disait « pas touche », on ne parlait pas de tes devoirs…

Le vendredi en cours d'économie, Andrew Campbell se pencha par-dessus l'allée qui le séparait de Spencer et tapota son cahier.

— Dis, j'ai oublié de te demander : on va à Foxy en voiture ou en limousine ?

Spencer fit rouler son stylo entre ses doigts.

— Hum… En voiture, ça ira.

C'était une question délicate. En bonne maniaque de la perfection, Spencer insistait toujours pour se rendre aux soirées chic en limousine. Et elle voulait faire croire à sa famille qu'elle prenait son rendez-vous avec Andrew très au sérieux. D'un autre côté, elle se sentait si fatiguée… C'était merveilleux d'avoir un nouveau petit ami, mais très difficile d'essayer de le voir tout en restant l'élève la plus ambitieuse de l'Externat de Rosewood.

La veille, Spencer avait étudié jusqu'à deux heures et demie. Le matin, elle s'était endormie pendant son cours de yoga – juste après l'étrange sortie d'Aria. Elle aurait peut-être dû lui parler du dernier message de « A », mais son ancienne amie s'était enfuie avant qu'elle ne puisse ouvrir la bouche. Après ça, elle s'était de nouveau assoupie pendant son heure de permanence. Peut-être devrait-elle aller à l'infirmerie et faire une petite sieste sur le lit de camp ?

Andrew n'eut pas le temps de lui demander plus de précisions. Comme à chaque cours, M. McAdam avait abandonné la bataille contre le rétroprojecteur. Il se retourna vers ses élèves.

— J'ai hâte de lire les devoirs que vous me rendrez lundi, tonna-t-il. Et j'ai une surprise pour vous : si vous me les envoyez par mail d'ici demain, vous obtiendrez cinq points de plus pour vous y être pris à l'avance.

Surprise, Spencer cligna des yeux. Elle sortit son Sidekick et vérifia la date. Déjà vendredi ! Elle n'avait pas vu passer la semaine. Elle fit défiler son planning jusqu'au lundi. Voilà. « Remise devoir éco. »

Elle n'avait même pas commencé à travailler dessus. En fait, elle l'avait complètement oublié. Après le fiasco du mardi chez Wordsmith, elle s'était dit qu'elle emprunterait les livres à la bibliothèque du lycée. Puis il y avait eu Wren, et son B- lui était brusquement sorti de la tête. Comme à peu près tout le reste.

Spencer avait passé la nuit du mercredi chez Wren. La veille, elle n'était arrivée au lycée que pour son troisième cours de la journée. Puis elle avait séché l'entraînement de hockey pour retourner à Philadelphie. Cette fois, elle avait pris le SEPTA plutôt que sa voiture, en se disant que ce serait plus rapide.

Mais son train avait été arrêté en pleine voie. Le temps qu'elle atteigne la station de la 30e Rue, il ne lui restait plus que trois quarts d'heure avant d'être de retour chez elle pour le dîner. Wren était donc venu la rejoindre à la gare. Ils s'étaient embrassés sur un banc derrière le kiosque du fleuriste, et avaient émergé de leur cachette quelques instants plus tard, les joues rouges et les vêtements embaumant le lilas.

Spencer remarqua que la traduction des dix premiers cantos de *L'Enfer* était également à rendre le lundi pour son cours d'italien. Tout comme un essai de trois pages sur Platon pour son cours d'anglais, et plusieurs exercices d'algèbre pour son cours de maths. Et les auditions pour *La Tempête*, la première pièce de l'année, avaient lieu le même jour. Accablée, elle posa la tête sur son bureau.

— Mademoiselle Hastings?

Spencer sursauta et leva les yeux. La cloche avait sonné. Tous les autres élèves étaient sortis, elle restait seule dans la classe. Et Carlo Tentacules la toisait d'un air mécontent.

— Navré de vous réveiller, lui lança-t-il, glacial.

— Non, je ne..., marmonna Spencer en rassemblant ses affaires.

Trop tard. Carlo Tentacules était déjà occupé à effacer le tableau. Elle vit qu'il secouait lentement la tête, comme si Spencer était une cause perdue.

— D'accord, chuchota Spencer.

Elle était assise devant son ordinateur, ses notes et ses manuels de cours étalés devant elle. Lentement, elle relut la première question de son devoir d'économie.

« Expliquez le concept de la main invisible dans une économie de marché telle qu'Adam Smith la décrit, et donnez un exemple actuel. »

*D'accoooord.*

En temps normal, Spencer aurait lu son manuel d'économie et le livre d'Adam Smith d'une couverture à l'autre, marqué les passages appropriés et préparé un plan pour sa réponse. Non seulement elle n'avait rien fait de tout cela, mais elle ne savait même pas ce qu'était une économie de marché. Y avait-il un rapport avec l'offre et la demande? Et cette fameuse main invisible, de quoi s'agissait-il?

Elle tapa quelques mots-clés dans Wikipédia, mais les théories expliquées étaient trop complexes et ne lui disaient rien. Tout comme ses propres notes, qu'elle ne se souvenait pas avoir prises.

Spencer se tuait au travail depuis onze ans – douze, en comptant l'école Montessori qu'elle avait fréquentée avant la maternelle. Pour une fois, ne pouvait-elle pas rendre un devoir bâclé qui lui vaudrait un B- et rattraper sa moyenne plus tard dans le trimestre?

D'un autre côté, ses notes étaient plus importantes que jamais. La veille, comme Wren et elle se séparaient à regret, le jeune homme avait suggéré qu'elle décroche son diplôme à la fin de l'année scolaire et qu'elle s'inscrive dans la même fac que lui à la rentrée suivante. Cette idée avait emballé Spencer, et pendant les dernières minutes qui avaient précédé l'arrivée de son train, Wren et elle avaient fantasmé sur l'appartement qu'ils partageraient, leurs bureaux situés dans des coins opposés et le chat qu'ils adopteraient – Wren n'avait jamais pu en avoir un quand il était petit à cause des allergies de son frère.

Dès qu'elle était rentrée chez elle, Spencer avait vérifié si elle avait suffisamment de crédits pour obtenir son diplôme avec un an d'avance, puis téléchargé un formulaire d'inscription à la fac. C'était un peu risqué puisque Wharton – l'école dans laquelle Melissa effectuait son troisième cycle – se trouvait au même endroit, mais le campus était assez vaste pour que les deux sœurs ne se croisent jamais, tentait de se convaincre Spencer.

Soupirant, elle jeta un coup d'œil à son Sidekick. Wren

lui avait promis de l'appeler entre cinq et six heures, et il était maintenant plus de six heures et demie. Spencer était très à cheval sur la ponctualité. Elle consulta le journal des appels de son portable pour voir si le numéro de Wren y figurait. Elle appela son répondeur pour vérifier si le réseau passait. Pas de nouveau message.

Enfin, elle appela Wren. Et tomba sur sa boîte vocale. Jetant le téléphone sur son lit, elle tenta de se concentrer de nouveau sur son devoir. Adam Smith. Économie de marché. Main invisible. De grandes mains anglaises à la peau dorée. Partout sur son corps.

Spencer ne succomba pas à la tentation de rappeler Wren. Ça faisait beaucoup trop gamine. Depuis que Wren avait loué sa maturité, elle s'interrogeait sur la moindre de ses actions. La sonnerie de son portable était « *My Humps* » des Black Eyed Peas ; Wren trouvait-il ça ironique, comme elle, ou juste trop adolescent ? Et le petit singe en peluche porte-bonheur qu'elle avait épinglé sur son sac à dos ? Une fille plus âgée aurait-elle tiqué quand, profitant de ce que le fleuriste avait le dos tourné, Wren avait piqué une tulipe au kiosque pour la lui offrir ?

Le soleil commençait à disparaître derrière les arbres. Quand son père passa la tête dans sa chambre, Spencer sursauta.

— On va bientôt manger, annonça M. Hastings. Melissa ne dîne pas avec nous ce soir.

— D'accord, répondit Spencer.

C'étaient les premières paroles non hostiles que son père lui avait adressées depuis une semaine. La lumière du couchant se reflétait sur sa Rolex en platine. Et son expression était presque… repentante.

— J'ai ramené des petits pains à la cannelle – ceux que tu aimes tant. Je suis en train de les faire réchauffer.

Spencer cligna des yeux. En effet, une bonne odeur montait du rez-de-chaussée. Son père savait que les petits pains à la cannelle de la boulangerie Struble étaient sa gourmandise préférée. Mais Struble se trouvait loin de son bureau, et il avait rarement le temps d'y passer. De toute évidence, ces petits pains étaient une branche d'olivier sucrée et poisseuse.

— Melissa nous a dit que tu allais à Foxy avec un garçon. C'est quelqu'un qu'on connaît ? interrogea M. Hastings.

— Andrew Campbell, répondit Spencer.

Son père haussa un sourcil.

— Le président du bureau des élèves ?

— Oui.

C'était un sujet délicat. Pour obtenir ce poste, Andrew avait battu Spencer aux élections, et les parents de la jeune fille avaient eu l'air dévastés par le résultat. Après tout, Melissa avait été présidente de promo en son temps.

M. Hastings hocha la tête d'un signe approbateur. Puis il baissa les yeux.

— C'est bien que tu... Enfin, je suis content que toute cette histoire soit terminée.

Spencer espérait que ses joues n'étaient pas trop écarlates.

— Et... euh... qu'en dit maman ?

Son père eut un petit sourire.

— Elle finira par se calmer.

Il donna une tape sur le chambranle de la porte et s'éloigna. La culpabilité envahit Spencer. Il lui sembla que les petits pains à la cannelle dégageaient une odeur de brûlé.

Son portable sonna. Elle sursauta et plongea pour le récupérer sur son lit.

— Salut ! lança Wren d'une voix guillerette qui l'agaça. Quoi de neuf ?

— Qu'est-ce que tu fabriquais ? demanda Spencer.

Il y eut une pause à l'autre bout de la ligne.

— Je traînais avec des potes de la fac avant de commencer le boulot.

— Pourquoi tu ne m'as pas appelée plus tôt ?

— Parce qu'il y avait trop de bruit dans le bar, répondit Wren d'une voix distante, légèrement énervée.

Spencer serra les poings.

— Désolée. Je crois que je suis un peu stressée.

— Spencer Hastings, stressée ? (Elle devina le sourire dans la voix du jeune homme.) Pourquoi ?

— Je suis en train de me prendre la tête sur un devoir d'éco, soupira-t-elle.

— Laisse tomber et viens me rejoindre.

Spencer hésita. Ses notes étaient éparpillées sur son bureau. Le QCM de la semaine gisait par terre, son B- brillait telle une enseigne au néon.

— Je ne peux pas.

— Tant pis, grogna Wren. Demain, alors ? Je peux t'avoir à moi toute la journée ?

Spencer se mordit l'intérieur de la joue.

— Demain, je ne peux pas non plus. Je dois aller à une soirée caritative. Avec un mec du bahut.

— Tu as un rencard ? s'exclama Wren.

— Pas vraiment, non.

— Pourquoi tu ne m'as pas demandé de t'accompagner ?

Spencer fronça les sourcils.

— Ce n'est pas comme s'il me plaisait ! C'est juste un garçon de ma classe. Mais si tu ne veux pas que j'y aille, je n'irai pas.

Wren gloussa.

— Je te taquine, c'est tout. Va à ta soirée caritative. Amuse-toi bien. On se verra dimanche.

Puis il lui annonça qu'il devait y aller – on l'attendait à l'hôpital.

— Bonne chance pour ton devoir, ajouta-t-il. Je suis sûr que tu vas t'en sortir.

Spencer fixa tristement le message FIN D'APPEL qui venait de s'afficher sur l'écran de son portable. En tout et pour tout, leur conversation avait duré une minute et quarante-six secondes.

— Bien sûr que je vais m'en sortir, murmura-t-elle.

À condition qu'on lui accorde une semaine de délai supplémentaire.

En revenant devant son ordinateur, Spencer remarqua qu'elle avait reçu un nouvel e-mail. Celui-ci était arrivé cinq minutes plus tôt, pendant qu'elle parlait avec son père. Elle l'ouvrit.

*Tu veux un A facile ? Je crois que tu sais où le trouver... – A*

L'estomac de Spencer se noua. Elle jeta un coup d'œil par la fenêtre, mais il n'y avait personne dans son jardin. Puis elle passa la tête dehors pour voir si quelqu'un avait installé une caméra de surveillance ou posé un micro. Mais elle ne vit que la façade de pierre brun-gris de sa maison.

Les vieux devoirs de Melissa étaient sauvegardés sur l'ordinateur familial. Aussi maniaque que sa cadette, Melissa conservait tout. Spencer n'aurait même pas besoin de lui demander sa permission, puisque ses fichiers se trouvaient sur le disque dur partagé.

Mais comment « A » pouvait-il le savoir ?

C'était effectivement une solution tentante. Sauf que... Spencer doutait que « A » souhaite l'aider. S'agissait-il d'un piège ? Se pouvait-il que « A » soit Melissa ?

— Spencer ? appela Mme Hastings depuis le rez-de-chaussée. À table !

Spencer réduisit la fenêtre de l'e-mail et se dirigea

distraitement vers la porte. Si elle repompait l'essai de sa sœur, elle aurait le temps de finir ses autres devoirs et de voir Wren. Elle n'aurait qu'à changer quelques phrases... Ce serait juste pour cette fois.

Son ordinateur bipa derrière elle. Elle rebroussa chemin.

*P.S. : Vous m'avez fait du mal, et je vais vous rendre la monnaie de votre pièce. À moins que tu ne préfères que je m'en prenne à ton nouveau petit ami. Faites bien attention – je surgirai quand vous vous y attendrez le moins.*

*– A*

# 21

## TU PARLES D'UN ADMIRATEUR SECRET...

Le vendredi après-midi, assise sur les gradins qui bordaient le terrain de foot, Hanna regardait l'équipe masculine de l'Externat de Rosewood affronter celle de l'École Préparatoire Lansing. Mais elle n'arrivait pas à se concentrer sur le match. Ses ongles d'ordinaire manucurés étaient à moitié rongés, les cuticules autour de son pouce saignaient d'avoir été trop triturées, et le manque de sommeil avait rendu ses yeux si rouges qu'elle avait l'air d'avoir la myxomatose. Elle aurait dû rester cachée chez elle au lieu de se montrer dans un endroit aussi fréquenté.

« Je te surveille, avait dit "A". Tu ferais bien de m'obéir. »

Mais c'était peut-être comme les attentats. Selon les politiciens, rester terré chez soi revenait à concéder la victoire aux terroristes. Donc, Hanna suivrait le match jusqu'au bout, comme elle l'avait fait l'année précédente et celle d'avant.

Elle regarda autour d'elle. Néanmoins, le fait que quelqu'un soit au courant pour l'affaire Jenna et menace de lui mettre l'accident sur le dos la terrifiait. Que se passerait-il si « A » racontait tout à son père ? *Pas maintenant*, songeait-elle, désespérée. *Pas alors que les choses commencent tout juste à s'arranger entre nous.*

Pour la millième fois, Hanna se tordit le cou en cherchant Mona des yeux aux alentours du terrain. Regarder les matchs de l'équipe masculine était une de leurs petites traditions, elles mélangeaient du SoCo[1] avec du Dr Pepper light acheté à la buvette et criaient des insultes sexy à l'équipe en visite. Mais aujourd'hui, Mona manquait à l'appel. Depuis leur étrange dispute au centre commercial la veille, Hanna ne lui avait pas adressé la parole.

Apercevant une queue-de-cheval blonde et une tresse rousse, la jeune fille frémit. Naomi et Riley venaient de s'installer sur les gradins, pas très loin d'elle. Ce jour-là, elles portaient des sacs en cuir vernis Chanel assortis et des manteaux en tweed flambant neufs, comme s'il faisait une température hivernale et non vingt-quatre degrés à l'ombre. Quand elles regardèrent dans sa direction, Hanna fit mine d'être fascinée par le match, même si elle ignorait où en était le score.

— Hanna a l'air énorme dans cette tenue, entendit-elle Riley chuchoter à Naomi.

Hanna sentit ses joues s'empourprer. Baissant les yeux, elle examina le débardeur en coton C&C California tendu sur son ventre. Elle avait probablement grossi, avec tout ce qu'elle s'était enfilé cette semaine pour passer ses nerfs. Mais elle se donnait beaucoup de mal pour résister à l'envie de se faire vomir – alors qu'elle n'aspirait à rien d'autre, surtout en ce moment.

L'arbitre siffla la mi-temps, et les équipes quittèrent le terrain. Les joueurs de l'Externat de Rosewood regagnèrent leur banc. Sean se laissa tomber dans l'herbe et entreprit de se masser le mollet.

1. Southern Comfort, une liqueur de whisky. *(N.d.T.)*

Hanna entrevit une ouverture. Elle descendit les gradins métalliques d'un pas alourdi par ses semelles compensées. La veille, après avoir reçu le message de « A », elle n'avait pas appelé Sean pour le prévenir qu'elle n'irait pas à Foxy. Elle était trop choquée.

— Hanna, la salua le jeune homme en l'apercevant. Coucou. (Il était toujours aussi beau malgré son T-shirt trempé de sueur et son menton mal rasé.) Tu vas bien ?

Hanna s'assit près de lui, ramenant ses jambes sous elle et arrangeant sa jupe d'uniforme plissée de manière à ce qu'on ne voie pas sa culotte.

— Je…

Elle déglutit et dut se faire violence pour ne pas éclater en sanglots. *Je perds la tête. « A » me torture.*

Elle se tordit nerveusement les mains.

— Écoute, je ne vais pas à Foxy, en fin de compte.

— Vraiment ? (Sean pencha la tête sur le côté.) Pourquoi ? Tu as un problème ?

Hanna passa les doigts dans l'herbe rase du terrain de foot. Elle avait raconté la même histoire à Sean qu'à Mona – que son père était mort.

— C'est… compliqué. Mais je crois qu'il faut que je t'en parle.

Sean défit les attaches Velcro de ses protège-tibias et les resserra. L'espace d'une seconde, Hanna aperçut ses mollets musclés. Curieusement, elle avait toujours trouvé que c'était ce qu'il avait de plus sexy.

— Je n'irai peut-être pas non plus, lança-t-il.

— Vraiment ? s'étonna Hanna.

Sean haussa les épaules.

— Tous mes amis y vont avec leur copine. Je n'ai pas envie de tenir la chandelle.

— Oh…

Hanna se poussa légèrement pour laisser passer l'entraîneur, absorbé dans la contemplation de son bloc-notes. Elle résista à l'envie de se mettre une claque. Cela signifiait-il que Sean la considérait encore comme sa copine ?

Le jeune homme mit une main en visière et la dévisagea.

— Ça va ? Tu as l'air triste, remarqua-t-il.

Hanna attrapa ses genoux nus et les remonta contre sa poitrine. Elle avait besoin de parler de « A » à quelqu'un. Mais c'était tout simplement impossible.

— Je suis juste fatiguée, soupira-t-elle.

Sean lui effleura le poignet.

— Écoute. On pourrait peut-être aller dîner ensemble un soir de la semaine prochaine ? Je crois... qu'on devrait avoir une conversation.

Hanna sentit son cœur faire un léger bond dans sa poitrine.

— Volontiers. Ce serait super.

— Génial. (Sean sourit et se leva.) Alors, à plus.

La fanfare attaqua l'hymne de l'Externat de Rosewood, signalant la reprise du match. Hanna remonta dans les gradins le cœur un peu plus léger.

Quand elle se rassit à sa place, elle remarqua que Naomi et Riley l'observaient avec curiosité.

— Hanna ! s'écria Naomi comme la jeune fille croisait son regard. Coucou !

— Salut, répondit Hanna avec toute l'amabilité hypocrite dont elle se sentait capable.

— Tu étais en train de parler avec Sean ? (Naomi passa les doigts dans sa queue-de-cheval blonde. Elle était toujours en train de se toucher les cheveux.) Je croyais que votre rupture s'était plutôt mal passée.

— Pas du tout, contra Hanna. On est toujours amis.

Riley eut un petit rire.

— Et c'est toi qui l'as largué, pas vrai ?

L'estomac d'Hanna se noua. Quelqu'un avait-il vendu la mèche ?

— C'est exact.

Naomi et Riley échangèrent un regard. Puis Naomi demanda :

— Tu vas à Foxy ?

— Finalement, non, répondit Hanna sur un ton hautain. Je dîne avec mon père au Bec-Fin.

— Oooh… (Naomi frémit.) J'ai entendu dire que le Bec-Fin, c'était l'endroit où on emmenait les gens avec lesquels on ne voulait pas être vu.

— Pas du tout. (La chaleur monta aux joues d'Hanna.) C'est le meilleur restaurant de Philadelphie.

Elle commençait à paniquer. Le Bec-Fin avait-il changé à ce point ?

Impassible, Naomi haussa les épaules.

— C'est ce qu'on m'a dit. Je ne suis pas allée vérifier.

— Oui, renchérit Riley en écarquillant ses yeux marron. Tout le monde sait ça.

Soudain, Hanna remarqua un bout de papier posé près d'elle sur le banc. Il était plié en forme d'avion et lesté avec une pierre.

— C'est quoi, ça ? s'enquit Naomi. Un origami ?

Hanna déplia le papier et le retourna.

*C'est encore moi, Hanna ! Je veux que tu lises ce qui suit à Naomi et à Riley sans en changer un mot. Attention – ne triche pas ! Sinon, tout le monde apprendra la vérité à propos de tu-sais-quoi. Papa chéri y compris. – A*

Hanna déchiffra le paragraphe rédigé dans une écriture ronde qui ne lui était pas familière.

— Non, chuchota-t-elle, le cœur battant à tout rompre.

Ce que « A » avait écrit ruinerait à jamais sa réputation. « J'ai essayé de coucher avec Sean à la soirée de Noel, mais il n'a pas voulu et il m'a larguée. Oh… et je me fais vomir trois fois par jour. »

— Hanna, tu as reçu une lettre d'amour? roucoula Riley. Ça vient d'un admirateur secret?

Hanna jeta un coup d'œil à ses deux camarades en jupe d'uniforme raccourcie et sandales à semelles compensées. Elles la fixaient comme des prédateurs, comme si elles sentaient sa peur.

— Vous avez vu qui a déposé ça là? demanda Hanna.

Mais Naomi et Riley secouèrent la tête, interloquées.

Hanna regarda autour d'elle, détailla les adolescents, les parents et même le chauffeur du bus de Lansing qui fumait une cigarette dans le parking. « A » était forcément dans les parages – sinon, comment aurait-il su que Naomi et Riley se trouvaient à côté d'elle?

Hanna relut le message. Elle ne pouvait pas leur dire ça. Jamais de la vie.

Puis elle repensa à la dernière fois où son père l'avait interrogée au sujet de l'accident de Jenna. Il s'était assis sur son lit et avait passé un long moment à fixer la pieuvre en laine qu'Aria lui avait tricotée.

— Hanna, avait-il enfin lâché. Je m'inquiète pour toi. Promets-moi que vous n'étiez pas en train de jouer avec des feux d'artifice la nuit où cette fille a perdu la vue.

— Je… je n'ai pas touché aux pétards, avait chuchoté Hanna.

Ce qui était effectivement vrai.

Sur le terrain de foot, deux garçons de Lansing se frappaient triomphalement dans la main. Quelque part sous les gradins, quelqu'un alluma un joint, l'odeur âcre du cannabis parvint aux narines d'Hanna. Elle froissa le papier, se leva et, la peur au ventre, se dirigea vers Naomi et Riley.

Étonnées, elles levèrent les yeux vers Hanna. Riley en resta bouche bée, et Hanna remarqua qu'elle avait l'haleine fétide de quelqu'un qui suit le régime Atkins.

# 22

## TU ES INCAPABLE D'AFFRONTER LA VÉRITÉ

Vendredi soir, Aria éteignit la radio dans sa chambre. Depuis une heure, le DJ local ne parlait que de Foxy – comme s'il s'agissait du lancement d'une navette spatiale ou du résultat d'une élection présidentielle et non d'une stupide soirée caritative.

Aria écoutait ses parents aller et venir dans la cuisine. Au lieu de la cacophonie habituelle – NPR à la radio, CNN ou PBS sur le petit poste de télé, un CD de musique classique ou de jazz expérimental dans la chaîne hi-fi –, elle n'entendait que des bruits de vaisselle. Puis un fracas.

— Désolée, s'excusa sèchement Ella.

— Ce n'est rien, répondit Byron.

Aria reporta son attention sur son ordinateur portable. À chaque nouvelle seconde qui s'écoulait, elle se sentait basculer davantage dans la folie. Sa visite au studio de yoga ayant tourné court, elle se renseignait à présent sur Meredith via Internet.

Une fois qu'on commençait à traquer quelqu'un sur le

réseau, il devenait difficile de s'arrêter. Aria avait trouvé le nom de famille de la jeune femme – Stevens – sur le site de Strawberry Ridge, dans la liste des professeurs. Ainsi, elle avait pu se procurer son numéro de téléphone. Elle avait songé à l'appeler pour lui demander gentiment de se tenir à l'écart de Byron. Puis elle avait découvert son adresse et avait voulu voir si elle habitait loin; alors elle était allée vérifier le site de MapQuest.

À partir de là, elle avait complètement déraillé. Elle avait lu un devoir sur William Carlos Williams que Meredith avait rédigé durant sa première année de fac. Elle avait piraté le portail des étudiants de Hollis pour avoir accès à ses notes. Elle avait visité ses pages Friendster, Facebook et MySpace, découvert que *Donnie Darko, Paris, Texas* et *Princess Bride* étaient ses films préférés. Elle pratiquait le tai-chi et collectionnait les boules à neige et les aimants.

Dans un univers parallèle, Aria et Meredith auraient pu être amies. C'était donc d'autant plus difficile pour la jeune fille de faire ce que « A » lui avait demandé dans son dernier message : « Tu règles le problème. »

Il lui semblait que les menaces de son mystérieux correspondant consumaient l'intérieur de son Treo. Chaque fois qu'elle repensait à sa visite au studio de yoga, elle sentait croître son malaise. Qu'est-ce que Spencer faisait là? Était-elle au courant de quelque chose?

En 5$^{e}$, Aria avait avoué à Ali avoir vu Toby à son stage d'art dramatique pendant qu'elles bronzaient au bord de la piscine de Spencer.

— Il ne sait rien du tout, Aria, avait répondu Ali en se remettant de la crème solaire. Calme-toi.

— Mais comment peux-tu en être aussi sûre? avait protesté Aria. Et l'autre personne que j'ai vue au pied de l'arbre ce soir-là ? Peut-être qu'elle lui a dit. À moins que ce ne soit elle !

Spencer avait froncé les sourcils.

— Ali, tu devrais peut-être...

Ali s'était bruyamment raclé la gorge.

— Spence, avait-elle dit sur un ton d'avertissement.

Le regard perplexe d'Aria était passé de l'une à l'autre. Puis elle avait lâché la question qui la démangeait depuis longtemps :

— De quoi parliez-vous tout bas la nuit de l'accident – quand je me suis levée et que vous étiez enfermées dans la salle de bains ?

— De rien de spécial, avait répondu Ali en penchant la tête sur le côté.

— Tu sais bien que si, avait renchéri Spencer.

Ali l'avait fixée sévèrement, avant de reporter son attention sur Aria.

— Écoute, ça n'avait rien à voir avec Toby. Et puis, avait-elle ajouté avec un petit sourire, tu n'as rien de plus important à penser/gérer en ce moment ?

Aria s'était raidie. Quelques jours plus tôt, Ali et elle avaient surpris son père en compagnie de Meredith.

Spencer avait tiré Ali par le bras.

— Ali, je crois vraiment que tu devrais dire...

Ali avait levé la main.

— Spence, je jure devant Dieu...

— Tu jures devant Dieu que quoi ? avait glapi Spencer. Tu crois que c'est facile ?

Après avoir vu Spencer au studio de yoga le matin, Aria avait envisagé de s'entretenir avec elle au lycée. De toute évidence, Spencer et Alison cachaient quelque chose à l'époque, et c'était peut-être en rapport avec « A ». Mais... Aria. Elle pensait connaître ses anciennes amies par cœur.

À présent, elle se rendait compte que chacune d'elles dissimulait un secret qu'elle refusait de partager avec les autres. Peut-être qu'elle ne les connaissait pas si bien que ça.

Le portable d'Aria sonna, l'arrachant à ses sombres ruminations. Surprise, elle le laissa tomber dans une pile de T-shirts sales.

— Salut, lança une voix masculine à l'autre bout du fil. C'est Sean.

— Oh! s'exclama Aria. Qu'est-ce qui t'arrive?

— Pas grand-chose. Je rentre juste d'un match de foot. Tu fais quoi ce soir?

— Euh... rien de spécial.

— Tu veux qu'on se voie? proposa Sean.

En bas, Aria entendit un nouveau fracas. Puis la voix de son père.

— J'y vais.

La porte d'entrée claqua. Il ne dînerait pas avec eux. Pour changer.

Aria pinça les lèvres.

— Pourquoi pas maintenant? suggéra-t-elle.

Sean gara son Audi dans un parking désert et entraîna Aria vers un talus. Il y avait un grillage sur leur gauche et un chemin en pente sur leur droite. La voie de chemin de fer surélevée passait au-dessus d'eux, et toute la ville de Rosewood s'étendait en contrebas.

— Mon frère et moi, on a découvert cet endroit quand on était petits, expliqua Sean.

Il étendit son pull en cachemire dans l'herbe et fit signe à Aria de s'asseoir. Puis il sortit un Thermos chromé de son sac à dos et le lui tendit.

— Tu en veux?

Aria sentit l'odeur du rhum par le petit trou du capuchon.

Elle but une gorgée et jeta un regard en biais à Sean. Ses traits étaient parfaitement dessinés et ses vêtements le moulaient à la perfection, mais il n'avait pas la même attitude que les autres garçons de Rosewood – celle du mec qui sait qu'il est canon.

— Tu viens souvent ici ? lui demanda-t-elle.

Sean haussa les épaules et s'assit près d'elle.

— Pas souvent, non. Mais de temps en temps.

Aria s'était imaginé que Sean et sa bande de potes faisaient des virées en bagnole tous les soirs, ou qu'ils piquaient de l'alcool dans le bar familial et se réunissaient chez ceux dont les parents étaient absents pour jouer à Grand Theft Auto sur PlayStation. Pour terminer la soirée, ils devaient sans doute faire trempette dans le Jacuzzi d'extérieur – à Rosewood, presque tout le monde en avait un dans son jardin.

Les lumières de la ville scintillaient en contrebas. Aria voyait la tour de Hollis, auréolée d'une lumière ivoirine la nuit.

— C'est génial, soupira-t-elle. Je ne comprends pas comment j'ai pu ignorer l'existence de cet endroit.

— Avant, on n'habitait pas loin d'ici, sourit Sean. Mon frère et moi, on passait notre temps à explorer les bois alentour en VTT. Et puis on venait ici pour jouer à *Blair Witch*.

— À *Blair Witch* ? répéta Aria.

Sean acquiesça.

— Oui. Après l'avoir vu on était obsédés par l'idée de tourner nos propres films d'horreur.

— Moi aussi ! s'exclama Aria, si excitée qu'elle posa une main sur le bras de Sean. (Elle la retira très vite.) Mais je tournais les miens dans mon jardin.

— Tu as toujours les vidéos ? interrogea Sean.

— Oui. Et toi?

— Moi aussi. (Le jeune homme marqua une pause.) Tu pourrais peut-être passer les voir un jour.

— Volontiers.

Aria sourit. Sean commençait à lui rappeler le croque-monsieur qu'elle avait mangé à Nice, une fois. Au premier abord, il ressemblait à un bête sandwich grillé. Mais quand la jeune fille avait mordu dedans, elle s'était aperçu que le fromage était du brie et qu'il y avait des champignons cachés sous le pain de mie. En réalité, il était plein de surprises.

Sean s'allongea en appui sur les coudes.

— Une fois, en venant ici, on est tombés sur un couple en train de s'envoyer en l'air.

— Vraiment? gloussa Aria.

Sean lui prit le gobelet du Thermos.

— Ouais. Ils étaient tellement concentrés sur leur truc qu'ils ne nous ont pas aperçus tout de suite. J'ai reculé lentement, mais j'ai trébuché sur un caillou. Ils ont pété un plomb.

— Pas étonnant. (Aria frissonna.) Ça doit être affreux.

Sean lui enfonça un index dans l'avant-bras.

— Quoi, tu n'as jamais fait ça dans un lieu public?

Aria détourna les yeux.

— Non.

Ils gardèrent le silence un moment. Aria ne savait pas trop ce qu'elle éprouvait à ce moment précis. Elle se sentait un peu mal à l'aise mais aussi vaguement excitée, comme si quelque chose était sur le point de se produire.

— Hum, tu te rappelles le secret que tu m'as raconté l'autre jour dans ta voiture? Que tu ne voulais plus attendre jusqu'à ton mariage pour faire l'amour?

— Oui.

— Pourquoi… pourquoi as-tu changé d'avis ?

Sean renversa la tête en arrière pour regarder le ciel.

— J'ai commencé à fréquenter le club de chasteté parce que tout le monde se précipitait pour coucher, et je voulais savoir pourquoi certains jeunes faisaient le choix inverse.

— Et ?

— Je pense que la plupart d'entre eux ont juste peur. Mais aussi qu'ils veulent trouver la bonne personne. Quelqu'un avec qui ils pourront être complètement honnêtes – avec qui ils n'auront pas besoin de faire semblant.

Le jeune homme marqua une pause. Aria serra ses genoux contre sa poitrine. Une petite partie d'elle espérait qu'il allait dire : « Et je crois que tu es la bonne personne pour moi. » Elle poussa un soupir.

— J'ai fait l'amour une fois.

Sean déposa le gobelet dans l'herbe et la fixa d'un air interrogateur.

— En Islande, un an après être arrivée là-bas, avoua Aria. (Ça lui faisait tout drôle de le dire à voix haute.) Avec un garçon qui me plaisait, Oskar. Il en avait envie, et moi aussi, mais… Je ne sais pas. (Elle repoussa ses cheveux en arrière.) Je ne l'aimais pas ni rien. (Une pause.) Tu es la première personne à qui j'en parle.

Pendant un moment, ils restèrent silencieux. Aria sentait son cœur battre très fort dans sa poitrine. Plus bas, quelqu'un faisait un barbecue ; elle huma une odeur de charbon de bois et de viande grillée. Elle entendit Sean déglutir et se rapprocher légèrement d'elle. Nerveuse, elle en fit autant.

— Accompagne-moi à Foxy, déclara soudain le jeune homme.

Aria pencha la tête sur le côté.

— F-Foxy ?

— Le bal de charité. Où les gens dansent en tenue de soirée.

Elle cligna des yeux.

— Je sais ce que c'est.

— À moins que tu aies déjà un cavalier, évidemment. Et on peut y aller en tant qu'amis, rien de plus, précisa Sean.

Aria ressentit une légère déception. Une seconde plus tôt, elle avait cru qu'il allait l'embrasser.

— Tu n'as pas encore de cavalière ?

— Non. Sans ça, je ne te l'aurais pas demandé.

Aria jeta un coup d'œil à Sean. Son regard était irrésistiblement attiré par sa fossette au menton. Ali appelait ça des « fesses de figure », mais, en fait, Aria trouvait ça mignon.

— Hum. D'accord.

— Cool.

Sean esquissa un sourire. Aria en fit autant. Mais... il y avait un problème, se souvint-elle, le cœur serré. « Je te donne jusqu'au douzième coup de minuit samedi soir, Cendrillon. Sinon... » Samedi, c'était le lendemain.

Sean remarqua son expression soucieuse.

— Qu'y a-t-il ?

Aria déglutit. Le goût du rhum lui emplissait la bouche.

— Hier, j'ai rencontré la fille avec qui mon père a une liaison. De façon plus ou moins par accidentelle. (Elle prit une profonde inspiration.) Ou pas. Je voulais lui demander ce qui se passait entre eux, mais n'en ai pas été capable. J'ai tellement peur que ma mère... les surprenne ensemble. (Ses yeux s'emplirent de larmes.) Je ne veux pas que ma famille explose.

Sean réfléchit un moment.

— Tu ne peux pas essayer de lui parler ?

— Je ne sais pas. (Aria fixa ses mains. Elles tremblaient.) Enfin, j'ai déjà préparé un petit laïus. Je voudrais juste qu'elle regarde les choses de mon point de vue. (Elle cambra le dos et leva les yeux vers le ciel comme si l'univers pouvait lui fournir une réponse.) Mais c'est peut-être une idée idiote.

— Pas du tout, répliqua Sean. Je viendrai avec toi. Pour te soutenir moralement.

Aria tourna la tête vers lui.

— Vraiment ? Tu ferais ça ? demanda-t-elle, incrédule.

Sean balaya du regard le sommet des arbres en contrebas.

— Tout de suite, si tu veux.

Aria secoua la tête.

— Impossible. J'ai, euh… j'ai laissé mon discours à la maison.

Sean haussa les épaules.

— Tu te souviens de ce que tu veux dire ?

— Je suppose que oui, murmura Aria. En fait… (Elle scruta l'horizon.) Ce n'est pas si loin. Elle habite juste de l'autre côté de cette colline. Dans le vieux Hollis.

Elle le savait pour avoir cherché sur Google Earth.

— Viens.

Sean lui tendit la main. Avant qu'Aria n'ait le temps de trop réfléchir, il l'entraînait déjà vers le parking.

Ils traversèrent la rue et pénétrèrent dans le vieux Hollis, le quartier étudiant plein de maisons victoriennes décrépites, vaguement lugubres. De vieilles Volvo et Saab s'alignaient le long des trottoirs. Pour un vendredi soir, les environs étaient incroyablement déserts. Peut-être y avait-il une grande soirée sur le campus. Aria se demanda si Meredith serait chez elle ; elle espérait vaguement que non.

À mi-chemin du second bloc, elle s'arrêta devant une maison rose sous le porche de laquelle quatre paires de baskets prenaient l'air. Un pénis était dessiné à la craie dans l'allée. Oui, elle voyait bien Meredith vivre dans ce genre d'endroit.

— Je crois que c'est ici.

— Tu veux que j'attende dehors ? chuchota Sean.

Aria resserra son pull autour d'elle. Soudain, elle avait froid.

— Ça vaut sans doute mieux. (Puis elle saisit le bras du jeune homme.) Je ne peux pas faire ça.

— Bien sûr que si. (Sean lui posa les mains sur les épaules.) Je suis juste à côté, d'accord ? Il ne va rien t'arriver. Je te le promets.

Aria fut envahie par un sentiment de gratitude. Il était si gentil ! Elle se pencha et l'embrassa doucement sur les lèvres.

Quand elle s'écarta, Sean avait l'air abasourdi.

— Merci, murmura-t-elle.

Elle monta lentement les marches branlantes du porche, le rhum coulant dans ses veines. Elle avait bu près des trois quarts du Thermos de Sean, qui pour sa part s'était contenté de quelques minuscules gorgées. En appuyant sur la sonnette, elle se rattrapa à une des colonnes du porche. Ce n'était pas le bon soir pour porter les sandales à lanières si instables qu'elle avait rapportées d'Italie.

Meredith ouvrit la porte à la volée. Elle portait un short en éponge et un T-shirt blanc avec une banane imprimée sur le devant – Aria savait que c'était la couverture d'un vieil album de rock, mais elle ne se souvenait pas duquel. Et elle avait l'air plus robuste que le matin : moins mince, plus musclée, comme les dures à cuire de *Rollergirls*. À côté d'elle, Aria se sentait ridicule.

Le regard de Meredith s'éclaira.

— Alison, c'est ça ?

— En fait, je m'appelle Aria. Aria Montgomery. Je suis la fille de Byron. Je sais tout. Et je veux que ça s'arrête, débita la jeune fille d'un seul trait.

Meredith écarquilla les yeux. Elle prit une profonde inspiration, puis expira lentement par le nez. Aria crut presque qu'elle allait se mettre à cracher de la fumée comme un dragon.

— Vraiment ?

— Oui, répondit Aria d'une voix peu assurée, en réalisant qu'elle prononçait son petit laïus de façon incompréhensible.

Son cœur battait si fort qu'elle n'aurait pas été surprise de voir sa peau palpiter.

Meredith haussa un sourcil.

— Ça ne te regarde pas. (Elle passa la tête à l'extérieur et jeta un regard soupçonneux à la ronde.) Comment as-tu trouvé mon adresse ?

— Écoutez, vous êtes en train de tout détruire, protesta Aria. Et je veux simplement que ça s'arrête, d'accord ? Je veux dire… Ça fait souffrir tout le monde. Il est encore marié… et il a une famille.

Son ton geignard la fit frémir. Qu'était devenu son beau discours si soigneusement préparé ?

— Je sais tout ça, répondit Meredith sur un ton de défi. (Elle commença à refermer la porte.) Et je suis désolée. Vraiment. Mais nous nous aimons.

# 23

## PROCHAIN ARRÊT, PÉNITENCIER DE ROSEWOOD

Samedi en fin d'après-midi, quelques heures avant Foxy, Spencer était assise devant son ordinateur. Elle venait de rédiger un e-mail auquel elle avait joint son devoir d'économie en fichier joint. *Vas-y, envoie-le*, s'exhorta-t-elle.

Fermant les yeux, elle cliqua. Quand elle les rouvrit, son message était parti en direction de la boîte de réception de Carlo Tentacules.

Elle n'avait pas triché. Pas vraiment, se raisonna-t-elle. Enfin, peut-être que si. Mais qui pouvait le lui reprocher? Après avoir reçu le message de « A », la veille, elle avait passé toute la soirée à essayer de joindre Wren – sans succès. Elle avait laissé cinq messages de plus en plus frénétiques sur sa boîte vocale. Douze fois, elle avait enfilé ses chaussures et failli foncer en voiture à Philadelphie pour voir si le jeune homme allait bien, mais elle s'était finalement retenue.

La seule fois où son Sidekick avait sonné, elle s'était jetée dessus. Mais ce n'était qu'un e-mail de Carlo Tentacules rappelant à tous ses élèves le style d'annotations à utiliser pour leur devoir.

Quand quelqu'un posa la main sur son épaule, Spencer hurla.

Melissa recula.

— Wouah ! Désolée ! Ce n'est que moi !

Spencer se redressa, haletante.

— Je...

Elle balaya son bureau du regard. *Merde.* Sur un Post-It bien en évidence se détachaient les mots : « Gynéco, mardi 17 h, pilule ? » Et un vieux devoir d'histoire de sa sœur trônait encore sur l'écran de son ordinateur. Elle poussa sur l'interrupteur de l'unité centrale avec son pied. Le moniteur s'éteignit.

— Tu es stressée ? demanda gentiment Melissa. Tu as beaucoup de boulot à finir avant Foxy ?

— En quelque sorte, répondit Spencer, en se hâtant de ramasser les papiers épars sur son bureau pour en faire des piles bien nettes.

— Si tu veux, je te prête mon cale-tête à la lavande, proposa Melissa. Ça détend vraiment.

— Pas la peine.

Spencer n'osait même pas regarder sa sœur en face. *Je t'ai volé ton copain et ton devoir*, songeait-elle. *Je ne mérite pas que tu sois sympa avec moi.*

Melissa fit la moue.

— Je ne voudrais pas te stresser davantage, mais il y a un policier en bas. Il dit avoir des questions à te poser.

— Quoi ? s'exclama Spencer.

— C'est à propos d'Alison, expliqua Melissa. (Elle secoua la tête, faisant balancer le bout de ses cheveux coupés au carré.) Ils ne devraient pas t'obliger à parler d'elle la semaine de son enterrement. C'est cruel.

Spencer tenta de rester calme. Elle s'examina dans le miroir, lissa ses cheveux blonds puis appliqua une touche d'anticernes sous ses yeux. Elle enfila ensuite un chemisier blanc et un pantalon en toile kaki. Là. Elle était l'image même de l'innocence et de la sincérité.

Mais elle tremblait de la tête aux pieds.

Le flic se tenait dans le salon mais regardait à l'intérieur du deuxième bureau de M. Hastings, où était rangée une collection de guitares vintage. Quand il se retourna, Spencer réalisa qu'il ne s'agissait pas de l'agent auquel elle avait parlé le jour des funérailles d'Ali. Celui-ci était plus jeune, et sa tête lui disait vaguement quelque chose.

— Spencer ? lança-t-il.

— Oui, répondit la jeune fille tout bas.

Le flic lui tendit la main.

— Je suis Darren Wilden. Je viens d'être affecté à l'enquête concernant le meurtre d'Alison DiLaurentis.

— Le meurtre, répéta Spencer.

— Oui. Jusqu'à preuve du contraire, nous partons du principe qu'elle a été tuée.

— D'accord. (Spencer tenta de prendre un ton impossible et mature.) Wouah…

L'agent Wilden lui fit signe de s'asseoir sur le canapé, et s'assit dans le fauteuil qui lui faisait face. Il était en terminale à l'Externat de Rosewood quand elle-même était en 6e, et, à l'époque, il traînait une réputation de mauvais garçon. Une des amies intello-chiantes de Melissa, Linda, en pinçait secrètement pour lui. Une fois, elle avait chargé Spencer de lui apporter un petit mot anonyme au bar à espresso où il travaillait. Spencer se souvenait avoir pensé que Darren avait des biceps gros comme des boîtes de Chunky Soup.

Et à présent, il la fixait. La jeune fille sentait son nez la démanger et entendait la pendule égrener bruyamment les secondes. Enfin, Darren demanda :

— Tu as quelque chose à me dire?

La peur oppressait Spencer.

— À vous dire?

Le jeune homme s'enfonça dans le fauteuil.

— Au sujet d'Alison.

Spencer cligna des yeux. Quelque chose clochait.

— C'était ma meilleure amie, parvint-elle à articuler, les mains moites. J'étais avec elle le soir où elle a disparu.

— Je sais. (Darren baissa les yeux vers son calepin.) C'est dans le dossier. Tu as parlé avec quelqu'un de chez nous juste après sa disparition, exact?

— Oui, acquiesça Spencer. Deux fois.

— D'accord. (Darren joignit les mains entre ses genoux.) Tu es certaine de leur avoir tout dit? Connaîtrais-tu quelqu'un qui ait pu en vouloir à Alison? On t'a peut-être déjà posé toutes ces questions, mais comme je suis nouveau sur l'affaire, tu pourrais peut-être me rafraîchir la mémoire.

Spencer sécha. En vérité, des tas de filles détestaient Ali. Elle y compris, parfois. Elle ne supportait pas la façon dont son amie la manipulait, et elle lui en voulait d'avoir menacé de lui mettre toute l'« affaire » sur le dos si elle racontait ce qu'elle savait. En secret, elle s'était plus ou moins réjouie de la disparition d'Ali – qui, couplée au départ de Toby, garantissait sa tranquillité.

Spencer déglutit. Elle ignorait ce que ce flic savait ou non. « A » avait pu appeler la police et dire qu'elle cachait quelque chose. C'était un plan brillant. Si elle répondait : « Oui, je connais quelqu'un qui détestait Ali, sans doute au point de la tuer », elle devrait révéler le rôle qu'elle avait joué dans l'affaire Jenna. Si elle se taisait pour se couvrir, « A » risquait de s'en prendre à ses amies… et à Wren.

« Vous m'avez fait du mal, et je vais vous rendre la monnaie de votre pièce. »

De la sueur commença à lui picoter la nuque. Il y avait pis encore. Et si Toby était revenu exprès pour lui faire du mal? Et s'il était de mèche avec « A »? S'il était « A »? Mais s'il l'était et s'il avait tué Ali, il ne pourrait pas tout raconter aux flics sans s'incriminer.

— Je suis à peu près certaine de leur avoir tout dit, répondit enfin Spencer.

Il y eut une très longue pause. L'agent Wilden la fixa. Elle fixa l'agent Wilden en retour. Cela lui rappela la nuit après l'accident de Jenna.

Tandis que ses amies pleuraient autour d'elle, Spencer avait sombré dans un sommeil agité et paranoïaque. Puis elle s'était réveillée en sursaut. L'horloge du décodeur indiquait 3:43, et tout était calme dans la pièce. Ali dormait assise sur le canapé, la tête d'Emily sur les genoux. Spencer l'avait secouée.

— Je ne peux pas faire ça. On devrait se dénoncer.

Ali s'était levée. Elle avait entraîné Spencer dans la salle de bains et s'était assise sur le bord de la baignoire.

— Ressaisis-toi, Spencer, lui avait-elle ordonné. Il ne faut pas que tu pètes un plomb si la police nous interroge.

— La police? avait glapi Spencer, le cœur battant à tout rompre.

— Chuut! avait soufflé Ali. (Elle avait pianoté sur le bord de la baignoire.) Je ne dis pas qu'on nous interrogera forcément, mais au cas où, il faut qu'on ait un plan. Une histoire qui tienne debout. Un alibi.

— Pourquoi on ne leur raconte pas tout simplement la vérité? avait demandé Spencer. On leur explique ce que tu as vu Toby faire, et que ça t'a tellement surprise que tu as laissé partir la fusée par accident.

Ali avait secoué la tête.

— Mieux vaut faire à ma façon. On garde son secret, et il garde le nôtre.

Quelqu'un avait frappé à la porte.

— Les filles ? avait appelé une voix.

C'était Aria.

— D'accord, capitula l'agent Wilden, arrachant Spencer à ses souvenirs. (Il lui tendit une carte de visite.) Appelle-moi si jamais quelque chose te revient.

— Bien sûr, murmura Spencer.

Wilden posa les mains sur ses hanches et regarda autour de lui : les meubles Chippendale, l'exquise fenêtre en vitrail, les tableaux accrochés aux murs et la pendule George Washington qui était dans la famille depuis le début du XIXe siècle.

Puis il détailla Spencer elle-même, depuis ses boucles d'oreilles en diamant jusqu'à sa délicate montre Cartier en passant par son balayage blond qui lui coûtait trois cents dollars toutes les six semaines. Son petit sourire satisfait parut dire : « Tu es le genre de fille qui a beaucoup à perdre. »

— Tu vas à cette soirée caritative tout à l'heure ? demanda-t-il. Foxy ?

Spencer sursauta.

— Euh… oui.

— Bon. (Wilden la salua.) Amuse-toi bien.

Sa voix avait beau être absolument normale, Spencer aurait juré lire sur son visage : « Je n'en ai pas fini avec toi… »

# 24

## POUR 250 $, TU AS DROIT AU DÎNER, AU BAL… ET À UN AVERTISSEMENT

Foxy avait lieu à Kingman Hall, un vieux manoir de style anglais construit par un homme qui avait inventé une nouvelle trayeuse au début du XXe siècle. En CM1, quand on leur avait parlé de cette bâtisse en cours d'histoire de la Pennsylvanie, Emily l'avait surnommée le Manoir Meuh.

Tandis que la préposée aux tickets examinait ses invitations, Emily lançait un regard à l'entour. Un labyrinthe de verdure la séparait de la maison. Des gargouilles grimaçantes étaient juchées sur les arches de l'imposante façade. Droit devant elle se dressait le chapiteau sous lequel avait lieu le bal ; il était illuminé par un millier de guirlandes électriques et grouillait de monde.

— Wouah ! s'extasia Toby en rejoignant Emily.

Une demi-douzaine de filles les dépassèrent et se dirigèrent vers le chapiteau. Elles portaient des robes haute couture taillées sur mesure et des petits sacs de soirée ornés de pierres précieuses.

Emily jeta un coup d'œil à propre tenue : une robe

fourreau rose toute simple que Carolyn avait portée pour son bal de promo l'année précédente. Elle s'était coiffée elle-même et aspergée du parfum Lovely de sa sœur – une fragrance sucrée qui la faisait éternuer. Elle avait mis des boucles d'oreilles pour la première fois depuis une éternité, si bien qu'elle avait dû forcer comme une malade pour passer à travers ses trous qui s'étaient presque rebouchés. Et malgré tous ses efforts, elle se sentait affreusement quelconque comparée aux autres filles.

La veille, quand elle l'avait appelé pour lui demander d'être son cavalier, Toby avait eu l'air surpris – mais également très excité. Emily s'en était réjouie. Ils iraient au bal ensemble, ils s'embrasseraient de nouveau et, qui sait ? Peut-être deviendraient-ils un couple. Plus tard, ils rendraient visite à Jenna dans son école de Philadelphie, et Emily trouverait un moyen de se faire pardonner tout ce qui était arrivé. Elle dresserait son prochain chien d'aveugle. Elle lui lirait les livres qui n'étaient pas encore parus en braille. Et un jour, peut-être, elle avouerait lui avoir été impliquée dans l'accident.

Ou pas.

Mais pour le moment, Emily se trouvait à Foxy, et ça ne se passait pas aussi bien qu'elle l'aurait souhaité. Elle avait trop froid, puis trop chaud, et des spasmes lui contractaient l'estomac. Les mains de Toby étaient si rugueuses, et elle se sentait si nerveuse qu'ils avaient à peine échangé trois mots pendant le trajet.

Foxy n'avait pas grand-chose d'apaisant en soi : tous les invités semblaient tendus et coincés. Emily avait la désagréable sensation que quelqu'un l'observait. Elle examinait le visage maquillé de chacune des filles ou rasé de près des garçons qui passaient près d'elle en se demandant : *C'est toi, « A » ?*

— Souriez !

Un flash éblouit Emily, qui poussa un petit cri. Lorsque les taches de lumière s'estompèrent, elle aperçut une fille blonde en robe bordeaux, un badge de journaliste épinglé sur le sein droit et un appareil photo numérique suspendu à l'épaule, la regarder en riant.

— Je prenais juste des photos pour le *Philadelphia Inquirer*, expliqua-t-elle. Vous voulez qu'on la refasse, sans l'expression terrorisée cette fois ?

Emily agrippa le bras de Toby et tenta de prendre un air ravi, mais ne réussit qu'à grimacer.

Comme la photographe s'éloignait, Toby se tourna vers sa cavalière.

— Quelque chose ne va pas ? s'inquiéta-t-il. D'habitude, ça ne te dérange pas de poser.

Emily se raidit.

— Quand m'as-tu vue poser ?

— À la rencontre de natation entre nos deux écoles. Pour le type qui s'occupe de votre livre de l'année, lui rappela Toby.

Emily expira.

— Ah oui. C'est vrai.

Toby suivit des yeux un serveur qui se frayait un chemin dans la foule, un plateau chargé de verres à la main.

— Alors c'est ça, ton monde…

— Grands dieux, non ! se récria Emily. C'est la première fois de ma vie que je mets les pieds dans ce genre de soirée.

Toby regarda autour de lui.

— Les gens ont l'air tellement… artificiels. Avant, ça m'aurait donné envie de tous les tuer.

Un frisson parcourut Emily – le même que lorsqu'elle

avait repris connaissance à l'arrière de la voiture de Toby. Remarquant son expression, le jeune homme sourit.

— Pas au sens littéral du terme, évidemment. (Il lui pressa la main.) Tu es bien plus jolie que toutes les autres filles.

Emily rougit. Mais son estomac ne fit pas de bond lorsqu'il la complimenta, ni lorsqu'il lui serra la main. Toby était pourtant mignon avec son smoking et ses chaussures de soirée. Ses cheveux coiffés en arrière mettaient en valeur ses traits fins et sa mâchoire carrée. Toutes les filles le mataient. Quand il était venu chercher Emily, même Carolyn d'ordinaire si peu expansive s'était extasiée :

— Il est vraiment canon !

Mais Emily avait beau le souhaiter de toutes ses forces, elle n'éprouvait absolument rien quand il la touchait. Elle aurait aussi bien pu tenir la main de sa sœur.

Emily tenta de se détendre. Toby et elle entrèrent sous le chapiteau, se firent servir deux piña coladas et se joignirent aux jeunes gens qui se trémoussaient déjà sur la piste. Seule une petite poignée de filles dansaient de façon ultra-sexy, avec les mains au-dessus de la tête, comme si elles répétaient pour passer dans l'émission *MTV Spring Break*. Les autres sautillaient en chantant à tue-tête le dernier tube de Madonna. Des techniciens étaient en train d'installer une machine à karaoké dans un coin ; quelques filles écrivaient déjà sur un bout de papier le titre des chansons qu'elles voulaient interpréter.

Emily s'extirpa de la foule pour aller aux toilettes. Sortant du chapiteau, elle entra dans le manoir et longea un couloir éclairé à la bougie et semé de pétales de rose. Des filles la dépassèrent, bras dessus bras dessous, chuchotant et gloussant tout bas. Emily jeta un coup d'œil discret à sa poitrine.

C'était la première fois qu'elle portait une robe sans bretelles, et elle était certaine que le bustier allait glisser, exposant ses seins à la vue de tous.

— Tu veux que je te lise ton avenir ?

Emily leva les yeux.

Une femme aux cheveux sombres, vêtue d'une robe en soie à fleurs, était assise à une petite table sous un énorme portrait de Horace Kingman, l'inventeur de la trayeuse. Elle portait une tonne de bracelets au bras gauche et une grosse broche en forme de serpent sur la poitrine. Un jeu de cartes était posé près d'elle, à côté d'une petite pancarte sur laquelle on pouvait lire : « LA MAGIE DU TAROT ».

— Non, merci, répondit Emily.

Elle n'avait aucune envie qu'on lui parle de son avenir dans un endroit aussi... public. La voyante était installée en plein milieu du couloir.

— Pourtant, tu en as besoin, ajouta-t-elle en tendant un index à l'ongle très long et très rouge vers la jeune fille. Il va t'arriver quelque chose ce soir. Quelque chose qui va changer le cours de ta vie.

Emily se raidit.

— Qui, moi ?

— Oui, toi. Et ton cavalier ? Ce n'est pas avec lui que tu souhaites être. Tu dois rejoindre la personne que tu aimes vraiment, déclara la voyante.

Emily en resta bouche bée, le cœur battant la chamade.

La voyante parut sur le point d'ajouter quelque chose. Mais à cet instant, Naomi Zeigler bouscula Emily pour aller s'asseoir à la petite table.

— Je vous ai déjà consultée ici l'an dernier, lança-t-elle, très excitée. Tout ce que vous m'aviez prédit s'est réalisé.

Emily s'éloigna, l'esprit confus. Quelque chose allait lui arriver ce soir ? Quelque chose qui changerait sa vie ? Ben allait peut-être tout raconter. À moins que Maya ne s'en charge à sa place. « A » allait montrer les photos à tout le monde. Ou bien, il allait révéler la vérité à Toby au sujet de Jenna. Les possibilités étaient nombreuses.

Emily s'aspergea le visage d'eau froide et ressortit des toilettes. Comme elle tournait pour revenir vers le chapiteau, elle heurta quelqu'un qui lui tournait le dos. Quand elle réalisa de qui il s'agissait, son cœur se serra.

— Salut, lança Ben d'un ton faussement amical, en étirant la dernière syllabe.

Il portait un costume anthracite, à la boutonnière duquel était épinglé un petit gardénia blanc.

— S-salut, balbutia Emily. Je ne savais pas que tu venais.

— J'allais justement te dire la même chose. (Ben se pencha vers elle.) Ton « cavalier » n'est pas mal du tout, déclara-t-il en mimant les guillemets. Je t'ai vue avec lui hier, pendant la rencontre contre Tate. Tu l'as payé combien pour qu'il t'accompagne ce soir ?

Emily contourna le jeune homme sans même daigner lui répondre et poursuivit son chemin à grandes enjambées dans la pénombre du couloir, songeant que le moment serait très mal choisi pour trébucher avec ses talons hauts et pour s'étaler de tout son long. Les pas de Ben résonnèrent derrière elle.

— Pourquoi est-ce que tu t'enfuis ? lança le jeune homme sur un ton chantant.

— Fiche-moi la paix ! cracha Emily sans se retourner.

— Ce type, c'est ton garde du corps ? D'abord il te protège à la piscine, et maintenant il t'escorte à une soirée caritative. Sauf que... je ne le vois plus nulle part. Lui as-tu seulement demandé d'arriver avec toi pour ne pas que tout le monde te prenne pour une grosse gouine ? ricana Ben.

— Ha ha. (Emily s'arrêta et lui fit face.) Très drôle.

— Ah ouais ? (Ben la plaqua contre le mur, lui saisit les poignets et se colla à elle.) Et ça, c'est drôle ?

Ses gestes étaient brutaux, et son corps pesait lourd. À quelques pas seulement, d'autres jeunes passaient devant eux pour aller aux toilettes. Est-ce qu'aucun d'entre eux ne voyait ce qui se passait ?

— Arrête, marmonna Emily.

La main de Ben empoigna le bas de sa robe, s'insinua sous l'ourlet, lui malaxa brièvement le genou et remonta le long de sa cuisse.

— Dis-moi que tu aimes ça, lui chuchota-t-il à l'oreille, ou je raconte à tout le monde que tu es une gouine.

Les yeux d'Emily se remplirent de larmes.

— Ben, souffla-t-elle en serrant les jambes. Je ne suis pas une gouine.

— Alors, avoue que tu aimes ça, grogna le jeune homme en agrippant sa cuisse nue.

Sa main se rapprochait dangereusement de la culotte d'Emily. Jamais il n'était allé aussi loin, même pendant qu'ils sortaient ensemble.

Emily se mordit la lèvre jusqu'au sang. Elle était sur le point de céder quand la fureur l'envahit. Ben pouvait bien penser ce qu'il voulait. Qu'il aille le crier sur les toits si ça lui chantait. Il n'avait pas le droit de la traiter ainsi.

Se plaquant au mur pour bénéficier d'un meilleur appui, Emily leva le genou de toutes ses forces.

— Haaaa !

Ben recula en se tenant l'entrejambe. Un gémissement aigu s'échappa de sa bouche.

— Qu'est-ce que tu… ? haleta-t-il.

Emily rajusta sa robe.

— Tiens-toi à l'écart de moi. (La colère s'insinuait en

elle comme une drogue.) Si tu m'approches encore, je jure devant Dieu...

Ben tituba en arrière et heurta le mur d'en face. Ses genoux cédèrent sous lui. Il s'affala sur le sol.

— Mauvaise idée, chuchota-t-il. Très mauvaise.

— On verra bien.

Emily se détourna et s'éloigna d'un pas assuré. Elle ne voulait pas lui montrer qu'elle était bouleversée et au bord des larmes.

— Hé !

Quelqu'un lui saisit doucement le bras. Quand Emily parvint à focaliser son regard, elle réalisa qu'il s'agissait de Maya.

— J'ai tout vu, murmura son amie, désignant du menton l'endroit où Ben se trouvait toujours. Ça va ?

— Oui, répondit très vite Emily.

Sa voix se brisa. Elle ne voulait pas craquer, mais ne parvint pas à se retenir. S'adossant au mur, elle se couvrit le visage de ses mains. *Compte lentement jusqu'à dix pour te calmer*, s'exhorta-t-elle. *Un... deux... trois...*

Maya lui toucha le bras.

— Je suis vraiment désolée, Em.

— Il n'y a pas de quoi, articula Emily, les mains toujours devant la figure. (*Huit... neuf... dix*. Elle laissa retomber ses bras et se redressa.) Je vais bien.

Elle marqua une pause, détaillant la robe ivoire style geisha que portait Maya. Elle était tellement plus jolie que tous les clones blonds à chignon banane et robe Chanel qu'elle croisait depuis son arrivée ! Elle passa les mains le long de ses flancs en se demandant si, de son côté, Maya observait également sa silhouette.

— Je... Il faut que je rejoigne mon cavalier, bredouilla-t-elle.

Maya fit un léger écart pour la laisser passer. Mais Emily ne bougea pas d'un centimètre.

— Avant que tu t'en ailles, j'ai un secret à te confier, dit Maya.

Emily se rapprocha d'elle. Maya se pencha pour lui parler à l'oreille. Emily crut sentir ses lèvres lui effleurer le lobe, et un délicieux frisson lui parcourut l'échine. Elle sentit son inspiration s'intensifier. Elle savait que ce n'était pas bien de réagir ainsi, mais elle ne pouvait pas… s'en empêcher.

« Tu dois rejoindre la personne que tu aimes vraiment. »

— Je t'attendrai, chuchota Maya d'une voix un peu triste et terriblement sexy. Aussi longtemps qu'il le faudra.

# 25

## LA VIE SURRÉALISTE, AVEC EN VEDETTE HANNA MARIN

Samedi soir, Hanna prit l'ascenseur pour monter dans sa suite du Four Seasons de Philadelphie. Elle était à la fois concentrée, détendue et rayonnante. Elle venait d'enchaîner un drainage lymphatique, un massage d'une heure vingt et un gommage corporel suivi d'une pulvérisation d'autobronzant. Du coup, elle se sentait légèrement moins stressée. Le fait d'être loin de Rosewood et de « A » y était sûrement aussi pour quelque chose.

... Du moins, Hanna *espérait* être loin de « A ».

Elle ouvrit la porte de sa suite et entra. Son père était assis sur le canapé du salon.

— Coucou, lança-t-il en se levant. C'était comment ?

— Génial.

Hanna lui adressa un sourire radieux. Elle se sentit submergée de bonheur et de tristesse. Elle voulait dire à son père à quel point elle se réjouissait de cette réconciliation – mais, d'un autre côté, elle savait que leur avenir reposait entre les mains de « A ». Avec un peu de chance, avoir obéi aux instructions du message de la veille garantirait sa sécurité. Dans le cas contraire… Peut-être devrait-elle tout raconter à son père avant que « A » ne s'en charge à sa place.

Pinçant les lèvres, elle baissa timidement les yeux vers le tapis.

— Il faut que je prenne rapidement ma douche si on ne veut pas être en retard au Bec-Fin.

— Une seconde. (Tom Marin se leva.) J'ai une autre surprise pour toi.

Instinctivement, Hanna regarda ses mains, espérant qu'il tenait un cadeau – de quoi compenser tous les chèques sans carte qu'il lui avait envoyés au fil des années. Mais elle n'aperçut que son téléphone portable.

Puis quelqu'un frappa à la porte de la suite adjacente.

— Tom ? Elle est là ?

Hanna se figea et eut la sensation que son sang ne parvenait plus jusqu'à son cerveau. Elle connaissait cette voix.

— Kate et Isabel sont ici, chuchota son père sur un ton très enjoué. Elles viennent avec nous au Bec-Fin, et ensuite, nous irons tous voir *Mamma Mia !* C'est bien la comédie musicale dont tu m'as parlé jeudi, n'est-ce pas ?

— Attends ! (Hanna le retint.) C'est toi qui les as invitées ?

M. Marin la fixa comme si elle était devenue folle.

— Évidemment. Qui d'autre ?

« A », songea Hanna. Ce serait tout à fait son style.

— Mais je croyais qu'on passait la soirée en tête à tête.

— Je n'ai jamais dit ça, contra son père.

Hanna se rembrunit. Si, il l'avait dit. Non ?

— Tom ? lança une autre voix féminine.

Kate. Hanna fut soulagée qu'elle l'appelle par son prénom plutôt que « papa », mais sa main se crispa un peu plus fort sur le poignet de son père.

M. Marin hésita, son regard passant sans arrêt de Hanna à la porte et inversement.

— Elles sont déjà là, argua-t-il, gêné. Je pensais que ce serait sympa...

— Pourquoi... ?

*Qu'est-ce qui a bien pu te faire croire ça ?* voulut demander Hanna. *Je me sens minable à côté de Kate, et tu m'ignores complètement quand elle est là. C'est pour ça que je ne t'ai pas parlé pendant des années !*

Mais trop de confusion et de déception se lisaient sur le visage de son père. Il avait dû mettre des jours à tout organiser. Hanna fixa les franges du tapis oriental. Elle avait une boule dans la gorge, comme si elle venait d'avaler un truc qui ne passait pas.

— Alors, fais-les entrer, marmonna-t-elle.

Quand son père ouvrit la porte, Isabel poussa un cri de joie, comme s'ils avaient passé la dernière semaine séparés par plusieurs galaxies et non par une poignée d'États. Elle était toujours trop mince et trop bronzée, et le regard d'Hanna se posa immédiatement sur le diamant qu'elle arborait à la main gauche. Un trois carats Legacy de chez Tiffany – la jeune fille connaissait le catalogue par cœur.

Et Kate ! Elle était plus ravissante que jamais. Sa robe bain de soleil à rayures diagonales devait être une taille 34 ; quant à ses cheveux châtains raides, ils semblaient encore plus longs qu'il y a quelques années. D'un geste gracieux, elle déposa son sac Vuitton sur la table du salon.

Hanna fulmina. Kate, songeait-elle, ne trébuchait probablement jamais avec des Jimmy Choo toutes neuves, et elle ne devait pas non plus glisser sur les parquets en bois fraîchement cirés par la femme de ménage.

Le visage de sa demi-sœur paraissait pincé, comme si elle était contrariée. Mais à la vue d'Hanna, son expression s'adoucit. Elle la détailla de la tête aux pieds – de sa veste Chloé jusqu'à ses sandales à lanières – et se fendit d'un large sourire.

— Salut, Hanna, lança-t-elle avec une surprise évidente. Wouah !

Elle posa une main sur l'épaule d'Hanna, mais, par chance, ne l'étreignit pas. Sinon, elle se serait rendu compte que la jeune fille tremblait.

— Tout a l'air délicieux, souffla Kate en parcourant le menu.

— De fait, acquiesça M. Marin.

Hélant le serveur, il commanda une bouteille de pinot grigio. Puis il embrassa Kate, Isabel et Hanna d'un regard chaleureux.

— Je suis si content qu'on soit tous là. Ensemble.

— C'est vraiment super de te revoir, Hanna, roucoula Isabel.

Kate fit écho à sa mère.

— Oui, vraiment super.

Hanna baissa les yeux vers l'argenterie. Pour sa part, elle trouvait ça complètement surréaliste de les revoir. Mais pas surréaliste comme les robes kaléidoscope de Zac Posen, plutôt comme dans un cauchemar – ou dans ce livre qu'elle avait dû lire l'année précédente pour son cours d'anglais, celui où un Russe se réveillait métamorphosé en cafard.

— Qu'est-ce que tu prends, chéri ? demanda Isabel en posant une main sur le poignet de Tom.

Hanna n'arrivait toujours pas à croire que son père soit aussi amoureux de cette femme. Elle était si... ordinaire. Et beaucoup trop bronzée. Ce qui pouvait passer pour une mannequin, une fille de quatorze ans ou une Brésilienne – mais pas sur une quadra du Maryland.

— Mmmh. C'est quoi, la *pintade*[1] ? interrogea M. Marin. Du poisson ?

Hanna feuilleta le menu. Elle ne voyait vraiment pas ce qu'elle allait pouvoir manger. Tout était frit ou baignait dans la crème.

— Kate, tu veux bien traduire ? (Isabel se pencha vers Hanna.) Kate parle français couramment, expliqua-t-elle.

*Bien entendu*, songea Hanna.

— Nous avons passé l'été dernier à Paris, poursuivit Isabel en la fixant.

Hanna se cacha derrière la carte des vins. Elles avaient été à Paris ? Son père aussi ?

— Et toi, Hanna ? Tu parles d'autres langues ? interrogea Isabel.

Hanna haussa les épaules.

— Hum. J'ai fait un an d'espagnol.

Isabel fit la moue.

— Quelle est ta matière préférée ?

— L'anglais.

— Moi aussi ! s'exclama Kate.

— Kate a décroché le prix d'excellence de son école en anglais, l'an dernier, fanfaronna Isabel.

— Maman, protesta la jeune fille sur un ton geignard.

Jetant un coup d'œil à Hanna, elle articula : « Désolée. »

Hanna avait encore du mal à croire combien le regard de Kate avait changé lorsqu'elle l'avait aperçue. Elle avait elle-même déjà eu ce regard par le passé. Notamment en 3e, quand son prof d'anglais l'avait désignée volontaire pour servir de guide à Carlos, un jeune Chilien en visite à l'Externat de Rosewood dans le cadre d'un programme d'échange scolaire.

Bouillonnant de rage, elle avait foncé à la conciergerie pour

1. En français dans le texte. *(N.d.T.)*

l'accueillir, imaginant un gros nul qui allait bousiller sa réputation. Quand elle était entrée et avait découvert un grand garçon aux cheveux ondulés et aux yeux verts, qui semblait pratiquer le beach volley depuis sa naissance, elle s'était redressée et avait mis une main devant sa bouche pour vérifier discrètement la fraîcheur de son haleine. Kate pensait sans doute qu'elles étaient unies par une sorte de lien qui existait entre des filles canon...

— Tu as des hobbies? interrogea Isabel. Tu fais du sport?

Hanna haussa les épaules.

— Pas vraiment.

Elle avait oublié qu'Isabel était ce genre de mère obsédée par les résultats scolaires et les activités annexes de sa progéniture. Encore un domaine dans lequel elle ne pouvait pas rivaliser avec Kate.

— Ne sois pas si modeste. (M. Marin enfonça son index dans l'épaule de sa fille.) Tu as des tas d'occupations.

Hanna le fixa sans comprendre. *Lesquelles? Piquer dans les magasins?*

— Tu fais du bénévolat dans une clinique pour grands brûlés, et ta mère m'a dit que tu venais de t'inscrire à un groupe de soutien, révéla M. Marin.

Hanna en resta bouche bée. Dans un moment de faiblesse, elle avait parlé de sa visite au club de chasteté à sa mère – une façon de lui dire : « Tu vois? Je ne suis pas complètement amorale. » Elle n'arrivait pas à croire que sa mère l'ait répété à son père.

— Je..., bredouilla-t-elle. Ce n'est rien.

— Ce n'est pas rien, insista M. Marin en pointant sa fourchette vers elle.

— Papa! gémit Hanna.

Les autres la fixaient en attendant la suite. Isabel écarquillait ses yeux globuleux. Kate réprimait une petite grimace, mais son expression n'était pas véritablement hostile. Hanna jeta un coup d'œil à la corbeille à pain. *Et puis merde*, pensa-t-elle avant d'enfourner une boule entière.

— C'est un club de chasteté, d'accord ? lâcha-t-elle, la bouche pleine de mie et de graines de pavot. (Elle se leva brusquement.) Merci beaucoup, papa.

— Hanna !

Tom Marin repoussa sa chaise et fit mine de se lever lui aussi, mais Hanna continua à avancer. Pourquoi était-elle tombée dans le panneau de son « j'adorerais passer un week-end avec toi » ? C'était comme la dernière fois, quand il l'avait traitée de truie. Et dire qu'elle avait pris de tels risques pour être là – elle avait raconté à ces garces qu'elle se faisait vomir trois fois par jour ! Alors que ce n'était même plus le cas !

Hanna poussa brutalement la porte des toilettes, s'enferma dans un box et s'agenouilla devant la cuvette. Son estomac gargouillait ; elle devait faire quelque chose. *Calme-toi*, s'exhorta-t-elle en observant son reflet dans l'eau. *Tu peux surmonter ça.*

Elle se redressa, la mâchoire tremblante, les larmes aux yeux. Si seulement elle pouvait rester enfermée dans les toilettes jusqu'à la fin de la soirée...

Son portable sonna. Elle le sortit de son sac pour l'éteindre. Elle eut soudain l'impression qu'une pierre lui tombait dans l'estomac. Elle avait reçu un message, dont l'adresse brouillée lui semblait néanmoins familière.

*Dépêche-toi d'aller à Foxy. Sean y est avec une autre fille. Considère ça comme une récompense pour avoir si sagement suivi mes instructions hier... – A*

De surprise, Hanna faillit lâcher son portable.

Elle appela Mona. Les deux filles ne s'étaient pas reparlé depuis leur dernière escapade au centre commercial – Mona ne savait même pas qu'Hanna avait renoncé à aller à Foxy. Comme ça sonnait dans le vide, Hanna raccrocha, si frustrée qu'elle jeta son téléphone contre la porte. Avec qui Sean pouvait-il bien être ? Naomi ? Une de ces pétasses du club de chasteté ?

Elle sortit des toilettes en trombe, faisant sursauter une vieille dame qui se lavait les mains. En passant l'angle qui lui dissimulait l'entrée des toilettes, elle s'arrêta net. Assise sur une bergère, Kate se remettait du rouge à lèvres saumon. Ses longues jambes étaient croisées dans une posture suprêmement élégante.

— Tout va bien ? demanda-t-elle en levant ses yeux bleus vers Hanna. Je suis venue vérifier exprès.

Hanna se raidit.

— Oui, ça va.

Kate grimaça.

— Sans vouloir insulter ton père, de temps en temps, il dit des trucs qui craignent à mort. Une fois, lorsque mon copain de l'époque était passé me chercher à la maison, ton père a lancé au moment de partir : « Kate ? J'ai vu que tu avais rajouté OB sur la liste des courses. Qu'est-ce que c'est ? Dans quel rayon ça se trouve ? » J'étais mortifiée.

— Misère.

Hanna éprouva un élan de compassion. Oui, ce genre de remarque, c'était son père tout craché.

— Il n'a pas fait exprès, tu sais, Kate ajouta gentiment. Il ne voulait pas te mettre mal à l'aise.

Hanna secoua la tête.

— Ce n'est pas ça.

Elle dévisagea Kate. Dans le fond, peut-être bien qu'il y avait un lien entre elles…

— C'est… c'est mon ex, avoua-t-elle. Je viens de recevoir un message m'informant qu'il est à Foxy – une soirée caritative très importante – avec une autre fille.

Kate fronça les sourcils.
— Vous avez rompu quand?
— Il y a huit jours. (Hanna se laissa tomber sur la bergère à côté d'elle.) J'ai à moitié envie de foncer là-bas lui botter le cul.
— Pourquoi tu ne le fais pas? interrogea Kate.
Hanna s'affaissa.
— J'aimerais bien, mais…
Du menton, elle désigna la porte des toilettes et la salle du restaurant un peu plus loin.
— Écoute. (Kate se leva et fit la moue devant le miroir.) Tu n'as qu'à mettre ça sur le compte de ton groupe de soutien. Tu racontes qu'une autre fille t'a appelée pour te dire qu'elle se sentait faiblir, et que comme tu es sa partenaire, tu dois aller la voir pour l'aider à tenir le coup.
— Tu as l'air de bien connaître le fonctionnement des groupes de soutien, fit remarquer Hanna, intriguée.
Kate haussa les épaules.
— J'ai des amis qui ont été en désintox.
*D'accoooord.*
— Je ne crois pas que ce soit une bonne idée.
— Je te couvre, si tu veux.
Hanna observa Kate dans le miroir.
— Vraiment?
Kate lui rendit un regard pénétrant.
— Disons que j'ai une dette envers toi.
Hanna frémit. Quelque chose lui disait que Kate parlait du fameux week-end à Annapolis. Elle était gênée qu'elle s'en souvienne et qu'elle reconnaisse avoir mal agi. En même temps, ça lui procurait une certaine satisfaction.
— Et puis, ajouta Kate, ton père a dit qu'on se verrait beaucoup plus souvent désormais. Autant repartir du bon pied.
Hanna cligna des yeux.

— Il a dit qu'il… qu'il voulait me voir plus souvent?

— Normal. Tu es sa fille, répondit Kate.

Hanna tripota la petite breloque en forme de cœur sur son collier Tiffany. Ça lui faisait plaisir d'entendre Kate dire ça. Peut-être avait-elle réagi trop violemment à table.

— Tu en as pour… quoi, deux heures?

— Probablement moins que ça.

Hanna ne voulait qu'une chose : prendre le SEPTA jusqu'à Rosewood et aller maudire la salope qui lui avait piqué Sean. Elle ouvrit son sac hobo pour voir si elle avait de quoi payer le billet de train en liquide. Kate, qui la surplombait, désigna quelque chose au fond de son sac.

— C'est quoi?

— Ça?

À peine Hanna eut-elle sorti l'objet du sac qu'elle voulut l'y faire disparaître de nouveau. Il s'agissait du Percocet qu'elle avait volé à la clinique du père de Sean le mardi. Elle l'avait complètement oublié.

— Je peux en avoir? chuchota Kate, tout excitée.

Hanna la dévisagea en louchant.

— Tu es sérieuse?

Kate lui jeta un regard hautain.

— J'ai besoin de quelque chose pour m'aider à endurer la comédie musicale à laquelle ton père compte nous traîner.

Hanna lui tendit l'un des petits paquets. Kate l'empocha, puis tourna les talons et sortit d'un pas assuré. Hanna la suivit, bouche bée.

De tous les événements survenus pendant la soirée, c'était sans conteste le plus surréaliste. Finalement, voir Kate plus souvent ne serait peut-être pas un cauchemar. Ça pourrait même être amusant.

# 26

## AU MOINS, ELLE N'EST PAS OBLIGÉE DE FAIRE LES CHŒURS

Lorsque Spencer et Andrew arrivèrent à Foxy, Kingman Hall était littéralement pris d'assaut. Une vingtaine de véhicules faisaient la queue pour le service de voituriers; les envieux qui n'avaient pas été invités se massaient devant l'entrée et le chapiteau principal était plein à craquer de jeunes attablés, debout au bar ou en train de danser sur la piste.

Tandis qu'Andrew était allé lui chercher à boire, Spencer consulta son portable une nouvelle fois. Toujours pas d'appel de Wren.

Elle se demandait vraiment ce qu'elle faisait là. Andrew était venu la chercher à l'heure dite, et malgré son anxiété, Spencer avait mis à profit ses cours de théâtre pour faire croire à sa famille qu'ils sortaient ensemble : elle l'avait embrassé près de la bouche pour lui dire bonjour, avait accepté ses fleurs d'un air ravi et posé pour une photo joue contre joue. L'air extatique d'Andrew avait rendu son petit numéro encore plus crédible.

Maintenant, il ne lui était plus d'une grande utilité. Malheureusement, Andrew l'ignorait. Il ne cessait de la présenter comme sa cavalière – à des gens qu'ils connaissaient tous les deux ! Spencer ne souhaitait qu'une chose : s'enfermer dans une pièce du manoir pour réfléchir au calme. Elle avait besoin de démêler ce que savait ce flic, l'agent Wilden, de ce qu'il ignorait. Si Toby était « A » et le meurtrier d'Ali, il ne parlerait pas à la police. Mais si Toby n'était pas « A » et que « A » avait dit quelque chose à la police…

— Je crois que c'est l'heure du karaoké, déclara Andrew en rejoignant Spencer.

Du menton, il désigna la scène. Effectivement, une fille empoigna le micro avant de se mettre à hurler : *« I will survive. »*

— Tu veux chanter quelque chose ?

— Certainement pas, répondit Spencer en tripotant nerveusement l'attache de sa boutonnière.

Pour la cinquantième fois depuis le début de la soirée, elle cherchait ses anciennes amies du regard, mais en vain. Elle devait les prévenir au sujet de Toby et des flics. « A » l'avait sommé de ne pas le faire, mais peut-être pouvait-elle communiquer en code…

— Un duo avec moi, alors ? insista Andrew.

Spencer se retourna vers lui. Il ressemblait à un des labradoodles de ses parents quand ils quémandaient des restes à table.

— Je viens de t'expliquer que je n'en avais pas envie !

— Oh. (Andrew porta la main à sa cravate ornée de motifs cachemire.) Désolé.

Au final, Spencer accepta de faire les chœurs sur « Dirrty » de Christina Aguilera – même si elle trouvait ça stupide que quelqu'un d'aussi propre sur lui choisisse cette chanson. C'était toujours mieux que d'endurer sa mine de chien battu.

Mona Vanderwaal et Celeste Machin-Chose – celle qui allait au lycée quaker – montèrent sur scène et entonnèrent « Total Eclipse of the Heart ». Elles semblaient déjà sérieusement éméchées, obligées de s'agripper l'une à l'autre pour ne pas perdre l'équilibre, et elles n'arrêtaient pas de faire tomber leur petit sac de soirée en daim.

— On sera bien meilleurs qu'elles, promit Andrew.

Il se tenait trop près de Spencer. La jeune fille sentait son souffle chaud et le parfum mentholé de son haleine. Que Wren fasse ça, c'était une chose. Qu'Andrew se le permette, c'en était une autre. Si elle ne respirait pas un peu d'air frais tout de suite, elle allait s'évanouir.

— Je reviens, murmura-t-elle à Andrew.

Et elle se dirigea vers la sortie.

Spencer venait tout juste d'arriver dans le jardin quand son téléphone se mit à vibrer. Elle frémit. Puis elle jeta un coup d'œil à l'écran LED, et son cœur s'allégea instantanément. *Wren.*

— Tu vas bien ? demanda-t-elle en décrochant. Je me suis fait un sang d'encre !

— Tu m'as laissé douze messages, répliqua Wren. Que se passe-t-il ?

Spencer pouvait sentir le stress s'avacuer. Les muscles de ses épaules se détendirent.

— Je... je n'avais pas de nouvelles de toi, et j'ai cru... Pourquoi ne consultes-tu pas ta boîte vocale ?

Wren se racla la gorge.

— J'étais occupé, c'est tout, répondit-il sur un ton gêné.

— J'ai cru que tu étais..., commença Spencer.

— Quoi ? Mort quelque part dans un fossé ? (Wren eut un petit rire.) Tu prends tout trop au tragique, Spence.

— Mais… (La jeune fille marqua une pause, cherchant les mots justes.) J'avais un mauvais pressentiment.

— Je vais bien, la rassura Wren. Et toi ?

— Oui, acquiesça-t-elle avec une ébauche de sourire. Enfin, je suis à une soirée qui craint avec un type qui craint, et je préférerais de loin être avec toi, mais ça va beaucoup mieux maintenant. Je suis contente que tu ailles bien.

Quand elle raccrocha, elle était tellement soulagée qu'elle avait envie de courir vers n'importe qui pour l'embrasser. Adriana Peoples, la nana de l'école catholique qui était assise sur le socle de la statue de Dionysos, en train de fumer une cigarette au clou de girofle. Ou Liam Olsen, le joueur de hockey qui pelotait sa cavalière à l'abri d'un buisson. Ou Andrew Campbell qui se tenait derrière elle, l'air abattu.

Quand Spencer s'en rendit compte, elle sentit son estomac se nouer.

— Hum. Coucou. Tu… tu es là depuis longtemps ?

L'expression d'Andrew disait clairement qu'il était là depuis suffisamment longtemps pour avoir tout entendu.

— Écoute, soupira Spencer. (Autant frapper directement en plein cœur.) Pour être franche avec toi, Andrew, j'espère que tu ne crois pas qu'il va se passer quelque chose entre nous. J'ai déjà un petit ami.

Au début, Andrew parut sonné, puis blessé, embarrassé et finalement en colère. Les émotions se succédaient si rapidement sur son visage que c'était comme regarder un coucher de soleil en accéléré.

— Je sais, répliqua-t-il en désignant le Sidekick de Spencer. J'ai entendu ta conversation.

*Évidemment.*

— Je suis désolée. Mais…, commença la jeune fille.

Andrew leva la main pour l'arrêter.

— Alors, pourquoi être venue avec moi ? Tes parents ne veulent pas que tu sortes avec lui, c'est ça ? Tu m'as proposé de t'accompagner uniquement pour les lancer sur une fausse piste ?

— Non, se récria très vite Spencer. (Était-elle transparente à ce point, ou Andrew avait-il mis dans le mille par le plus pur des hasards ?) C'est... c'est difficile à expliquer. Je pensais qu'on pourrait s'amuser. Je ne voulais pas te faire de mal.

Une mèche de cheveux tomba devant les yeux d'Andrew.

— Eh bien, c'est raté.

Il se détourna.

— Andrew ! cria Spencer. Attends !

Mais le jeune homme l'ignora et disparut dans la foule.

Spencer se sentit vraiment mal. Elle n'avait pas choisi le bon garçon pour lui servir d'alibi. Elle aurait mieux fait d'inviter Ryan Vreeland, qui n'osait pas sortir du placard, ou Thayer Anderson, qui était trop passionné de basket pour s'intéresser aux filles.

Spencer regagna le chapiteau et chercha Andrew des yeux. Elle lui devait au moins des excuses. Mais l'immense pavillon était à peine éclairé par quelques guirlandes électriques, et elle n'y voyait pas grand-chose dans la pénombre.

Au bord de la piste de danse, Noel et la fille du lycée quaker buvaient en douce dans la flasque de Noel. Sur scène, Naomi Zeigler et James Freed chantaient un tube d'Avril Lavigne que Spencer détestait au plus haut point. Mason Byers se penchait pour embrasser Devon Arliss. Dans un coin, Kirsten Cullen et Bethany Wells faisaient des messes basses.

— Andrew ? interpella Spencer.

Elle aperçut Emily à l'autre bout du chapiteau. Son amie

portait une robe fourreau rose et un pashmina assorti sur les épaules.

Spencer fit quelques pas dans sa direction, puis remarqua le jeune homme qui se tenait à ses côtés, une main posée sur son bras. Au moment où elle plissa les yeux, le type tourna la tête et l'aperçut. Il avait des yeux bleu foncé, exactement de la même couleur que dans son rêve.

Spencer hoqueta et fit un pas en arrière.

« Je surgirai quand vous vous y attendrez le moins. »

C'était Toby.

# 27

## ARIA EST UNIQUEMENT DISPONIBLE SUR ORDONNANCE

Appuyée contre le bar de Foxy, Aria commanda un café noir. Le chapiteau était tellement bondé, l'atmosphère tellement étouffante que la doublure de sa robe à pois était déjà trempée de sueur. Et elle n'était là que depuis vingt minutes.

— Coucou.

Son frère se glissa près d'elle. Il portait le même costume gris qu'aux funérailles d'Ali, et des chaussures noires cirées qui appartenaient à Byron.

— Coucou, marmonna Aria, surprise. Je… Je ne savais pas que tu venais.

Le temps qu'elle sorte de la douche pour se préparer, la maison était vide. Dans un moment de confusion, elle avait cru que sa famille l'avait abandonnée.

— Ouais. Je suis avec… (Pivotant, Mike désigna une fille mince et pâle qu'Aria se souvenait avoir aperçue à la soirée de Noel Kahn, la semaine précédente.) Canon, hein ?

— Pas mal.

Aria but son café en trois gorgées et remarqua que ses mains tremblaient. C'était sa quatrième tasse en une heure.

— Alors, où est Sean ? interrogea Mike. C'est bien avec lui que tu es venue, pas vrai ? Tout le monde ne parle que de ça.

— Ah bon ? demanda Aria d'une voix faible.

— Ouais. Vous êtes le nouveau couple en vue, grimaça Mike.

Aria ne savait pas si elle devait rire ou pleurer. Elle n'imaginait que trop bien certaines des filles de l'Externat échangeant des potins sur Sean et elle.

— Je ne sais même pas où il est.

— Quoi ? Le nouveau couple en vue aurait-il déjà rompu ? la taquina son frère.

— Non, non.

En fait, Aria se cachait plus ou moins de son cavalier.

La veille, après que Meredith lui eut jeté à la figure que Byron et elle étaient amoureux, la jeune fille avait rejoint Sean en courant et éclaté en sanglots. Elle ne s'attendait pas du tout à l'aveu de Meredith, et maintenant qu'elle connaissait la vérité, elle se sentait tellement impuissante ! Sa famille était condamnée à éclater.

Pendant dix bonnes minutes, elle avait sangloté sur l'épaule de Sean : « Mais qu'est-ce que je vais faiiiire ? » Le jeune homme avait tenté de la calmer de son mieux avant de la ramener chez elle. Il avait même poussé la gentillesse jusqu'à l'accompagner dans sa chambre, la mettre au lit et poser Pétunia, sa peluche préférée, sur l'oreiller à côté d'elle.

Dès qu'il était parti, Aria avait repoussé les couvertures et s'était mise à faire les cent pas. Elle avait été jeter un coup d'œil dans la chambre de ses parents. Ella était dans son lit, en train de dormir paisiblement… seule. Aria n'avait pu se résoudre à la déranger.

Quelques heures plus tard, elle s'était réveillée et avait pris son courage à deux mains. Décidée à tout raconter à sa mère, elle était retournée dans la chambre de ses parents. Et avait trouvé Byron au lit à côté d'Ella – allongé sur le flanc, un bras passé autour de la taille de sa femme.

On ne fait pas de câlin à quelqu'un si on est amoureux de quelqu'un d'autre, pas vrai ?

Le matin, quand Aria s'était levée après avoir dormi une bonne grosse heure, elle avait les yeux gonflés et la peau couverte de petits boutons rouges. Elle avait une vraie gueule de bois, et tandis qu'elle repassait dans sa tête les événements de la veille, elle sentait le rouge de la honte lui monter aux joues. Sean l'avait *bordée*. Elle s'était mouchée sur son épaule. Elle avait sangloté et gémi comme une hystérique. Quel meilleur moyen de faire fuir le garçon que vous aimez que de lui baver dessus ?

Quand Sean était venu la chercher pour aller à Foxy – et elle trouvait déjà cela étonnant qu'il accepte de venir –, il s'était empressé de parler de la soirée de la veille. Aria s'était dérobée en prétendant qu'elle se sentait beaucoup mieux. Sean lui avait jeté un regard étrange, mais avait eu l'intelligence de ne pas insister. Depuis, elle le fuyait.

Mike s'accouda au comptoir en bois et hocha la tête en rythme sur le morceau de Franz Ferdinand que le DJ venait de mettre. Un petit sourire d'autosatisfaction retroussait le coin de ses lèvres. Aria savait qu'il devait être ravi d'avoir décroché une entrée pour Foxy alors qu'il était seulement en seconde.

Mais Aria, qui le connaissait bien, devinait la tristesse et la douleur qu'il dissimulait en dessous. Comme lorsqu'ils étaient petits et qu'ils allaient à la piscine municipale, où les copains de Mike le traitaient de pédé parce qu'il portait un short de bain blanc qui avait viré au rose dans la machine à laver. Mike avait encaissé vaillamment, mais, plus tard, Aria l'avait surpris en train de pleurer près du petit bassin.

Elle voulait dire quelque chose pour le réconforter. S'excuser d'avance pour ce qu'elle s'apprêtait à faire – quoi qu'il arrive, elle avait décidé de tout raconter à Ella le soir en rentrant. Lui assurer que rien de tout ça n'était sa faute, et que même si leurs parents se séparaient, tout irait bien... d'une manière ou d'une autre.

Mais elle savait ce qui se passerait si elle essayait. Mike s'enfuirait de nouveau.

Sans un mot, la jeune fille s'éloigna du bar. Elle avait besoin de se dégourdir les jambes.

— Aria, appela une voix derrière elle.

Elle pivota. Sean se tenait à deux mètres d'elle, près d'une table. Il semblait agacé.

Paniquée, Aria fonça vers le manoir pour se réfugier dans les toilettes des filles. Elle perdit une de ses mules à semelles compensées, la remit hâtivement et continua à avancer, mais se heurta à un mur de jeunes gens. Elle tenta de se frayer un chemin à coups de coude – en vain. Personne ne s'écarta pour la laisser passer.

— Hé! lança Sean en la rejoignant.

— Oh! s'exclama Aria de son air le plus nonchalant, comme si elle venait seulement de l'apercevoir. Salut.

Sean la prit par le bras et l'entraîna vers le parking – le seul endroit désert de toute la propriété. Il réclama ses clés au voiturier, aida Aria à monter dans son Audi et roula un peu pour s'écarter des festivités.

— Qu'est-ce qui t'arrive? demanda-t-il.

— Rien du tout, répondit Aria en regardant par la fenêtre. Je vais bien.

— Non, contra Sean. Tu ressembles à... un zombie. Je n'aime pas ça.

— C'est juste que… (Aria fit coulisser le long de son poignet le collier de perles qu'elle portait doublé en guise de bracelet.) Je ne sais pas. J'ai peur de t'ennuyer.

— Pourquoi ?

Elle haussa les épaules.

— Parce que mes histoires de famille sont assez chiantes. Tu dois me prendre pour une folle complètement obsédée par ses parents. Je ne parle que de ça depuis des jours.

— Oui, c'est vrai, concéda Sean. Mais…

Aria l'interrompit.

— Je ne t'en voudrais pas si tu voulais danser avec d'autres filles. Il y en a de très mignonnes.

Sean cligna des yeux.

— Mais je n'ai envie de danser avec personne d'autre que toi.

Ils se turent. Les basses de « Gold Digger » de Kanye West faisaient vibrer l'air autour du chapiteau.

— Tu penses encore à tes parents ? demanda Sean à voix basse.

— Oui. Il faut que je raconte tout à ma mère. Ce soir.

— Pourquoi « il *faut* » ?

— Parce que… (Aria ne pouvait pas lui parler de « A ».) Personne d'autre ne s'en chargera. Et ça ne peut plus continuer ainsi.

— Tu te mets beaucoup de pression, fit remarquer Sean. Tu ne veux pas t'accorder une soirée de repos ?

Aria se raidit. Puis elle se força à se détendre.

— Tu devrais retourner là-bas, Sean. Ne me laisse pas gâcher ta soirée.

— Aria… (Sean poussa un soupir frustré.) Arrête ça.

La jeune fille grimaça.

— Je ne crois pas que ça puisse coller entre nous, c'est tout.

— Pourquoi ?

— Parce que...

Elle hésita, cherchant ce qu'elle voulait dire. Parce qu'elle n'était pas une fille typique de Rosewood ? Parce que quoi que Sean puisse apprécier en elle, il y avait beaucoup plus de choses qui lui déplairaient fondamentalement ?

Aria avait l'impression d'être un de ces remèdes miracles dont on faisait la pub à la télé. Le présentateur dissertait longuement sur les millions de consommateurs ravis, et à la fin, il débitait à toute allure la liste des effets secondaires potentiels. Dans le cas d'Aria, ça donnerait quelque chose du genre : « Fille originale, pleine de personnalité... mais histoire familiale pouvant induire des épisodes psychotiques avec mouchage aléatoire sur la chemise que vous avez payée les yeux de la tête. »

Sean posa prudemment sa main sur celle d'Aria.

— Si tu crains que la scène d'hier soir ne m'ait refroidi, tu te trompes. Tu me plais vraiment. En fait, tu me plais encore plus à cause d'hier soir.

Les yeux d'Aria s'emplirent de larmes.

— Vraiment ?

— Vraiment.

Sean appuya son front contre celui d'Aria. La jeune fille retint son souffle.

Enfin, leurs lèvres se touchèrent. Doucement d'abord, puis plus intensément.

Aria attrapa Sean par la nuque pour le coller contre elle. Le corps du jeune homme était tiède, rassurant. Elle sentit ses mains remonter le long de ses côtés.

Soudain, ils se mirent à s'embrasser sauvagement, se mordant la lèvre inférieure et se griffant le dos. Puis ils s'écartèrent, le souffle court et se regardant les yeux dans les yeux.

Ils replongèrent l'un sur l'autre. Sean descendit la fermeture Éclair de la robe d'Aria. Il ôta rapidement sa veste et la jeta sur la banquette arrière tandis que la jeune fille se débattait avec les boutons de sa chemise. Elle lécha ses oreilles bien dessinées et caressa sa poitrine nue, à la peau si douce.

Sean lui entoura la taille du mieux possible étant donné leur position inconfortable à l'avant de l'Audi. Puis il fit basculer son siège, souleva Aria et l'attira à lui. Les vertèbres de la jeune fille frottèrent contre le volant.

Comme Sean lui embrassait la gorge, elle renversa la tête en arrière. Quand elle ouvrit les yeux, elle vit quelque chose – un morceau de papier jaune sous l'essuie-glaces.

Elle crut d'abord que c'était un prospectus, peut-être une pub pour une after après Foxy. Puis elle remarqua les grosses lettres tracées maladroitement au marqueur noir.

*N'oublie pas ! Au douzième coup de minuit !*

Aria s'écarta brusquement de Sean.

— Qu'y a-t-il ? s'enquit le jeune homme.

D'un doigt tremblant, elle désigna le petit mot.

— C'est toi qui as écrit ça ?

Mais c'était une question stupide. Elle connaissait déjà la réponse.

# 28

## LA FÊTE NE SERAIT PAS VRAIMENT RÉUSSIE SANS HANNA MARIN

Comme son taxi se garait devant Kingman Hall, Hanna jeta un billet de vingt dollars au chauffeur – un vieux type à moitié chauve qui semblait avoir un problème de transpiration.

— Gardez la monnaie.

Claquant la portière, elle se précipita vers le chapiteau. Elle avait mal au ventre. À la gare de Philadelphie, elle s'était acheté un sac de Doritos Cool Ranch qu'elle avait englouti en moins de cinq minutes. Mauvaise idée.

À sa droite se dressait la table de la réception. Une fille mincissime, avec des cheveux blonds coupés court et beaucoup trop d'eye-liner, collectait les tickets et barrait des noms sur une liste.

Hanna hésita. Elle ne savait pas où était son ticket, mais si elle tentait de baratiner comme tous les gros nazes qui n'avaient pas pu en obtenir, on la renverrait gentiment dans ses foyers.

Elle plissa les yeux, fixant le chapiteau qui brillait tel un énorme gâteau d'anniversaire dans l'obscurité. Il n'était pas question qu'elle laisse Sean s'en tirer aussi facilement. Que ça plaise à Cléopâtre ou non, elle allait entrer.

Prenant une grande inspiration, elle fonça à l'intérieur.

— Hé ! entendit-elle la fille de la réception protester. Attendez !

Le cœur battant à tout rompre, Hanna se dissimula derrière un poteau. Un videur en smoking passa non loin d'elle en courant, puis s'arrêta et regarda autour de lui. Frustré, il haussa les épaules et baragouiner quelque chose dans son talkie-walkie. Un petit frisson d'excitation parcourut Hanna. C'était presque aussi amusant que de voler.

Une foule se massait sous le chapiteau. Hanna ne se souvenait pas avoir déjà vu autant de monde à Foxy. La plupart des filles qui dansaient avaient enlevé leurs chaussures et les brandissaient au-dessus de leur tête en tournoyant sur la piste. Le bar était littéralement pris d'assaut, et une très longue queue s'était formée devant ce qui ressemblait à une machine à karaoké.

Hanna saisit le coude d'Amanda Williamson, une fille de seconde qui essayait de la saluer chaque fois qu'elle la croisait dans les couloirs de l'Externat. Amanda s'illumina.

— Hanna ! Coucou !

— Tu as vu Sean ? aboya Hanna.

Une expression de surprise passa sur le visage d'Amanda. Elle haussa les épaules.

— Je ne sais pas trop...

Hanna la lâcha et entreprit de se frayer un chemin parmi la foule. Il n'était peut-être pas là, en fin de compte. Manquant renverser un serveur qui portait un énorme plateau de fromages, elle saisit une grosse tranche de cheddar et la fourra tout entière dans sa bouche. Elle avala sans même en sentir le goût.

— Hanna ! s'exclama Naomi Zeigler, vêtue d'une robe fourreau doré et arborant un bronzage artificiel. Tu es là ! C'est génial ! Je croyais que tu ne devais pas venir !

Hanna se rembrunit. Naomi tenait le bras de James Freed. Elle les désigna tous les deux de la main.

— Vous êtes venus ensemble ?

Elle avait pensé que Naomi était peut-être la cavalière de Sean.

Sa camarade hocha la tête. Puis elle se pencha vers Hanna.

— Tu cherches Sean ? (Elle secoua la tête d'un air faussement navré.) Tout le monde ne parle que de ça. Sérieusement, je n'arrive pas à y croire.

Le cœur d'Hanna s'accéléra.

— Donc, il est là ?

— Oh que oui !

James se dégagea, sortit de la poche intérieure de sa veste une bouteille de Coca pleine d'un liquide étrangement clair et en versa une rasade dans son jus d'orange. Il en but une gorgée et sourit.

— Je veux dire, ils sont tellement différents, reprit Naomi d'un air perplexe. Vous êtes toujours amis, je crois ? Il t'a précisé pourquoi il l'avait invitée ?

James donna un coup de coude à sa cavalière.

— Ce n'est pas très difficile à comprendre. Elle est sexy.

— Qui ça ? hurla Hanna.

Pourquoi tout le monde semblait être au courant, sauf elle ?

— Regarde, ils sont là-bas.

Naomi désigna un couple de l'autre côté du chapiteau.

Ce fut comme si le flot de danseurs s'était écarté et qu'un projecteur avait été braqué sur eux. Sean se tenait non loin de la machine à karaoké ; il serrait contre lui une grande gigue en robe à pois noire et blanche. Il avait la tête blottie dans son cou, et la fille avait les mains dangereusement près de ses fesses. Quand elle tourna la tête, Hanna reconnut ce visage aux traits délicats, ces cheveux d'un noir bleuté si exotique. *Aria.*

Elle poussa un cri.

— Oh, mon Dieu ! J'ai du mal à croire que tu n'étais pas au courant !

Naomi passa un bras consolateur autour des épaules d'Hanna. Celle-ci se dégagea, traversa la pièce à grandes enjambées furieuses et s'arrêta à côté de Sean et d'Aria, qui se serraient l'un contre l'autre. Ils ne dansaient pas, ne bougeaient pas non plus ; ils se contentaient de rester serrés l'un contre l'autre, les yeux fermés. *N'importe quoi.*

Hanna se tenait plantée à côté d'eux depuis plusieurs secondes lorsque Aria ouvrit les yeux. Elle sursauta en la voyant.

— Hum. Salut, Hanna.

Hanna restait là, frémissant de rage.

— Tu... Espèce de salope, lâcha-t-elle.

Sean s'interposa pour protéger Aria.

— Du calme.

— Du calme ? (La voix d'Hanna monta vivement dans les aigus. Elle désigna le jeune homme d'un doigt tremblant de colère.) Tu m'as dit que tu ne viendrais pas parce que tous tes amis avaient une cavalière et que tu étais seul !

Sean haussa les épaules.

— Les choses ont changé depuis.

Les joues d'Hanna la brûlèrent comme s'il venait de la gifler.

— Mais on avait rencard la semaine prochaine !

— On devait dîner ensemble, corrigea Sean. En amis. (Il lui sourit comme si elle était une élève de maternelle pas très futée pour son âge.) On a rompu vendredi dernier, Hanna, tu te souviens ?

Hanna cligna des yeux.

— Et maintenant, tu sors avec elle ?

— Ben… (Sean jeta un coup d'œil à Aria et sourit.) Oui.

Hanna plaqua une main sur son ventre, certaine qu'elle allait vomir. Ça devait être une mauvaise plaisanterie. Sean et Aria allaient à peu près aussi bien ensemble qu'un jean skinny sur une obèse.

Puis Hanna remarqua que la fermeture Éclair de la robe d'Aria était entrouverte, révélant la moitié de son soutien-gorge en dentelle noire sans bretelles.

— Tu as un nichon à l'air, grogna-t-elle en le désignant du menton.

Aria baissa les yeux, tint le haut de sa robe d'une main et remonta très vite sa fermeture Éclair de l'autre.

— Où as-tu dégoté ce chiffon ? ricana Hanna. Dans la ligne « Luella pour Target » ?

Aria se redressa fièrement.

— Oui. Je la trouvais mignonne.

— Mon Dieu ! (Hanna leva les yeux au ciel.) Décidément, tu aimes jouer les martyres. Ce qui vous fait au moins un point commun, j'imagine. Tu sais que Sean a promis de rester vierge jusqu'à, genre, trente ans ? Il t'a peut-être pelotée, mais il n'ira jamais plus loin. Il a fait une promesse sacrée.

— Hanna ! s'exclama Sean.

— Personnellement, je pense que c'est parce qu'il est gay, poursuivit la jeune fille. Et toi ?

— Hanna…

La voix de Sean se fit implorante.

— Quoi, Hanna ? Tu es un menteur et un connard !

Quand Hanna promena un regard à la ronde, elle vit

qu'une petite foule de jeunes s'était rassemblée autour d'eux : ceux qui étaient invités à toutes les soirées et passaient leur temps à s'échanger leurs partenaires. Les filles pas tout à fait assez cool, les mecs un peu enrobés mais pleins d'humour, les gosses de riches qui gâtaient les autres avec le fric de leurs parents. Ils ne perdaient pas une miette de la scène. Déjà, ils commençaient à chuchoter entre eux.

Hanna jeta un dernier regard à Sean et s'enfuit sans rien ajouter.

Dans les toilettes, elle passa devant toutes les filles qui faisaient la queue et fonça dans la première cabine qui se libéra, bousculant l'occupante qui en sortait.

— Connasse ! entendit-elle crier.

Mais Hanna s'en fichait. Une fois la porte verrouillée derrière elle, elle s'agenouilla devant la cuvette pour vomir les Doritos et tout ce qu'elle avait mangé d'autre ce soir-là. Quand elle eut terminé, elle éclata en sanglots.

Le regard des spectateurs. La pitié dans leurs yeux. Et elle avait pleuré devant tout le monde. Après leur métamorphose, ça avait été une des premières règles que Mona et elle s'étaient fixées : ne jamais, jamais pleurer en public. Pire que tout, Hanna se sentait terriblement naïve. Elle avait vraiment cru que Sean allait se remettre avec elle. Qu'il avait changé d'avis en apprenant qu'elle faisait du bénévolat et en la voyant à la réunion du club de chasteté. Mais pendant tout ce temps, il pensait à une autre.

Quand Hanna ressortit enfin de la cabine, les toilettes étaient désertes, et le silence si grand qu'elle entendait l'eau goutter dans le lavabo. Elle se regarda dans le miroir pour mesurer l'étendue des dégâts… et poussa un cri d'horreur.

L'Hanna qui lui rendait son regard ne ressemblait en rien à celle qu'elle avait si soigneusement façonnée. Cette Hanna-là était grassouillette, avec des cheveux bruns ternes et une vilaine peau. Elle portait un appareil dentaire et plissait les yeux parce qu'elle était myope mais refusait de porter ses lunettes. Les manches de son blouson marron clair lui boudinaient les bras et son chemisier la serrait au niveau de son soutien-gorge.

Hanna gémit et se couvrit les yeux. *C'est « A »*, songea-t-elle. *C'est « A » qui me fait ça.*

Puis elle repensa au dernier message qu'elle avait reçu. « Dépêche-toi d'aller à Foxy. Sean y est avec une autre fille. » Il n'existait qu'une explication au fait que « A » sache ça : lui aussi était à Foxy.

— Hé !

Hanna sursauta et se retourna aussitôt. Mona se tenait sur le seuil des toilettes. Elle était superbe dans sa robe noire moulante qu'Hanna ne se souvenait pas avoir achetée avec elle, ni même vue lors de leur dernière expédition shopping. Ses cheveux pâles étaient lissés en arrière, et sa peau scintillait.

Embarrassée – elle avait sans doute du vomi sur la figure –, Hanna battit en retraite vers sa cabine.

— Attends.

Mona lui saisit le bras. Son amie semblait sincèrement inquiète.

— Naomi disait que tu ne viendrais pas ce soir.

Hanna se regarda de nouveau dans le miroir. Son reflet était celui de l'Hanna de première, et non de celle de 5$^{e}$. Elle avait les yeux un peu rouges, mais à part ça, elle était présentable.

— C'est Sean, pas vrai ? insista Mona. Je viens juste de le voir avec *elle.* (Elle baissa la tête.) Je suis désolée, Hanna.

Hanna ferma les yeux.

— Je me sens vraiment conne, admit-elle.

— Tu as tort. C'est lui le con.

Les deux filles se regardèrent. Hanna sentit le regret l'envahir. L'amitié de Mona avait énormément d'importance pour elle et pourtant elle avait laissé tant de choses s'immiscer entre elles. Hanna ne se souvenait même plus pourquoi elles s'étaient disputées.

— Je suis désolée, Mon. Pour tout.

— Non, c'est moi qui suis désolée, renchérit son amie.

Et puis elles s'étreignirent, se serrant très fort.

— Oh mon Dieu, te voilà !

Spencer Hastings entra en trombe dans les toilettes, ses talons claquant sur le sol en marbre. Elle attrapa le bras d'Hanna et arracha la jeune fille à l'étreinte de Mona.

— Il faut que je te parle.

Agacée, Hanna se dégagea.

— Pourquoi ?

Spencer jeta un coup d'œil éloquent à Mona.

— Je ne peux pas t'en parler ici. Il faut que tu viennes avec moi.

— Hanna n'a pas d'ordre à recevoir de ta part, intervint Mona en prenant l'autre bras de son amie et en la tirant vers elle.

— Pour une fois, si, répliqua Spencer en haussant la voix. C'est une urgence.

Mona agrippa le bras d'Hanna un peu plus fort. Elle avait la même expression intimidante que l'autre jour, au centre commercial. Une expression qui disait : « Si tu me caches encore un seul truc, je te jure que c'est fini entre nous. » Mais Spencer semblait terrifiée. Quelque chose allait de travers. Vraiment de travers.

— Excuse-moi, marmonna Hanna en touchant la main de Mona. Je reviens tout de suite.

Mona lui lâcha le bras.

— Très bien, dit-elle, furieuse, en se tournant vers le miroir pour vérifier son maquillage. Prends ton temps, surtout.

# 29

# Le grand déballage

Sans un mot, Spencer tira Hanna hors des toilettes et sortit du manoir. Elle aperçut soudain Aria qui se tenait près du bar, seule. Elle la rejoignit.

— Tu viens aussi, lança-t-elle en lui agrippant le bras.

Hanna lâcha la main de Spencer.

— Je n'irai nulle part avec elle ! siffla-t-elle.

— Hanna, tu as dit à tout le monde que tu avais largué Sean ! protesta Aria. Pendant le cours d'anglais, tu te souviens ?

Hanna croisa les bras sur sa poitrine.

— Ça ne signifiait pas pour autant que ça ne me dérangeais pas que tu viennes ici avec lui. Ça ne signifiait pas que je voulais que tu me le piques.

— Je ne t'ai piqué personne ! hurla Aria en brandissant le poing.

L'espace d'un instant, Spencer craignit qu'elle ne frappe Aria. Elle s'interposa entre les deux filles.

— Ça suffit, aboya-t-elle. Arrêtez maintenant. Il faut qu'on trouve Emily.

Avant que les autres n'aient le temps de protester, elle les saisit par la main et les entraîna devant les sculptures de glace, puis la file d'attente du karaoké et les tables sur lesquelles étaient exposés les bijoux de la vente aux enchères. Elle y avait vu Emily vingt minutes plus tôt, mais depuis, elle avait disparu.

Spencer passa non loin d'Andrew, assis dans un coin avec un petit groupe d'amis. En l'apercevant, le jeune homme se détourna et partit d'un grand rire forcé. Spencer fut prise de remords, mais n'avait pas le temps de s'occuper de lui.

Resserrant sa prise sur les mains d'Hanna et d'Aria, elle zigzagua entre les tables basses et sortit sur la terrasse. De nombreux jeunes étaient rassemblés autour de la fontaine, et y trempaient leurs pieds nus. Mais pas la moindre trace d'Emily.

Arrivée au niveau de la statue de Pan, Hanna se mit à gémir.

— Il faut que j'y aille.

— Tu ne peux pas partir, répliqua Spencer. Pas encore. (Elle repoussa Hanna et Aria à l'intérieur du chapiteau.) C'est très important pour nous toutes. Il faut qu'on trouve Emily.

— Pourquoi? s'enquit Hanna. Qu'est-ce que ça peut faire?

— Parce que. (Spencer s'arrêta et lâcha ses camarades.) Elle est venue avec Toby.

— Et alors? demanda Aria.

Spencer prit une profonde inspiration.

— Je crois… je crois que Toby va essayer de lui faire du mal. Je crois qu'il veut nous faire du mal à toutes.

Hanna et Aria parurent choquées par cette révélation.

— Pourquoi? l'interrogea Aria, les mains sur les hanches.

Spencer baissa les yeux. Elle avait l'estomac noué.

— Je pense que « A », c'est Toby.

— Pourquoi ? répéta Aria, frémissante de colère.

— « A » m'a envoyé un message dans lequel il disait qu'on était toutes en danger.

— Tu as reçu un message ? lança Hanna. Je croyais qu'on devait se tenir au courant !

— Je sais.

Spencer fixa le bout de ses escarpins Louboutin pointus. À l'intérieur du chapiteau, quelques garçons avaient organisé un concours de *break dance*. Noel Kahn tentait un *kickworm*, tandis que Mason Byers effectuait un *butt-spin* plus ou moins réussi. Foxy était pourtant censé être une soirée civilisée…

— Je ne savais pas quoi faire, reprit Spencer. En réalité, j'ai… j'ai reçu deux messages. Le premier disait que je ne devais rien vous raconter ou il nous arriverait malheur à toutes les quatre. Mais le second avait vraiment l'air d'avoir été envoyé par Toby… Et maintenant, Toby est là avec Emily, et…

— Attends, le premier message disait qu'on était en danger, et tu n'as rien fait ?

Hanna n'avait pas l'air furieuse, plutôt perplexe.

— Je ne savais pas si c'était sérieux, répondit Spencer. (Elle passa une main dans ses cheveux.) Je veux dire, si j'avais su…

— Moi aussi, j'ai reçu un message, admit Aria à voix basse.

Spencer cligna des yeux.

— C'est vrai ? Et toi aussi, tu as eu l'impression qu'il venait de Toby ?

— Non, pas spécialement. (Aria parut chercher ses mots.) Spencer, que faisais-tu au studio de yoga hier matin ?

— Au studio de yoga? s'étonna Spencer. Quel rapport avec... ?

— C'était une coïncidence un peu trop troublante, poursuivit Aria.

— De quoi parles-tu? s'exclama Spencer, agacée.

Hanna les interrompit.

— Aria, est-ce que le message que tu as reçu parlait de Sean?

Aria se tourna vers elle, les sourcils froncés.

— Non.

— Eh bien, désolée, mais moi aussi, j'ai reçu un message de « A », et il disait que Sean était ici, à Foxy... avec toi! cracha Hanna.

— Les filles..., déclara Spencer sur un ton d'avertissement. (Elle ne voulait pas repartir dans ce genre de débat. Soudain, une idée lui traversa l'esprit.) Attendez un peu. Hanna, quand as-tu reçu ce fameux message?

— Un peu plus tôt dans la soirée.

— Ça signifie que... « A » nous a vus, rétorqua Aria. Donc...

— Que « A » est ici, acheva Hanna avec un sourire pincé. Je sais.

Le cœur de Spencer battait la chamade. C'était bien réel. « A » était là. Et « A », c'était Toby.

— Venez.

Elle entraîna les deux autres filles vers le manoir, puis dans le long corridor qui conduisait à la salle où se tenait la vente aux enchères. En journée, les craquements du plancher, ajoutés à l'accumulation de consoles anciennes et de portraits à l'huile représentant des richards renfrognés créaient une atmosphère étouffante, typique de la région de Philadelphie. Mais ce soir-là, une bougie d'aromathérapie reposait sur chaque console, et les boiseries étaient décorées de guirlandes lumineuses multicolores.

Les trois filles s'arrêtèrent sous une ampoule bleue qui leur donnait une mine cadavérique.

— Je n'ai pas tout compris, Spencer, ajouta lentement Aria. Le premier message que tu as reçu t'imposait de ne rien nous raconter. Mais nous raconter quoi au juste ? Que tu avais reçu un message ? Que « A », c'était Toby ?

— Non. (Spencer se retourna pour faire face à ses camarades.) Je ne devais pas vous raconter ce que je savais. Au sujet de l'affaire Jenna.

Une expression horrifiée passa sur le visage d'Aria et d'Hanna. *Nous y voilà*, songea Spencer. Elle prit une profonde inspiration.

— La vérité, c'est que… Toby a vu Ali allumer la fusée. Il a toujours su que c'était elle.

Aria recula et heurta une table. Un vase vacilla, tomba et se brisa en mille morceaux sur le plancher. Personne ne bougea pour le ramasser.

— Tu mens, souffla Hanna.

— Je préférerais.

— Comment ça, « Toby a vu Ali » ? lança Aria d'une voix étranglée. Elle a toujours affirmé le contraire.

Spencer se tordit les mains.

— Il m'a dit qu'il l'avait vue. Il *nous* l'a dit, à Ali et à moi.

Choquées, ses camarades écarquillèrent les yeux et gardèrent le silence.

— La nuit où Jenna a été blessée, quand je suis sortie pour voir ce qui se passait, Toby s'est approché d'Ali et de moi. Il nous a affirmé avoir vu Ali… le faire.

La voix de Spencer tremblait. Elle avait vécu ce moment

tant de fois dans ses cauchemars – et à présent, il se produisait réellement. C'était presque surréaliste.

— Ali ne s'est pas démontée. Elle a balancé à Toby qu'elle l'avait également vu faire quelque chose d'affreux et qu'elle allait le raconter à tout le monde... À moins qu'il n'endosse la responsabilité de l'accident à sa place. Avant de s'enfuir, Toby a déclaré : « Je t'aurai. » Mais le lendemain, il a avoué.

Spencer passa une main sur sa nuque. Prononcer les mots à voix haute la ramenait tout droit à cette fameuse nuit. Elle sentait encore l'odeur de soufre de la fusée allumée et celle de l'herbe fraîchement coupée. Elle voyait Ali, ses cheveux blonds relevés en queue-de-cheval, portant les boucles d'oreilles en perles qu'elle avait reçues pour ses onze ans. Ses yeux se remplirent de larmes.

Elle déglutit et poursuivit :

— Le deuxième message que « A » m'a envoyé cette semaine disait : « Vous m'avez fait du mal, et je vais vous rendre la monnaie de votre pièce. » Et aussi, qu'il surgirait quand on s'y attendrait le moins. Ce matin, un flic est venu chez moi pour m'interroger au sujet d'Ali, et il a beaucoup insisté, comme s'il était persuadé que je cachais quelque chose. J'ai pensé que Toby l'avait peut-être rencardé. Et maintenant, il est avec Emily. J'ai peur qu'il s'en prenne à elle.

Aria et Hanna mirent un long moment avant de répondre.

— Pourquoi tu ne nous l'as pas dit plus tôt ? lança enfin Aria, une rougeur se propageant de son cou à son visage. (Elle fixa Spencer, les yeux plissés comme si elle cherchait ses mots.) Une fois, en 5ᵉ, je me suis retrouvée seule avec lui pendant mon stage de théâtre ! Il aurait pu me faire n'importe quoi ! Et si c'est vraiment lui qui a tué Ali, on aurait pu l'en empêcher !

— Je me sens mal, gémit Hanna.

Des larmes ruisselaient sur les joues de Spencer.

— Je voulais vous en parler, mais j'avais la trouille.

— C'est quoi, le truc dont Ali s'est servie pour manipuler Toby ? interrogea Aria.

— Elle n'a pas voulu me le dire, mentit Spencer, par pure superstition.

Il lui semblait que si elle révélait le secret de Toby, elle serait foudroyée sur place, ou que le jeune homme apparaîtrait devant elle comme par enchantement pour la punir.

Aria fixa ses mains.

— Toby savait depuis le début, murmura-t-elle.

— Et maintenant… il est de retour.

Hanna était verdâtre.

— Il n'est pas juste de retour, contra Spencer. Il est ici. Et « A », c'est lui.

Aria saisit le bras d'Hanna.

— Viens.

— Où allez-vous ? appela Spencer, nerveuse.

Elle ne voulait pas perdre ses camarades de vue.

— Il faut trouver Emily, jeta Aria par-dessus son épaule, avec colère.

Puis elle releva le bas de sa robe et se mit à courir.

# 30

# Les champs de maïs sont les endroits les plus effrayants de Rosewood

Emily s'était réfugiée dans une petite alcôve de la terrasse de Kingman Hall. Immobile et silencieuse, elle observait les jeunes qui étaient sortis du chapiteau pour fumer : les filles avec leurs robes pastel à froufrous, les garçons dans leurs élégants costumes de soirée. Mais qui matait-elle le plus ? Elle n'en était pas sûre.

Elle ferma les yeux et les rouvrit très vite. La première personne qu'elle remarqua fut Tara Kelley, qui était en terminale à l'Externat de Rosewood. Tara avait des cheveux roux flamboyant et un teint de porcelaine. Emily serra les dents et ferma de nouveau les yeux. Quand elle les rouvrit, son regard se posa sur Ori Case, un joueur de foot super canon. Un *garçon*. Et toc.

Puis elle ne put s'empêcher de remarquer les bras fins et les poignets délicats de Rachel Firestein. Chloé Davis adressa à son cavalier – Chad Quelque-chose – une moue boudeuse absolument adorable. Elle Carmichael pencha coquettement la tête sur le côté. De légères effluves de parfum Michael Kors parvinrent aux narines d'Emily; elle n'avait jamais rien senti d'aussi sexy de toute sa vie. À part, peut-être, l'odeur du chewing-gum à la banane.

Ça ne pouvait pas être vrai. Non.

— Qu'est-ce que tu fais?

Toby venait de rejoindre Emily. Planté devant elle, il la détaillait avec curiosité.

— Je..., balbutia la jeune fille.

— Je t'ai cherchée partout. Ça va?

Emily récapitula sa situation. Elle se cachait dans une alcôve sur une terrasse glacée, utilisant son pashmina comme la cape d'invisibilité de Harry Potter et faisant un test idiot pour déterminer si elle préférait les garçons ou les filles.

Elle leva les yeux vers Toby. Elle voulait lui expliquer ce qui venait de se passer – avec Ben, avec Maya et avec la voyante.

— Tu vas peut-être m'en vouloir mais... ça te dérange si on s'en va?

Toby lui lança un large sourire.

— J'espérais justement que tu le demanderais.

Il lui prit les poignets pour l'aider à se redresser.

Comme ils traversaient le chapiteau et se dirigeaient vers la sortie, Emily remarqua Spencer Hastings plantée au bord de la piste de danse. Son ancienne amie lui tournait le dos. Elle envisagea d'aller lui dire bonjour, mais Toby l'entraîna sans lui en laisser le temps, et elle se laissa faire. Spencer risquait de l'interroger au sujet de « A », et Emily n'était pas d'humeur à parler de ça maintenant.

Tandis que Toby sortait du parking, Emily baissa sa vitre. La nuit embaumait les aiguilles de pin. La lune était pleine et énorme. De gros nuages s'amoncelaient dans le ciel; il n'allait pas tarder à pleuvoir. Tout était si calme dehors qu'on entendait le frottement des pneus sur le bitume.

— Tu es sûre que ça va? s'enquit Toby.

Emily sursauta.

— Oui, ça va.

Elle jeta un coup d'œil au jeune homme. Il lui avait dit qu'il s'était acheté un nouveau costume exprès pour l'occasion, et elle écourtait la soirée de trois bonnes heures. Ils n'avaient même pas dîné!

— Foxy était naze. Je suis désolée.

Toby haussa les épaules.

— Pas grave.

Emily tripota la petite boîte Tiffany posée sur ses genoux – le cadeau offert à tous les invités. Elle l'avait prise sur une des tables de la salle à manger où le dîner n'avait pas encore été servi. Après tout, il y en avait une pour elle quelque part.

Toby revint à la charge.

— Tu es bien silencieuse. Il s'est passé quelque chose?

Emily gonfla les joues et souffla. Elle regarda défiler trois champs de maïs avant de répondre :

— J'ai été accostée par une diseuse de bonne aventure.

Toby fronça les sourcils.

— Elle a dit qu'il allait m'arriver quelque chose ce soir Quelque chose qui changerait ma vie.

Emily se força à rire. Toby ouvrit la bouche comme s'il s'apprêtait à dire quelque chose, puis la referma aussitôt.

— Le truc, c'est que ça s'est plus ou moins réalisé, poursuivit Emily. Dans le couloir, je suis tombée sur Ben. Tu sais, le mec qui m'a agressée devant les vestiaires le jour du Tank. Et il a essayé de... Je ne sais pas trop. De me faire du mal, je crois.

— Quoi ? s'exclama Toby.

— C'est bon. J'ai réussi à lui échapper. (Le menton d'Emily se mit à trembler.) Et après tout, je le méritais peut-être.

— Pourquoi ? (Toby serra les dents.) Qu'est-ce que tu as fait ?

Emily jouait avec le nœud blanc de la boîte. Les premières gouttes de pluie s'écrasèrent sur le pare-brise. Elle prit une profonde inspiration. Allait-elle vraiment le dire à voix haute ?

— Ben et moi, on sortait ensemble jusqu'à la semaine dernière. Puis il m'a surprise en train d'embrasser quelqu'un d'autre. Une fille. Le jour du Tank, il m'a traitée de gouine, et quand j'ai protesté que je n'en étais pas une, il a voulu me forcer à le prouver. En l'embrassant et en... Je ne sais pas quoi. C'est là que tu es intervenu.

Gêné, Toby s'agita sur son siège.

Emily caressa le gardénia blanc de la boutonnière que le jeune homme lui avait offerte.

— Le truc, c'est que je suis peut-être une gouine, en fin de compte. Je veux dire, j'aimais Alison DiLaurentis. Mais je ne pensais pas que ça signifiait que j'aimais les filles en général – juste elle. À présent... Je n'en sais plus rien. Peut-être que Ben a raison. Peut-être que je suis lesbienne. Peut-être que je devrais l'accepter une bonne fois pour toutes.

Emily n'arrivait pas à croire ce qui venait de sortir de sa bouche. Elle se tourna vers Toby. Le visage du jeune homme était impassible. C'était le moment ou jamais d'avouer qu'il avait été le petit ami d'Ali, songea Emily. Mais au lieu de ça, il murmura :

— Pourquoi as-tu si peur de l'admettre ?

— Parce que ! (Emily eut un petit rire.) C'est évident, non ? Je n'ai aucune envie d'être... tu sais : lesbienne, dit-elle avant d'ajouter à voix basse : Tout le monde se moquerait de moi.

Ils arrivèrent à un stop. Au lieu de marquer un arrêt et de continuer, Toby se gara sur le bas côté.

— Qu'est-ce que tu fais ? demanda Emily, perplexe.

Toby ôta ses mains du volant et fixa longuement sa passagère. Si longuement que celle-ci commença à se sentir mal à l'aise. Le jeune homme semblait perturbé. Elle se frotta la nuque, puis se détourna pour regarder par la fenêtre.

La route était déserte et silencieuse. Elle longeait un des plus grands champs de maïs de Rosewood. La pluie tombait plus fort à présent, et parce que Toby n'avait pas mis les essuie-glaces, tout le paysage paraissait brouillé à travers le pare-brise. Soudain, Emily se prit à regretter la civilisation. Elle pria pour qu'une voiture passe en sens inverse, pour apercevoir une maison ou une station-service dans le lointain. N'importe quoi.

Toby était-il contrarié parce qu'elle lui plaisait et qu'elle venait de l'informer, en substance, qu'il n'avait aucune chance avec elle ? Pire : était-il homophobe ? Voilà le genre de réaction auquel Emily devrait faire face si elle était réellement lesbienne. Peut-être chaque jour jusqu'à la fin de sa vie.

— Tu ne t'étais encore jamais trouvée du mauvais côté de la barrière, pas vrai ? lança enfin Toby. Personne ne s'était encore jamais moqué de toi.

— N-non. (Emily scruta le visage de Toby, cherchant à comprendre sa question.) Je suppose que non. En tout cas, pas jusqu'à cette histoire avec Ben.

Un coup de tonnerre retentit au-dessus de sa tête. La jeune fille sursauta. Puis un éclair zébra le ciel quelques kilomètres plus loin. À la faveur de la brève illumination, elle vit Toby froncer les sourcils et tripoter un des boutons de sa veste en regardant droit devant lui.

— Cette soirée… Ça m'a rappelé combien il était difficile de vivre à Rosewood. À l'époque, les gens me détestaient. Mais tout à l'heure, ils étaient hyper sympas avec moi. Comme si rien ne s'était passé. Comme s'ils ne s'étaient pas foutus de ma gueule pendant des années. (Toby fronça le nez.) À croire qu'ils n'ont pas conscience de leur cruauté.

— Tu dois avoir raison, murmura Emily, gênée.

Toby lui jeta un coup d'œil.

— J'ai vu une de tes anciennes amies là-bas. Spencer Hastings.

Un nouvel éclair zébra le ciel. Emily sursauta, et Toby eut un rictus.

— Vous étiez les petites reines du bahut, dans le temps. Et vous ne ménagiez personne. Ni moi ni ma sœur…

— On ne voulait pas être méchantes, protesta instinctivement Emily.

Toby haussa les épaules.

— Tu sais bien que si. Et pourquoi vous en seriez-vous privées ? Vous étiez si populaires… Vous pouviez vous le permettre, lâcha-t-il sur un ton sarcastique.

Espérant qu'il plaisantait, Emily esquissa un sourire hésitant. Mais Toby se garda bien de le lui rendre. Pourquoi parlaient-ils de ça ? N'étaient-ils pas censés discuter de son homosexualité potentielle ?

— Je suis désolée. On était jeunes et stupides. On faisait ce qu'Ali nous disait. Et je croyais que tu t'en étais remis, puisque tu es sorti avec elle l'année d'après…

— Quoi ? s'exclama Toby.

Emily se plaqua contre la portière. L'adrénaline lui brûlait la poitrine.

— Tu… tu ne sortais pas avec Ali quand on était en 5e ?

Toby eut l'air horrifié.

— Je ne supportais même pas de la voir, répondit-il tout bas. Aujourd'hui encore, ça me fait frémir d'entendre son nom.

Il plaqua ses paumes sur son front et poussa un gros soupir. Quand il se retourna vers Emily, ses yeux étaient noirs.

— Après ce qu'elle a fait...

Il laissa sa phrase en suspens.

Emily le fixa. Un nouvel éclair illumina le ciel, et le vent forcit, ployant les épis de maïs. Ils ressemblaient à des mains désespérément tendues vers quelque chose.

— Hein? De quoi parles-tu?

Emily se força à rire en espérant – en priant pour – avoir mal entendu. Si seulement il lui suffisait de cligner des yeux pour que tout redevienne normal...

— Je crois que tu m'as très bien entendu, répliqua Toby d'une voix atone. Je sais que vous étiez amies et que tu l'aimais, mais personnellement, je suis ravi que cette garce soit morte.

Emily eut l'impression que quelqu'un venait d'aspirer tout l'oxygène de son corps.

*« Il va t'arriver quelque chose ce soir. Quelque chose qui changera ta vie. »*

*« Vous ne ménagiez personne. Ni moi ni ma sœur. »*

*« Aujourd'hui encore, ça me fait frémir d'entendre son nom. Après ce qu'elle a fait... »*

*« APRÈS CE QU'ELLE A FAIT »*

*« Je suis ravi que cette garce soit morte. »*

Toby... savait?

Soudain, tout devint clair. Toby savait. Elle en était certaine, plus qu'elle ne l'avait été de quoi que ce soit d'autre auparavant. Il lui semblait qu'elle l'avait toujours pressenti

– qu'elle s'était juste donné beaucoup de mal pour ignorer ce qui lui crevait les yeux.

Toby savait ce que ses amies et elle avaient fait à Jenna, et ce n'était pas « A » qui le lui avait appris. Il devait être au courant depuis très longtemps – depuis le début, peut-être. Et il avait dû haïr Ali à cause de ça. Il avait dû les haïr toutes autant qu'elles étaient, s'il les savait impliquées dans l'accident de sa sœur.

— Oh mon Dieu, murmura Emily.

Elle saisit la poignée de la portière d'une main et sa robe de l'autre. Quand elle sortit de la voiture, la pluie s'abattit sur elle comme un millier d'aiguilles.

Évidemment. Elle avait eu raison de trouver ça louche que Toby veuille être ami avec elle. En réalité, il n'aspirait qu'à lui gâcher la vie.

— Emily ? (Toby défit sa ceinture de sécurité.) Où vas-tu ?

Emily entendit le moteur rugir. Toby roulait dans sa direction, la portière passager grande ouverte. La jeune fille regarda à droite et à gauche puis, espérant savoir où elle se trouvait, plongea dans le champ de maïs sans se soucier de la pluie qui la trempait jusqu'aux os.

— Emily ! appela de nouveau Toby.

Mais elle continua à courir.

Toby était « A ». Et il avait tué Ali.

# 31

## COMME SI HANNA ALLAIT VOLER UN AVION – ELLE NE SAIT MÊME PAS PILOTER!

Hanna fendait la foule, espérant apercevoir les cheveux blond-roux d'Emily. Elle trouva Spencer et Aria près des immenses fenêtres de la salle à manger, en train de discuter avec Gemma Curran, qui appartenait elle aussi à l'équipe de natation de l'Externat.

— Elle était avec le type de Tate, c'est bien ça? (Gemma fit la moue et réfléchit.) Je suis à peu près certaine de les avoir vus partir.

Hanna et les deux autres échangèrent un regard inquiet.

— Qu'est-ce qu'on va faire? chuchota Spencer. Ce n'est pas comme si on avait une idée de l'endroit où ils ont pu aller…

— J'ai essayé de l'appeler, mais elle ne répond pas, ajouta Aria.

— Oh mon Dieu, gémit Spencer, les yeux emplis de larmes.

— Tu t'attendais à quoi? grogna Aria, les dents serrées. C'est ta faute si on en est là.

Hanna ne se souvenait pas d'avoir déjà vu Aria aussi furieuse.

— Je sais. Je suis désolée, balbutia Spencer.

Une énorme détonation les interrompit. Toutes les têtes se tournèrent vers les fenêtres. Dehors, le vent courbait les arbres, et la pluie tombait à verse.

— Et merde ! jura une fille non loin d'Hanna. Ça va bousiller ma robe.

Hanna se retourna vers ses amies.

— Je connais quelqu'un qui peut nous aider. Un flic.

Elle regarda autour d'elle, s'attendant presque à voir l'agent Wilden – le policier qui l'avait arrêtée pour avoir volé un bracelet chez Tiffany, puis la voiture de M. Ackard, et qui s'était probablement tapé sa mère.

Mais les types qui gardaient les sorties et veillaient sur les bijoux de la vente aux enchères appartenaient au service de sécurité privé de la Ligue de chasse au renard. Ils n'appelleraient la police qu'en cas de très gros pépin. L'année dernière, alors qu'un terminale de l'Externat de Rosewood qui avait trop bu s'était barré avec un bracelet David Yurman, ils s'étaient simplement contentés de laisser un message courtois sur le répondeur de ses parents, expliquant qu'ils aimeraient récupérer le bracelet d'ici le lendemain.

— On ne peut pas aller voir les flics, siffla Spencer. Vu la le comportement de celui qui est passé chez moi ce matin, je ne serais pas surprise qu'ils pensent que *nous* avons tué Ali.

Hanna leva les yeux vers l'énorme lustre en cristal. Quelques jeunes jetaient leur serviette dessus pour essayer d'agiter ses pampilles.

— Mais le message que tu as reçu nous menaçait directement, non ? Ça ne suffit pas ?

— Il est signé « A ». Et il dit que nous lui avons fait du mal. Comment pourrions-nous justifier ça ? objecta Spencer.

— Il faut quand même nous assurer qu'Emily va bien, intervint Aria en tirant sur sa robe à pois.

Hanna remarqua avec amertume qu'elle n'avait pas complètement remonté sa fermeture Éclair.

— On pourrait passer chez elle, suggéra Spencer.

— J'y vais tout de suite avec Sean ! s'exclama Aria.

Hanna en resta bouche bée.

— Tu vas tout raconter à Sean ?

— Non, rétorqua Aria en haussant le ton pour couvrir la voix de Natasha Bedingfield, dont le DJ passait le dernier single, et le crépitement de la pluie qui commençait à embuer la verrière de la salle à manger, dix mètres au-dessus de leur tête. Je ne vais rien lui raconter du tout. Je ne sais pas encore ce que je vais lui dire, mais je vais bien trouver.

— Après la soirée, vous avez l'intention d'aller à une after ? interrogea Hanna.

Aria la dévisagea comme si elle était folle.

— Tu crois vraiment que je pense encore à m'amuser ?

— Oui, mais s'il ne s'était rien passé, vous y seriez allés ?

— Hanna. (Spencer posa sa main fine et froide sur l'épaule de la jeune fille.) Laisse tomber.

Hanna serra les dents, attrapa une flûte de champagne sur le plateau d'une serveuse et la vida d'un trait. Elle ne pouvait pas laisser tomber. C'était impossible.

— Vérifie si elle est rentrée chez elle, lança Spencer à Aria. Moi, je réessaie de l'appeler.

— Et si Toby est avec elle quand j'arrive ? s'enquit Aria. Je fais quoi ? Je lui dis qu'on sait tout et qu'il doit nous ficher la paix ?

Les trois filles échangèrent un regard nerveux. Hanna

était drôlement remontée contre Toby. Comment avait-il appris pour Kate, pour son père, pour ses arrestations, pour sa rupture avec Sean, pour ses crises de boulimie ? Il avait un sacré toupet de s'en prendre à elle et d'essayer de la détruire ! D'un autre côté, Hanna avait peur. Si Toby était bien « A », s'il était au courant de tout concernant l'accident de Jenna, il devait vraiment avoir envie de leur faire du mal. Ça semblait… logique.

— Pour l'instant, concentrons-nous sur Emily, déclara Spencer. Que pensez-vous de ça ? Si on n'arrive pas à lui mettre très vite la main dessus, on appelle la police et on laisse un message anonyme. On n'aura qu'à dire qu'on a vu Toby l'attaquer. On ne sera pas obligées d'entrer dans les détails.

— Si les flics viennent le chercher, il saura que c'est à cause de nous, objecta Hanna. Et il leur balancera tout à propos de l'affaire Jenna.

Elle s'imaginait déjà en prison, vêtue d'une combinaison orange et parlant à son père à travers une vitre.

— Ou il essaiera de se venger, renchérit Aria.

— C'est pour ça qu'il faut retrouver Emily les premières, trancha Spencer.

Hanna jeta un coup d'œil à l'horloge. Dix heures et demie.

— J'y vais. (Elle se dirigea vers la porte.) Spencer, je t'appelle, lança-t-elle par-dessus son épaule.

À Aria, elle ne dit rien. Elle ne supportait même pas de la regarder. Ou de regarder le suçon géant que sa camarade avait dans le cou.

Comme elle sortait, Naomi Zeigler lui prit la main.

— Han, à propos de ce que tu m'as dit hier pendant le match de foot… (Naomi écarquillait les yeux à la manière empathique d'un présentateur de talk-show.) Il existe des groupes de soutien pour les boulimiques, tu sais. Je pourrais t'aider à en trouver un.

— Va te faire foutre ! cracha Hanna en se dégageant.

Le temps qu'elle se laisse tomber sur la banquette du SEPTA à destination de Philadelphie, complètement trempée d'avoir couru de son taxi au quai de la gare, Hanna avait la tête affreusement lourde. Chaque surface réfléchissante lui renvoyait l'image de son « moi » de 5e. Elle ferma les yeux.

Quand elle les rouvrit, le train était arrêté en pleine voie. Toutes les lumières étaient éteintes, à l'exception de celles qui désignaient les issues de secours. Mais elles n'indiquaient plus EXIT : elles disaient FAIS GAFFE.

Sur sa gauche, Hanna aperçut des kilomètres de forêt. La pleine lune nimbait la cime des arbres d'une lueur argentée. Pourtant, il pleuvait à verse quelques minutes plus tôt... Sur sa droite, la nationale 30 s'étendait parallèlement à la voie de chemin de fer. C'était une route d'ordinaire très passante, mais exceptionnellement, aucune voiture n'attendait au carrefour.

Comme Hanna se penchait dans l'allée et se tordait le cou pour voir de quelle façon réagissaient les autres passagers à cet arrêt imprévu, elle réalisa qu'ils dormaient tous.

— Ils ne dorment pas, lança une voix. Ils sont morts.

Hanna écarquilla les yeux. C'était Toby. Malgré son visage flou, elle le savait. Lentement, le jeune homme se leva de son siège et se dirigea vers elle.

Puis le sifflet du train retentit, et Hanna se réveilla en sursaut. Le train roulait normalement vers la ville ; ses lumières fluorescentes étaient toujours aussi vives et peu flatteuses. Dehors, le tonnerre grondait et des éclairs zébraient le ciel. En regardant par la fenêtre, Hanna vit une branche d'arbre se briser et s'abattre sur le sol. Deux vieilles dames assises devant elle s'exclamèrent :

— Ça, c'en était un gros !

Hanna remonta ses genoux contre sa poitrine. Rien de tel qu'une révélation fracassante à propos de Toby Cavanaugh pour vous rendre complètement paranoïaque.

Hanna ne savait pas trop comment réagir à la confession de Spencer. Contrairement à Aria, elle avait besoin de temps pour digérer les faits. Oui, elle en voulait à Spencer d'avoir gardé le secret. Et Toby lui flanquait une trouille bleue. Mais pour le moment, elle pensait surtout à Jenna. Était-elle au courant, elle aussi ? Savait-elle que son frère avait tué Ali ?

Hanna avait revu Jenna après son accident – une seule fois, et elle n'en avait jamais parlé aux autres. C'était quelques semaines avant la disparition d'Ali. Cette dernière avait organisé une fête impromptue dans son jardin. Tous les élèves les plus populaires de l'Externat de Rosewood étaient venus – y compris certaines filles plus âgées qui faisaient partie de son équipe de hockey.

Pour la première fois, Hanna y avait eu une vraie conversation avec Sean ; ils avaient parlé du film *Gladiator*. Elle était en train de lui dire combien certaines scènes lui avaient fait peur quand Ali avait débarqué.

Son amie avait commencé par lui lancer un regard qui signifiait : « Tu t'es enfin décidée à lui parler ! Félicitations ! » Mais quand Hanna avait ajouté : « En sortant du ciné avec mon père, j'étais tellement mal que j'ai foncé aux toilettes pour gerber », Ali lui avait donné un coup de coude.

— Ça t'arrive souvent en ce moment, pas vrai ? avait-elle insinué.

Hanna avait blêmi.

— Quoi?

Cela s'était passé peu de temps après le fameux week-end à Annapolis.

Ali s'était assurée que Sean écoutait bien.

— Ça, c'est Hanna, avait-elle dit avant de s'enfoncer deux doigts dans la gorge et de mimer un haut-le-cœur.

Elle avait gloussé. Mais Sean n'avait pas eu l'air de trouver ça drôle. Son regard gêné était passé de l'une à l'autre.

— Hum, il faut que j'y aille, avait-il marmonné.

Puis il s'était éloigné pour rejoindre ses amis.

Horrifiée, Hanna s'était tournée vers Ali.

— Pourquoi as-tu fait ça?

— Oh, Hanna, avait lâché Ali sur un ton désinvolte en tournant les talons. Décidément, tu ne comprends pas la plaisanterie.

En effet, Hanna ne comprenait pas. Surtout quand ça touchait à un sujet aussi sensible. Prenant de grandes inspirations, elle s'était réfugiée à l'autre bout de la terrasse qui entourait la maison des DiLaurentis.

Quand elle avait levé les yeux, elle s'était retrouvée face à Jenna Cavanaugh.

La jeune fille se tenait à la limite de la propriété de ses parents; elle portait de grosses lunettes de soleil et une canne blanche. Hanna avait senti sa gorge se serrer. C'était comme voir un fantôme. *Elle est vraiment aveugle*, avait-elle songé. Jusque-là, elle avait tenté de se convaincre que l'accident n'avait pas vraiment eu lieu.

Jenna se tenait immobile au bord du trottoir. Si elle n'avait pas perdu la vue, elle serait en train de regarder fixement le gros trou sur le côté de la maison d'Ali, là où les DiLaurentis voulaient faire construire un pavillon – l'endroit exact où, des années plus tard, des ouvriers retrouveraient le corps de leur fille.

Hanna l'avait observée un long moment. Jenna n'avait pas bougé. Et soudain, c'était devenu clair. À l'instant, avec Sean, elle avait pris la place de Jenna, et Ali avait pris la sienne. Son amie n'avait aucune raison de la tourmenter, si ce n'est qu'elle en avait les moyens.

Troublée par cet éclair de lucidité, Hanna avait vacillé et s'était retenue à la rambarde de la terrasse.

— Je suis désolée, avait-elle articulé en fixant Jenna.

Mais bien entendu, cette dernière n'avait pas réagi.

Hanna ne fut jamais aussi contente de voir les lumières de Philadelphie – ça signifiait qu'elle était loin de Rosewood et de Toby. Elle avait encore le temps de se rendre à l'hôtel avant que son père, Isabel et Kate ne rentrent du théâtre. Elle pourrait peut-être même prendre un bain. Et avec un peu de chance, le minibar contiendrait quelque chose d'intéressant. Quelque chose de fort. Peut-être raconterait-elle à Kate ce qui s'était passé. Peut-être commanderaient-elles un truc à manger au service d'étage avant de se vider une bouteille entière à elles deux.

*Wouah.* Hanna n'aurait jamais cru qu'une idée pareille lui traverserait un jour l'esprit.

Elle passa sa clé magnétique dans le lecteur, ouvrit la porte, se glissa à l'intérieur de sa suite et… manqua bousculer son père. Adossé à la porte, il parlait à quelqu'un au téléphone.

— Oh ! s'exclama Hanna.

Tom Marin fit volte-face.

— C'est bon, elle est là, dit-il. (Puis il coupa la communication, referma son portable et détailla froidement Hanna.) C'est gentil à toi d'être revenue.

Hanna cligna des yeux. Derrière son père, elle voyait Kate et Isabel assises sur le canapé du salon, en train de lire les magazines pour touristes fournis par l'hôtel.

— Salut, répondit-elle prudemment. (Tout le monde la fixait.) Kate vous a prévenus ? J'ai dû…

— Aller à Foxy ? coupa Isabel.

Hanna en resta bouche bée. Un autre coup de tonnerre la fit sursauter. Elle jeta un regard désespéré à Kate, qui avait les mains croisées sur le ventre et le menton fièrement levé. Était-il possible qu'elle… qu'elle ait vendu la mèche ? L'expression de son visage disait assez clairement que oui.

Hanna eut l'impression qu'on venait de la laisser tomber sur la tête.

— C'était… une urgence.

— Je n'en doute pas. (Son père posa les mains à plat sur la table.) J'ai du mal à croire que tu sois revenue. Nous pensions que tu allais encore disparaître toute la nuit… Voler une autre voiture, peut-être. Ou, qui sait ? Détourner un avion ? Assassiner le Président ?

— Papa, supplia Hanna.

Jamais elle n'avait vu son père dans cet état : la chemise sortie du pantalon, les chaussettes de travers – il y avait même une tache derrière son oreille. Il était furieux. Jamais elle ne l'avait entendu hurler de la sorte.

— Je peux tout t'expliquer.

M. Marin pressa ses paumes sur son front.

— Ça aussi, tu peux l'expliquer ?

Il sortit quelque chose de sa poche. Il ouvrit lentement ses doigts, révélant le petit paquet de Percocet. Intact.

Comme Hanna plongeait dessus, il referma vivement sa main.

— Oh, non. Pas question.

Hanna tendit un doigt vers Kate.

— C'est elle qui me l'a réclamé ! Elle voulait en prendre !

— Tu me l'as donné, répliqua Kate sur un ton placide.

Elle avait cette expression de satisfaction ultime, une

expression qui voulait dire : « Je t'ai bien eue » et : « Si tu crois pouvoir débarquer de nouveau dans nos vies comme une fleur, tu te plantes. » Hanna s'en voulait d'avoir été aussi stupide. Kate n'avait pas changé – pas le moins du monde.

— Que comptais-tu faire avec ces pilules? interrogea M. Marin. (Puis il leva la main.) Non, oublie ça. Je ne veux même pas le savoir. Je... (Il ferma les yeux.) Je ne te reconnais plus, Hanna. Je ne sais plus qui tu es.

Hanna sentit quelque chose se briser à l'intérieur d'elle-même.

— Évidemment que tu ne sais plus qui je suis! hurla-t-elle. Tu ne t'es pas donné la peine de prendre des nouvelles pendant quatre putain d'années!

Un grand silence se fit dans la pièce. Chacun semblait avoir peur de bouger. Les mains de Kate reposaient à plat sur son magazine. Isabel s'était figée dans une position curieuse, l'index sur le lobe de son oreille droite. Tom Marin ouvrit la bouche comme pour dire quelque chose et la referma aussitôt.

Quelqu'un frappa à la porte. Tout le monde sursauta.

Mme Marin entra, dans un état négligé qui était peu habituel chez elle : ses cheveux mouillés tombaient sur ses épaules, elle n'était presque pas maquillée et était vêtue d'un simple T-shirt et d'un jean – elle qui était du genre à se pomponner même pour faire un tour chez Wawa.

— Tu viens avec moi, ordonna-t-elle à la fille, les yeux plissés.

Elle n'accorda pas un seul regard à Kate ni à Isabel. Hanna se demanda si c'était la première fois qu'elle les rencontrait.

Quand Ashley Marin vit le Percocet dans la main de son ex-mari, elle pâlit.

— Il m'a parlé de ça au téléphone pendant que je me rendais ici.

Hanna jeta un coup d'œil à son père par-dessus son épaule, mais il avait la tête baissée. Il ne semblait pas vraiment déçu. Seulement triste. Désespéré.

— Papa, gémit-elle en se tournant vers lui. Je ne suis pas obligée d'y aller, pas vrai ? J'ai envie de rester. Je peux te raconter ce qui m'arrive ? Je croyais que tu voulais savoir.

— C'est trop tard, répondit son père mécaniquement. Rentre chez toi avec ta mère. J'espère qu'elle réussira à te faire entendre raison.

Hanna ne put qu'éclater de rire.

— Elle, me faire entendre raison ? Elle... elle a couché avec le flic qui m'a arrêtée la semaine dernière. Elle rentre régulièrement à deux heures du matin en semaine. Si je suis malade et que je dois rester à la maison, elle me dit d'appeler le lycée en me faisant passer pour elle parce qu'elle n'a pas le temps de s'en occuper, et...

— Hanna ! s'exclama Ashley Marin en lui saisissant le bras.

Hanna était tellement déboussolée qu'elle ne savait pas vraiment si raconter tout ça à son père servait sa cause ou, au contraire, lui faisait du tort. Elle se sentait *trahie*. Par tout le monde. Elle en avait assez que les gens lui marchent dessus.

— Il y a tellement de choses que j'aimerais te dire, mais je ne peux pas. Je t'en supplie, laisse-moi rester. Je t'en supplie.

Seul un minuscule muscle frémit dans le cou de Tom Marin. Son visage demeura aussi dur et impassible que la pierre.

Il se rapprocha d'Isabel et de Kate. Isabel lui prit la main.

— Bonne nuit, Ashley, murmura-t-il à son ex-femme.

À sa fille, il ne dit rien du tout.

# 32

# ÉMILY MONTE EN PREMIÈRE LIGNE

Emily soupira de soulagement en découvrant que la porte située sur le côté de sa maison était ouverte. Trempée, elle se rua dans la buanderie et manqua éclater en sanglots à la vue de ce sanctuaire domestique dont la familiarité lui semblait tout à coup si rassurante : le point de croix « BÉNISSEZ CE FOUILLIS » au-dessus de la machine à laver et du sèche-linge, les bidons de lessive, de Javel et d'adoucissant alignés sur la petite étagère, ou encore les bottes de jardinage en caoutchouc vert de M. Fields, posées près de la porte.

Le téléphone sonna, et ce fut comme si un hurlement déchirait le silence. Emily attrapa une serviette dans le panier à linge, la drapa sur ses épaules et saisit prudemment le combiné sans fil.

— Allô ?

Même le son de sa propre voix avait quelque chose d'effrayant.

— Emily ? lança une voix grave et familière à l'autre bout de la ligne.

La jeune fille fronça les sourcils.

— Spencer?

— Oh mon Dieu, soupira sa camarade. On t'a cherchée partout. Tu vas bien?

— Je... Je ne sais pas trop, balbutia Emily.

Elle avait couru à perdre haleine dans le champ de maïs, où la pluie avait créé des ruisseaux de boue entre les rangées d'épis. Elle avait perdu une de ses chaussures mais ne s'était pas arrêtée pour la ramasser. À présent, ses mollets et le bas de sa robe étaient couverts de boue.

Le champ jouxtait les bois situés derrière chez elle, qu'elle avait également traversés en trombe. Par deux fois, elle avait glissé sur l'herbe mouillée, s'égratignant le coude et la hanche; une autre fois, la foudre avait frappé un arbre à quelques mètres d'elle, provoquant la chute violente de plusieurs branches. Elle savait qu'il était dangereux de rester dehors par temps d'orage, mais elle ne pouvait s'arrêter, trop effrayée de savoir Toby à ses trousses.

— Reste où tu es, l'enjoignit Spencer. Et tiens-toi à l'écart de Toby. Je t'expliquerai tout plus tard. Pour l'instant, contente-toi de fermer ta porte à clé et...

— Je crois que « A », c'est Toby, coupa Emily dans un murmure rauque et tremblant. Et je crois qu'il a tué Ali.

Il y eut une pause.

— Je sais. Moi aussi, lâcha enfin Spencer.

— Quoi? s'exclama Emily.

Un autre coup de tonnerre déchira le ciel. Emily sursauta et rentra la tête dans les épaules. Spencer ne répondit pas. La communication avait été coupée.

Emily posa le combiné sur le sèche-linge. Spencer savait? Ça confirmait donc son hypothèse – et la rendait plus terrifiante encore.

Puis elle entendit une voix.

— Emily! Emily?

Elle se figea. Cela semblait venir de la cuisine. Fonçant dans la pièce voisine, elle vit Toby qui regardait à l'intérieur, le visage collé contre la porte vitrée. Son costume était trempé, ses cheveux dégoulinaient, et il frissonnait de tout son corps. L'obscurité dissimulait ses traits.

Emily hurla.

— Emily ! répéta Toby.

Il saisit la poignée, mais Emily verrouilla rapidement la porte.

— Va-t'en, gémit-elle.

Toby pouvait mettre le feu à la maison. Entrer par effraction. L'étouffer pendant son sommeil. S'il avait tué Ali, il était capable de tout.

— Je vais attraper la mort, plaida le jeune homme. Laisse-moi entrer.

— Je… je ne veux pas te parler, bredouilla Emily. S'il te plaît, Toby, laisse-moi tranquille.

— Pourquoi t'es-tu enfuie ? (Toby semblait perplexe. Et il était obligé de hurler à cause du raffut que faisait l'orage.) Je ne comprends pas ce qui s'est passé. J'étais juste… perturbé d'avoir revu tous ces gens. Mais cela remonte à des années. Je suis désolé.

La douceur de sa voix rendait les choses encore pires. Il saisit de nouveau la poignée de la porte.

— Non ! s'époumona Emily.

Du regard, elle chercha frénétiquement une arme. Ce gros plat en céramique ? Ce couteau de cuisine à la lame émoussée ? Peut-être avait-elle le temps de fouiller dans les placards pour trouver le gril…

— S'il te plaît. (Emily tremblait si fort que ses jambes flageolaient.) Va-t'en.

— Laisse-moi au moins te rendre ton sac. Il est dans ma voiture.

— Tu n'as qu'à le mettre dans la boîte aux lettres.

— Emily, ne sois pas ridicule. (Toby se mit à marteler rageusement la porte.) Laisse-moi entrer!

Emily saisit le lourd plat à poulet posé sur la table et le brandit devant elle à deux mains, comme un bouclier.

— Va-t'en!

Toby repoussa ses cheveux trempés en arrière.

— Les choses que je t'ai dites dans la voiture... Je ne les pensais pas vraiment. Je ne voulais pas te faire peur. Je suis dé...

— C'est trop tard, coupa Emily. (Elle ferma les yeux en espérant que quand elle les rouvrirait, elle s'apercevrait que tout ceci n'avait été qu'un rêve. Ou plutôt, un cauchemar.) Je sais ce que tu lui as fait. La pauvre...

Toby se raidit.

— Quoi?

— Tu m'as bien entendue. Je. Sais. Ce. Que. Tu. Lui. As. Fait, répéta Emily en détachant bien les mots.

Toby en resta bouche bée. La pluie redoubla d'intensité, donnant à ses yeux l'aspect de deux puits sans fond.

— Comment est-ce possible? balbutia-t-il. Personne... Personne ne savait. C'était il y a très longtemps, Emily.

Chez la jeune fille, l'indignation prit le pas sur la frayeur. Toby pensait-il réellement s'en être tiré à si bon compte?

— Peu importe. Ton secret n'en est désormais plus un.

Toby se mit à faire les cent pas sur sa terrasse, passant les mains dans ses cheveux.

— Mais, Emily, tu ne comprends pas... J'étais si jeune! Et... je ne savais pas ce que je faisais. Je regrette tellement...

Emily ressentit un regret. Elle ne voulait pas que Toby soit l'assassin d'Ali. Il l'avait portée dans ses bras quand elle s'était évanouie, il l'avait défendue contre Ben – deux fois –, et il avait eu l'air si vulnérable à Foxy ! Peut-être avait-il des circonstances atténuantes…

Puis Emily repensa à la nuit de la disparition d'Ali. Une soirée magnifique, idéale pour donner le coup d'envoi des grandes vacances. L'été s'annonçait parfait. Les filles avaient prévu d'aller sur la côte de Jersey le week-end suivant, avaient des billets pour le concert de No Doubt en juillet, et Ali devait organiser une fête monstrueuse pour ses treize ans, en août. Tout cela s'était volatilisé à l'instant où elle était sortie de la grange des Hastings.

Toby avait dû arriver par-derrière. Peut-être l'avait-il frappée avec quelque chose. Peut-être lui avait-il parlé. Après l'avoir jetée dans le trou, il avait dû la recouvrir de terre pour que personne ne la trouve. Est-ce que cela s'était vraiment passé ainsi ? Et après avoir tué Ali, Toby était-il simplement remonté sur son vélo pour rentrer chez lui ? Était-il retourné dans le Maine pour y passer le reste de l'été ? Avait-il suivi l'enquête au journal télévisé, un saladier de pop-corn sur les genoux comme s'il regardait un film sur HBO ?

« Je suis ravi que cette garce soit morte. » Emily n'avait jamais rien entendu d'aussi horrible de toute sa vie.

— S'il te plaît, cria Toby. Je ne supporterai pas de revivre ça. Et elle non…

Il ne put achever sa phrase. Soudain, il se couvrit le visage de ses mains et s'enfuit à travers les bois.

Le silence se fit de nouveau. Emily regarda autour d'elle. La cuisine était immaculée – ses parents étaient partis rendre visite à sa grand-mère, qui habitait à Pittsburgh, et sa mère faisait toujours le ménage avant de s'absenter. Quant à Carolyn, elle n'était pas encore rentrée de chez Topher.

Emily était seule.

Elle courut jusqu'à la porte de devant. Le verrou était tiré, mais, pour plus de protection, la jeune fille mit la chaîne de sécurité. Puis elle se souvint de la porte du garage : le mécanisme était cassé, et son père avait eu la flemme de le réparer. Quelqu'un d'assez costaud pouvait soulever le battant métallique sans trop de difficultés.

Ce fut alors qu'Emily se souvint que Toby avait son sac à main. Ce qui signifiait qu'il avait ses clés.

Elle revint dans la cuisine et tenta d'appeler la police. Mais après avoir composé le numéro, elle n'entendit pas sonner à l'autre bout. Elle raccrocha et écouta. Pas de tonalité. Elle sentit ses genoux flageoler. La ligne devait être coupée à cause de l'orage.

L'espace de quelques secondes, Emily resta plantée là, la mâchoire tremblante. Toby avait-il traîné Ali par les cheveux? Était-elle encore vivante au moment où il l'avait jetée dans ce trou?

Emily courut dans le garage et regarda autour d'elle. Dans un coin, elle aperçut sa vieille batte de base-ball. Elle s'en saisit. Le poids et la rigidité du bois avaient quelque chose de réconfortant. Satisfaite, elle sortit sous le porche, verrouilla la porte derrière elle avec le double de clés que ses parents gardaient dans la cuisine et s'installa dans la balancelle, la batte sur ses genoux.

Dehors, il gelait, et une araignée tissait une toile dans un coin du porche. Emily avait toujours eu peur des araignées, mais elle devait être courageuse. Elle ne laisserait pas Toby lui faire du mal.

# 33

# QUI EST LA MÉCHANTE SŒUR, MAINTENANT?

Le lendemain matin, Spencer regagna sa chambre après s'être douchée et remarqua que la fenêtre était ouverte. Pas juste entrouverte mais relevée de cinquante bons centimètres, moustiquaire y compris. La brise agitait les rideaux.

La gorgée serrée, Spencer se précipita vers la fenêtre. Elle s'était calmée depuis qu'elle avait réussi à joindre Emily la veille, mais ça… c'était vraiment bizarre. Les Hastings ne relevaient jamais les moustiquaires, à cause des mites qui pouvaient entrer et ruiner leurs tapis hors de prix. Spencer referma rapidement la fenêtre, puis jeta un coup d'œil sous son lit et à l'intérieur de sa penderie. Personne.

Quand son Sidekick vibra, la jeune fille sursauta si fort qu'elle faillit sortir de son bas de pyjama en soie. Elle trouva son portable enfoui sous la robe qu'elle avait portée à Foxy et abandonnée en tas sur le plancher la veille au soir – une négligence dont l'ancienne Spencer Hastings ne se serait jamais rendue coupable.

Elle avait reçu un e-mail de Carlo Tentacules.

*Chère Spencer, merci de m'avoir rendu ton devoir en avance. Je l'ai lu, et j'en suis très content. À lundi. – M. McAdam.*

Spencer s'affaissa sur son lit, le cœur battant au ralenti mais avec force.

Par la fenêtre de sa chambre, elle pouvait voir que c'était un magnifique dimanche de septembre – une journée fraîche mais ensoleillée. Une odeur de pomme planait dans l'air. Vêtue d'un jean au bas retroussé et coiffée d'un chapeau de paille, sa mère se dirigeait vers le bout de leur allée, un sécateur à la main pour élaguer les buissons.

Spencer ne supportait pas toute cette... normalité. Elle saisit son Sidekick et appuya sur le bouton d'appel abrégé auquel elle avait attribué le numéro de Wren. Peut-être pourraient-ils se voir plus tôt que prévu. Spencer avait besoin de foutre le camp de Rosewood.

Le téléphone sonna plusieurs fois. Puis quelqu'un décrocha, et il y eut un bruit de choc, comme si Wren avait laissé tomber son portable. Quelques secondes s'écoulèrent avant que le jeune homme articule : « Allô ? »

— C'est moi, hoqueta Spencer.

— Spence? lança Wren d'une voix pâteuse.

— Ben oui, répondit-elle, agacée.

Il ne reconnaissait pas sa voix? Et qui d'autre pouvait bien l'appeler en disant simplement « C'est moi »?

Wren bâilla.

— Je peux te rappeler? Je... je dormais encore.

— Mais... il faut que je te parle, protesta Spencer.

Le jeune homme soupira.

— Je suis désolée, se radoucit Spencer. Mais, s'il te plaît... on peut parler maintenant? J'ai besoin d'entendre une voix amicale.

Wren garda le silence. Spencer vérifia même l'écran de son Sidekick pour voir s'ils n'avaient pas été coupés.

— Écoute, lâcha enfin le jeune homme. Ce n'est pas facile à dire, mais... je ne crois pas que ça va marcher entre nous.

Spencer se frotta l'oreille.

— Quoi ?

— Je pensais que ça irait. (Wren avait une voix morne, presque mécanique.) Mais tu es trop jeune pour moi. Je... je ne sais pas. On n'en est pas au même stade.

La pièce se brouilla, puis bascula sous les yeux de Spencer. La jeune fille agrippa son téléphone si fort que ses articulations blanchirent.

— Attends. Qu'est-ce que tu racontes ? On était ensemble l'autre jour, et tout allait bien !

— Je sais. Mais... Dieu que c'est difficile... Je vois quelqu'un d'autre, avoua Wren.

Un instant, le cerveau de Spencer se mit en grève. La jeune fille ne trouva rien à répondre. Elle était à peu près sûre qu'elle ne respirait même plus.

— J'ai couché avec toi, chuchota-t-elle.

— Je sais, soupira Wren. Je suis désolé. Mais je pense que c'est mieux ainsi.

*Mieux pour qui ?* eut envie de répliquer Spencer. Elle entendit la cafetière de Wren biper, signalant que le café était prêt.

— Wren, insista-t-elle sur un ton de supplique. Pourquoi fais-tu ça ?

Mais le jeune homme avait déjà raccroché.

APPEL TERMINÉ, afficha l'écran du Sidekick. Spencer le tint à bout de bras.

— Salut !

Spencer sursauta. Melissa se tenait sur le seuil de sa chambre. Avec son T-shirt J. Crew jaune et son short Adidas orange, elle ressemblait à un soleil miniature.

— Comment ça s'est passé?

Spencer cligna des yeux.

— Hein?

— Foxy! s'exclama sa sœur. Tu t'es bien amusée?

Spencer tenta de masquer son malaise.

— Hum, oui. C'était super.

— Il y avait encore une vente aux enchères de bijoux hideux, cette année? Comment était Andrew? interrogea Melissa, les yeux brillants.

Andrew. Spencer avait eu l'intention de tout lui expliquer, mais Toby s'était interposé. Et après avoir découvert qu'Emily était saine et sauve, elle avait hélé un des taxis massés dans l'allée circulaire de Kingman Hall pour rentrer directement chez elle. Ses parents avaient débloqué ses cartes de crédit, aussi avait-elle pu payer la course.

Quand elle pensait à l'état dans lequel devait être Andrew, Spencer ne pouvait s'empêcher de culpabiliser. Peut-être se sentait-il comme elle : dupé, utilisé. Mais non. Spencer sortait avec Wren; ils avaient une relation sérieuse. Alors qu'Andrew se fourrait le doigt dans l'œil s'il avait pensé un seul instant que Spencer et lui étaient ensemble.

La jeune fille sursauta. À moins que... S'était-elle également fourré le doigt dans l'œil en pensant qu'il y avait quelque chose de sérieux entre Wren et elle? Et quel genre de minable plaquait sa petite amie par téléphone?

Melissa s'assit sur le lit de sa cadette, attendant une réponse.

— Andrew était... bien. (Spencer avait du mal à réfléchir.) Très, euh, galant.

— Il y avait quoi au dîner?

— Hum, du pigeonneau, improvisa-t-elle, car elle n'en avait pas la moindre idée.

Melissa ouvrit de grands yeux.

— Et c'était romantique ?

Spencer tenta d'imaginer des choses attendrissantes à faire à deux. Partager une entrée. Danser un peu éméchés sur du Shakira. Elle s'interrompit. À quoi bon ? Elle n'avait plus besoin d'entretenir ce mensonge.

Les nuages qui lui embrumaient le cerveau commencèrent à se dissiper. Melissa était là, dans sa chambre, et elle faisait d'adorables efforts pour recoller les morceaux. Elle avait demandé à leurs parents de lui pardonner, elle s'intéressait à sa vie sociale... Et en guise de remerciement, Spencer lui avait piqué Wren et son devoir d'économie. Même Melissa ne méritait pas ça.

— J'ai quelque chose à t'avouer, lâcha Spencer tout de go. Je... J'ai vu Wren.

Melissa cilla à peine, aussi Spencer continua-t-elle.

— Toute la semaine. Je lui ai rendu visite dans son nouvel appart à Philadelphie, on s'est téléphoné et tout. Mais... Je crois que c'est fini à présent. (Elle se roula en position fœtale comme pour se protéger contre les coups que Melissa n'allait pas manquer de lui donner.) Tu peux me haïr. Dieu sait que je le mérite. Tu peux même aller dire à papa et maman de me jeter dehors.

Melissa attrapa un des coussins en coton gaufré qui ornaient le lit de sa sœur et le serra contre elle sans prononcer un mot. Elle mit un long moment à répondre.

— Ne t'en fais pas. Je ne leur dirai rien. En fait, c'est à toi que j'ai une confession à faire. Tu te souviens, vendredi soir, quand tu n'as pas réussi à joindre Wren ? Que tu lui as laissé cinq messages ?

Spencer fixa sa sœur.

— C-Comment le sais-tu ?

Melissa eut un sourire crispé mais satisfait. Et tout devint brusquement beaucoup trop clair dans la tête de Spencer.

« Je vois quelqu'un d'autre », avait avoué Wren. *Non*, songea la jeune fille. *C'est impossible.*

— Parce que Wren n'était pas à Philadelphie, répondit nonchalamment Melissa. Il était ici, à Rosewood. Avec moi.

Elle se leva en repoussant ses cheveux derrière ses oreilles. Alors, Spencer vit le suçon dans son cou, pratiquement au même endroit qu'il lui avait fait le sien. Melissa n'aurait pas pu le lui montrer plus délibérément, même en l'entourant au marqueur rouge.

— Et il t'a dit qu'on sortait ensemble ? réussit à articuler Spencer. Tu le savais depuis le début ?

— Non, je ne l'ai découvert qu'hier soir. (Melissa se caressa le menton.) Disons juste que j'ai été prévenue par quelqu'un qui me veut du bien.

Spencer agrippa le bord de son couvre-lit. « A ».

— Bref, poursuivit Melissa sur un ton chantant. Hier soir aussi j'étais avec Wren, pendant que tu t'amusais à Foxy avec Andrew.

Elle toisa sa cadette du même air hautain que quand elles étaient petites et qu'elles jouaient à la Reine. Les règles ne changeaient jamais : Melissa était toujours la Reine, et Spencer devait faire ce qu'elle lui ordonnait. *Fais mon lit, loyal sujet*, la sommait Melissa. *Baise-moi les pieds. Tu m'appartiens.*

Melissa se dirigea vers la porte.

— Mais j'ai bien réfléchi. Je ne le lui ai pas encore annoncé, mais j'ai décidé que Wren n'était pas un garçon pour moi. Donc, je ne le reverrai pas. (Elle grimaça.) Et, apparemment, toi non plus.

# 34

## VOUS VOYEZ ? DANS LE FOND, HANNA EST UNE BRAVE FILLE

La première chose qu'Hanna entendit le dimanche matin, ce fut « Alison » d'Elvis Costello.

*ALISON, I know this world is KILLING you*[1] !

La voix du chanteur était nasillarde et crachotante comme une tondeuse à gazon. Hanna repoussa ses couvertures. Était-ce la télé ? Quelqu'un à l'extérieur ?

La jeune fille se leva. Sa tête semblait pleine de barbe à papa. Elle aperçut la veste Chloé qu'elle avait portée la veille, jetée sur le dossier de sa chaise de bureau, et toute la soirée lui revint brutalement en mémoire.

Après l'avoir récupérée au Four Seasons, sa mère et elle étaient rentrées à Rosewood dans un silence glacial. Arrivée à la maison, Mme Marin avait garé sa Lexus dans l'allée et s'était engouffrée dans la maison en titubant ; elle semblait ivre de rage. Quand Hanna avait atteint la porte, sa mère la lui avait claquée au nez. Hanna l'avait entendue tirer le verrou.

1. Alison, je sais que ce monde te tue. *(N.d.T.)*

Choquée, elle avait reculé d'un pas. D'accord, elle avait balancé les pires travers maternels d'Ashley Marin à son ex-mari et à la nouvelle famille de celui-ci, ce qui était sans doute une mauvaise idée. Mais sa mère ne pouvait pas sérieusement l'enfermer dehors !

Hanna avait tambouriné à la porte. Mme Marin avait entrouvert le battant.

— Oh, désolée, avait-elle lâché, les sourcils froncés. Tu veux entrer, peut-être ?

— O-Oui, avait bafouillé Hanna.

Sa mère s'était esclaffée.

— Tu m'insultes et tu me manques de respect devant ton père, mais tu n'es pas trop fière pour continuer à vivre sous mon toit ?

Hanna avait tenté de bredouiller une excuse, mais sa mère s'était éloignée à grandes enjambées furieuses – laissant, toutefois, la porte ouverte. Hanna avait attrapé Dot et était montée en courant dans sa chambre, trop traumatisée pour pleurer.

— Oh, Alison... *I know this world is killing you !*

Hanna se dirigea vers la porte de sa chambre sur la pointe des pieds. Ses jambes se mirent à trembler. Seul un fou pouvait chanter cette chanson à Rosewood en ce moment. Il allait sans doute se faire arrêter par les flics juste pour ça.

Était-ce... Toby?

Hanna rajusta son caraco jaune et sortit dans le couloir. Au même moment, la porte de la salle de bains s'ouvrit, et un type en sortit.

Hanna porta la main à sa bouche. Le type avait une serviette de bain – *sa* serviette de bain blanche et moelleuse de chez Pottery Barn – enroulée autour de la taille. Ses cheveux noirs humides étaient hérissés sur sa tête. Un cri s'étrangla dans la gorge d'Hanna.

Puis le type se retourna vers elle, et elle fit un pas en arrière. C'était Darren Wilden. L'*agent* Darren Wilden.

— Wouah…, murmura-t-il en se figeant. Hanna.

C'était dur de ne pas loucher sur ses plaquettes de chocolat. Il n'était définitivement pas le genre de flic à s'empiffrer de donuts.

— Pourquoi chantiez-vous ça ? interrogea Hanna d'une voix tremblante.

Wilden eut l'air embarrassé.

— Parfois, je chante sans m'en rendre compte.

— J'ai cru que vous étiez…

Hanna n'acheva pas sa phrase. Que diable fichait-il ici ? Puis elle réalisa. Évidemment. Sa mère. De plus en plus agitée, Hanna lissa ses cheveux en arrière. Et si ça avait été Toby, qu'aurait-elle fait ? Elle serait probablement morte.

— Tu… tu as besoin de la salle de bains ? demanda Wilden en désignant d'un air gêné la petite pièce envahie de vapeur. Ta mère est là-dedans.

Hanna était trop choquée pour répondre. Avant de réfléchir, elle s'entendit débiter sans s'interrompre :

— J'ai quelque chose à vous dire. Quelque chose d'important.

— Ah ?

Une goutte d'eau tomba des cheveux de Wilden et s'écrasa sur le plancher.

Hanna prit une grande inspiration.

— Je crois savoir… qui a assassiné Alison DiLaurentis.

Wilden haussa un sourcil.

— Qui ?

Hanna passa la langue sur les lèvres.

— Toby Cavanaugh.

— Pourquoi penses-tu ça ?

— Je… je ne peux pas vous expliquer pourquoi. Il faut que vous me croyiez sur parole.

Wilden se rembrunit et, toujours à demi nu, s'adossa au chambranle de la porte.

— Il va falloir me donner un peu plus de précisions. Tu pourrais accuser n'importe qui juste parce qu'il t'a brisé le cœur et que tu veux te venger.

*Si c'était le cas, je vous aurais donné le nom de Sean Ackard,* songea amèrement Hanna.

Elle ne savait pas quoi faire. Si elle parlait de l'affaire Jenna à Wilden, son père la haïrait. Tout le monde à Rosewood ne parlerait plus que de ça. Ses anciennes amies et elle finiraient en maison de correction.

Mais cacher un secret à son père – et au reste de Rosewood – n'avait plus d'importance désormais. Sa vie était déjà foutue. Et puis, c'était elle qui avait fait le plus de mal à Jenna. La fusée, c'était un accident, mais, avant ça, elle avait raconté des tas de choses horribles sur Jenna – elle s'était moquée d'elle tellement de fois ! Et elle l'avait fait en connaissance de cause.

— D'accord, dit-elle lentement, mais je refuse que quiconque ait des ennuis à cause de moi. Si quelqu'un doit payer, c'est moi et seulement moi. Entendu ?

Wilden leva une main.

— Ça n'a pas d'importance. Nous avons enquêté sur Toby à l'époque de la disparition d'Alison. Il avait un alibi en béton pour ce soir-là. Ça ne pouvait pas être lui.

Hanna hoqueta.

— Il avait un alibi ? Lequel ?

— Je ne peux pas te le révéler, répondit Wilden d'un air sévère. (Puis les coins de sa bouche se relevèrent. Il désigna le bas de pyjama d'Hanna, qui était en flanelle avec des élans imprimés.) Joli pyj.

Les orteils d'Hanna se recroquevillèrent sur la moquette. Elle avait toujours détesté l'abréviation « pyj ».

— Attendez. Vous êtes sûr que Toby est innocent ?

Wilden était sur le point de répondre quand son talkie-walkie, qui était posé sur le rebord du lavabo, émit un crépitement. Il se retourna et s'en saisit d'une main, tout en tenant sa serviette de l'autre.

— Casey ?

— On vient de retrouver un autre corps, annonça une voix déformée par la transmission radio. Celui de...

L'électricité statique couvrit la fin de sa phrase.

Le cœur d'Hanna se remit à battre la chamade. *Un autre corps ?*

— Casey, appela Wilden en reboutonnant sa chemise d'uniforme. Tu peux répéter ça ? Allô ?

En guise de réponse, il n'obtint que quelques craquements. Il remarqua qu'Hanna était toujours plantée là.

— Va dans ta chambre, ordonna-t-il.

La jeune fille se hérissa. Il avait du culot de lui parler sur ce ton. Comme s'il était son père !

— Quelqu'un d'autre a été assassiné ? chuchota-t-elle.

Wilden reposa le talkie-walkie au bord du lavabo, enfila rapidement son pantalon, arracha la serviette de sa taille et la laissa tomber par terre comme Hanna le faisait souvent.

— Calme-toi, aboya-t-il, toute amabilité ayant disparu.

Il rangea son revolver dans son étui et descendit l'escalier quatre à quatre.

Hanna le suivit. La veille au soir, Spencer avait appelé pour lui dire qu'Emily était saine et sauve, mais si elle s'était trompée ?

— Vous savez si c'est une fille ? insista-t-elle.

Wilden ouvrit la porte à la volée. Sa voiture de patrouille était garée dans l'allée, à côté de la Lexus couleur champagne d'Ashley Marin. On pouvait lire POLICE DE ROSEWOOD en grosses lettres bien lisibles sur le côté. Hanna en resta bouche bée. Cette voiture avait-elle passé la nuit là ? Les voisins pouvaient-ils la voir depuis la route ?

Hanna suivit Wilden dehors.

— Vous pouvez au moins me dire où la victime a été retrouvée ?

Wilden secoua la tête.

— Non.

— Mais... vous ne comprenez pas...

Il ne la laissa pas finir.

— Hanna. Dis à ta mère que je l'appellerai plus tard.

Il monta dans sa voiture et mit la sirène en marche. Si les voisins ne l'avaient pas encore remarqué, c'était désormais chose faite.

# 35

## Livraison spéciale

Le dimanche matin à onze heures cinquante-deux, Aria était assise sur son lit, et fixait ses ongles vernis en rouge. Elle se sentait légèrement désorientée, comme si elle avait oublié quelque chose… quelque chose d'énorme. À l'instar de ces rêves qu'elle faisait parfois, où elle se retrouvait au mois de juin et réalisait brusquement qu'elle n'avait pas mis les pieds en cours de math de toute l'année et qu'elle allait se faire recaler aux examens.

Puis elle se souvint. Toby était « A ». Et on était dimanche. Son ultimatum avait expiré.

Ça l'effrayait de pouvoir mettre un nom et un visage sur la malveillance de « A ». Et ça la mettait en colère qu'Ali et Spencer aient réellement dissimulé des informations importantes au reste de leur petite bande. Aria ignorait toujours comment Toby avait découvert que Byron avait une liaison avec Meredith, mais si elle les avait surpris ensemble deux fois, d'autres personnes avaient pu en faire autant.

Elle avait eu l'intention de tout raconter à sa mère en rentrant, la veille au soir. Quand Sean l'avait déposée chez elle, il lui avait demandé à plusieurs reprises s'il pouvait entrer. Mais Aria avait refusé – ce qu'elle avait à faire, elle devait le faire seule.

La maison était sombre et silencieuse. On n'entendait que le ronronnement du lave-vaisselle en mode « très sale ». Aria avait cherché l'interrupteur du couloir à tâtons, puis s'était dirigée vers la cuisine sur la pointe des pieds. D'habitude, sa mère ne se couchait pas avant une ou deux heures du matin le samedi soir ; elle faisait des grilles de sudoku ou discutait avec Byron devant un déca. Mais la table était toute propre ; des traces d'éponge se devinaient sur le plateau.

Aria était montée dans la chambre de ses parents en se demandant si Ella s'était endormie de bonne heure. La porte était grande ouverte et le lit défait, mais il n'y avait personne à l'intérieur. La salle de bains aussi était vide. Alors, Aria remarqua que la Honda Civic de ses parents ne se trouvait pas dans l'allée.

Elle avait attendu qu'ils rentrent assise au pied de l'escalier, consultant anxieusement sa montre toutes les trente secondes à l'approche de minuit. Ses parents étaient sans doute les seules personnes dans tout l'univers qui ne possédaient pas de portable. Elle ne pouvait donc pas les appeler. Ce qui signifiait que Toby ne le pouvait pas non plus. À moins qu'il n'ait trouvé un autre moyen de les contacter...

Puis... Aria s'était réveillée dans son lit. Son père avait dû l'y porter, et comme elle avait un sommeil de plomb, elle n'avait rien remarqué.

Aria tendit l'oreille. Au rez-de-chaussée, quelqu'un ouvrait et refermait des tiroirs. Faisait craquer le plancher de bois sous ses pieds. Tournait les pages d'un journal. Ses deux parents étaient-ils en bas, ou n'y en avait-il qu'un seul ? Aria descendit sur la pointe des pieds, un million de scénarios défilant dans sa tête.

Ce fut alors qu'elle les vit : de minuscules gouttes rouges, partout dans le couloir. Elles dessinaient une piste depuis la cuisine jusqu'à la porte d'entrée.

Aria se précipita vers la cuisine. Toby avait parlé, et dans un accès de fureur, Ella avait tué Byron. Ou Meredith. Ou Toby lui-même. Ou tout le monde. Ou Mike avait tué leurs parents. Ou... ou Byron avait tué Ella.

En faisant irruption dans la pièce, Aria s'arrêta net.

Ella était assise à table, seule. Elle portait un chemisier lie-de-vin, des talons hauts et du maquillage, comme si elle s'apprêtait à sortir dans un endroit chic. Le *New York Times* était ouvert à la page des mots croisés, mais les cases, au lieu d'être remplies avec des lettres, étaient toutes noircies à l'encre. Le regard rivé droit devant elle, Ella enfonçait les dents d'une fourchette dans sa paume.

— Maman ? s'écria Aria en s'approchant d'elle.

À présent, elle voyait que le chemisier d'Ella était froissé et que son maquillage bavait. Comme si elle avait dormi toute habillée... ou n'avait pas dormi du tout.

— Maman ? répéta Aria, des trémolos dans la voix.

Enfin, Ella tourna la tête vers elle. Ses paupières étaient lourdes, ses yeux pleins de larmes. Elle enfonça un peu plus la fourchette dans sa paume. Aria voulut tendre la main et la saisir, mais elle était bien trop effrayée. Jamais encore elle n'avait vu sa mère dans cet état.

— Qu'est-ce qui se passe ?

Ella déglutit.

— Oh... Tu sais.

— C'est... c'est quoi, les traces rouges dans le couloir ? bredouilla Aria.

— Les traces rouges ? répéta Ella sur un ton morne. Ah. Ça doit être de la peinture. J'ai jeté des fournitures de dessin ce matin. J'ai jeté beaucoup de choses ce matin.

— Maman. (Aria sentit ses yeux se remplir de larmes.) Qu'est-ce qui ne va pas ?

Sa mère haussa les épaules. Tous ses mouvements étaient lents, comme si elle se trouvait sous l'eau.

— Tu savais depuis presque quatre ans, chuchota-t-elle.

Aria retint son souffle.

— Quoi ?

— Tu es amie avec elle ? interrogea sa mère d'une voix toujours impassible. Elle n'est pas beaucoup plus vieille que toi. Et il paraît que tu étais à son studio de yoga l'autre jour.

— Quoi ? s'étrangla Aria. Je ne sais pas de quoi tu parles !

— Bien sûr que si. (Ella lui fit le sourire le plus triste du monde.) J'ai reçu une lettre. Au début, je n'ai pas voulu y croire, mais j'ai interrogé ton père, et il a tout avoué. Dire que je croyais qu'il était distant à cause de son travail !

— Quoi ? (Aria recula. Des taches apparurent devant ses yeux.) Tu as reçu une lettre ? Quand ? De qui ?

Mais la froideur avec laquelle Ella la fixait ne laissait aucun doute sur la réponse. « A ». Toby. Il avait mis ses menaces à exécution.

Aria porta une main à son front.

— Je suis désolée, murmura-t-elle. Je... je voulais te le dire, mais j'avais si peur...

— Byron est parti, annonça Ella sur un ton presque désinvolte. Il est allé rejoindre cette fille. (Elle ricana.) Peut-être qu'ils font du yoga ensemble.

— Je suis sûre qu'on peut le convaincre de revenir, articula Aria, des sanglots dans la voix. Il faut qu'il revienne. Après tout, nous sommes sa famille, non ?

À cet instant précis, la pendule sonna midi. C'était un cadeau que Byron avait offert à Ella pour leur vingtième anniversaire de mariage, l'année précédente. Ella l'adorait car elle était censée avoir appartenu à Edvard Munch, le célèbre peintre norvégien auteur du tableau *Le Cri.* Elle l'avait ramenée aux États-Unis avec mille précautions, la prenant avec elle dans la cabine de l'avion et écartant le papier bulle toutes les cinq minutes pour vérifier qu'elle était intacte.

À présent, Aria et sa mère devaient écouter douze « coucou » et regarder un stupide oiseau jaillir de son chalet en bois douze fois d'affilée. Chaque « coucou » avait un ton de plus en plus accusateur. Au lieu de « coucou », l'oiseau chantait aux oreilles d'Aria « tu savais », « tu savais », « tu savais ».

— Oh, Aria. (Ella secoua la tête, les sourcils froncés.) Ça m'étonnerait beaucoup qu'il revienne.

— Où est la lettre? interrogea Aria, de la morve dégoulinant de son nez. Je peux la voir? Qui peut bien nous faire une chose pareille? Qui peut bien vouloir détruire cette famille?

Ella la fixa, les yeux écarquillés et rougis par les larmes.

— Je l'ai jetée. Mais peu importe qui l'a envoyée. La seule chose qui importe, c'est que ce qu'elle raconte soit vrai.

— Je suis tellement désolée.

Aria s'agenouilla près de sa mère et respira son odeur si familière : un curieux mélange d'essence de térébenthine, d'encre de journal, d'encens au bois de santal et d'œufs brouillés. Elle posa sa tête sur l'épaule d'Ella, mais celle-ci la repoussa.

— Aria, lança-t-elle sèchement en se levant. Pour l'instant, ta présence m'est insupportable.

— Quoi? s'étrangla Aria.

Mais sa mère ne la regardait pas. Elle fixait sa main

gauche à laquelle, réalisa soudain la jeune fille, elle ne portait plus son alliance.

Ella contourna Aria et, se déplaçant tel un fantôme, rebroussa chemin vers l'escalier en suivant les traces de peinture rouge.

— Attends ! s'époumona Aria.

Elle voulut rattraper sa mère. Mais alors qu'elle montait à toute vitesse, elle trébucha sur les crampons boueux de Mike, se cogna le genou et glissa deux marches plus bas.

— Et merde ! s'exclama-t-elle en plantant ses ongles dans la moquette.

Elle se releva, et atteignit le palier haletante de rage. La porte de la chambre de ses parents était fermée, tout comme celle de la salle de bains. Celle de la chambre de Mike était ouverte, mais il ne s'y trouvait pas. *Mike*, songea Aria, son cœur se brisant de nouveau. Était-il déjà au courant ?

Son portable se mit à sonner. Hébétée, la jeune fille regagna sa chambre pour chercher son Treo. Tout se bousculait dans sa tête. Elle avait du mal à reprendre son souffle. Elle espérait presque que l'appel venait de Toby et qu'elle allait pouvoir s'expliquer avec lui une bonne fois pour toutes. Mais ce n'était que Spencer.

Aria fixa le numéro de son ancienne amie en fulminant. Peu lui importait que Spencer ne soit pas « A » : elle lui en voulait presque autant. Si Spencer avait dénoncé Toby l'année de leur 5e, jamais il n'aurait parlé à Ella, et sa famille serait encore intacte.

Aria décrocha mais ne dit rien, se contentant de respirer fort dans le combiné.

— Aria ? lança prudemment Spencer.

— Je n'ai rien à te dire, grogna Aria. Tu as gâché ma vie.

— Je sais, répondit très vite Spencer. C'est juste que...

Aria, je suis désolée. Je ne voulais pas te cacher le secret de Toby – ni à toi ni aux autres. Mais je ne savais pas quoi faire. Essaie de te mettre à ma place une minute.

— Non. Tu ne comprends pas. Tu as *gâché ma vie*, répéta Aria.

— Comment ça ? s'inquiéta Spencer. Que… que s'est-il passé ?

Aria se prit la tête dans les mains. C'était trop fatigant à expliquer. Et oui, elle pouvait parfaitement se mettre à la place de Spencer. Est-ce qu'elle ne venait pas à l'instant même d'employer les mêmes termes face à sa mère ? « Je ne voulais pas te le cacher. Je ne savais pas quoi faire. Je ne voulais pas que tu souffres. »

Elle soupirant, et s'essuya le nez.

— Pourquoi m'appelles-tu ?

— Eh bien… (Spencer hésita.) Tu as eu des nouvelles d'Emily ce matin ?

— Non.

— Merde.

Aria se redressa.

— Quel est le problème ? Je croyais que tu avais réussi à la joindre hier soir, et qu'elle était saine et sauve chez elle.

— Au moment où je lui ai parlé, elle l'était. (Aria entendit Spencer déglutir.) Ce n'est peut-être rien, mais ma mère vient de passer en voiture dans le quartier d'Emily, et elle a vu trois véhicules de patrouille dans son allée.

# 36

## Encore un autre jour sans nouvelles passionnantes à Rosewood

Emily habitait un quartier modeste où vivaient essentiellement des retraités. Tous ses voisins étaient sortis sous leur porche ou dans la rue et observaient, l'air alarmé, les trois véhicules de patrouille stationnés dans l'allée des Fields et l'ambulance qui s'éloignait en trombe.

Spencer se gara le long du trottoir et aperçut Aria, qui portait toujours sa robe à pois de la veille.

— Je viens d'arriver, lança sa camarade comme elle la rejoignait. J'ai déjà interrogé des tas de gens, mais personne ne sait ce qui se passe.

Spencer regarda autour d'elle. Il y avait des tas de chiens de police, d'agents en uniforme, d'ambulanciers et de journalistes de Channel 4 – sans doute les mêmes qui faisaient le pied de grue devant l'ancienne maison des DiLaurentis depuis une semaine. La jeune fille eut l'impression que tous les flics la fixaient.

Elle se mit à trembler. Tout était sa faute. La nausée

la gagna. Toby l'avait prévenue que des gens étaient en danger ; pourtant, elle n'avait rien fait. Elle s'était laissée absorber par son histoire naissante avec Wren – et voilà où ça l'avait menée.

Elle ne voulait même pas penser à Wren pour le moment. Ni à Melissa. Et encore moins à eux deux ensemble. Ça lui donnait la sensation que des vers de terre se tortillaient dans ses veines. Il était arrivé quelque chose à Emily, et elle aurait pu l'empêcher. Un agent de police était venu l'interroger chez elle. Même « A » l'avait mise en garde.

Soudain, Spencer remarqua Carolyn, la sœur aînée d'Emily, en train de parler avec des flics dans l'allée de leur maison. Un des agents se pencha vers elle et lui murmura quelque chose à l'oreille. La jeune fille se décomposa et rentra dans la maison en courant.

Aria vacilla comme si elle allait s'évanouir.

— Oh mon Dieu, Emily...

Spencer déglutit.

— Pour l'instant, on ne sait rien.

— Mais je le sens, gémit Aria, les yeux pleins de larmes. « A » – Toby – ses menaces... (Elle marqua une pause pour repousser une mèche de cheveux qui lui rentrait dans la bouche. Ses mains tremblaient violemment.) Nous sommes les prochaines sur sa liste, Spencer. Je le sais.

— Où sont les parents d'Emily ? lança Spencer d'une voix assez forte pour couvrir ce que sa camarade venait de dire. Ils seraient forcément là si Emily était...

Elle ne put se résoudre à prononcer le mot « morte ».

Une Toyota Prius freina brusquement dans la rue et se gara de travers derrière la Mercedes de Spencer. Hanna en sortit – ou du moins, une fille qui ressemblait à Hanna. Elle portait un bas de pyjama en flanelle ; ses cheveux roux foncé normalement si raides s'échappaient en frisottant d'un chignon à moitié défait. Spencer ne lui avait pas vu un air aussi débraillé depuis des années.

Hanna aperçut ses deux anciennes amies et fonça vers elles.

— Que se passe-t-il ? Est-ce que… ?

— Nous n'en savons rien, coupa Spencer.

— Les filles, j'ai découvert quelque chose, dit Hanna en ôtant ses lunettes de soleil. J'ai parlé à un flic ce matin, et…

Elle s'interrompit en voyant arriver une autre camionnette de la télé. Spencer reconnut la journaliste de Channel 8. Celle-ci fit deux pas vers les filles, un portable coincé entre l'oreille et l'épaule.

— Donc, le corps a été retrouvé dehors ce matin? demanda-t-elle en jetant un coup d'œil à son bloc-notes. D'accord, merci.

Les trois filles échangèrent un regard suppliant. Puis Aria prit les mains des deux autres, et elles traversèrent la pelouse des Fields sans se soucier des fleurs qu'elles piétinaient. Elles ne se trouvaient qu'à trois mètres de la porte d'entrée quand un agent leur barra le chemin.

— Hanna, je t'avais dit de ne pas t'en mêler, aboya-t-il.

Spencer déglutit. C'était Wilden, le type qui était passé chez elle la veille. Son cœur se mit à battre la chamade.

Hanna voulut écarter Wilden.

— Ne me dites pas ce que je dois faire ! (Wilden la prit par les épaules, et elle se débattit.) Lâchez-moi !

Spencer attrapa Hanna par sa taille si fine.

— Tâchez de la calmer, lança sévèrement Wilden. (Puis il la reconnut.) Oh, souffla-t-il. (Il eut d'abord l'air perplexe, puis curieux.) Mademoiselle Hastings…

— On veut juste savoir ce qui est arrivé à Emily, tenta

d'expliquer Spencer, le ventre noué par la peur. C'est… c'est notre amie.

Wilden croisa les bras sur sa poitrine.

— Vous devriez rentrer chez vous.

Soudain, la porte d'entrée s'ouvrit… et Emily sortit de la maison.

Pieds nus et livide, elle tenait un vieux mug McDonald's à l'effigie des Muppets. Spencer fut si soulagée de la voir qu'un cri étranglé s'échappa de sa gorge.

Les filles se précipitèrent vers Emily.

— Tu vas bien ? s'inquiéta Hanna.

— Que s'est-il passé ? demanda Aria en même temps.

— C'est quoi ce bazar ? renchérit Spencer en désignant les gens qui s'affairaient dans le jardin des Fields.

— Emily… (Wilden posa les mains sur ses hanches.) Tu verras tes amies plus tard. Au téléphone, tes parents ont demandé à ce que tu restes à l'intérieur.

Mais Emily secoua la tête d'un air agacé.

— Non, c'est bon.

Elle entraîna les autres sur le côté de la maison. Elles longèrent le poulailler et s'arrêtèrent près d'un rosier – dans la plate-bande, ou presque, pour bénéficier d'un peu d'intimité.

Spencer détailla Emily. La jeune fille avait les yeux cernés et les jambes couvertes d'égratignures ; cela mis à part, elle semblait indemne.

— Que s'est-il passé ? interrogea Spencer.

Emily prit une profonde inspiration.

— Ce matin, un type qui faisait du *mountain bike* a retrouvé le corps de Toby dans les bois derrière chez moi. Je crois… je crois qu'il avait pris des cachets.

Le cœur de Spencer cessa de battre. Hanna hoqueta. Aria blêmit.

— Quoi? Quand?

— Pendant la nuit. J'allais vous appeler, mais ce flic ne m'a pas lâchée d'une semelle. (La mâchoire d'Emily tremblait.) Mes parents sont chez ma grand-mère ce week-end.

Elle tenta de sourire et ne réussit qu'à grimacer. Puis son visage se crispa comme si elle allait se mettre à pleurer.

— Ça va aller, promit Hanna.

— Hier soir, Toby était hyper bizarre, reprit Emily en s'essuyant la figure avec son T-shirt. Il m'a racompagnée chez moi après Foxy; quand on est montés en voiture, il avait l'air normal, et puis tout à coup, il m'a balancé qu'il détestait Ali, qu'il ne pouvait pas lui pardonner ce qu'elle avait fait, et qu'il se réjouissait qu'elle soit morte.

— Oh mon Dieu.

Spencer se couvrit les yeux. C'était donc vrai.

— C'est à ce moment-là que j'ai réalisé – Toby *savait*, poursuivit Emily en agitant ses mains pâles, couvertes de taches de rousseur. Il avait dû découvrir ce qu'Ali avait fait, et… et je crois qu'il l'a tuée.

— Attends une seconde, coupa Hanna. Apparemment…

— Chut!

Spencer posa une main sur le frêle poignet d'Hanna. Celle-ci semblait avoir quelque chose à dire, mais Spencer craignait que si Emily s'arrête, elle ne soit plus capable de finir.

— Je suis descendue de la voiture et j'ai couru jusqu'ici. Peu de temps après que je fus arrivée, Spencer m'a appelée, mais la communication a été coupée. Et puis… Toby a surgi derrière la porte de la cuisine. Je lui ai dit que je savais ce qu'il avait fait, et que j'allais le balancer à la police. Il a eu l'air stupéfait que j'aie tout compris.

Emily semblait essoufflée. C'était rare qu'elle parle autant.

— Les filles... Comment Toby pouvait-il savoir que c'était Ali qui avait envoyé la fusée ?

Spencer eut l'impression qu'on lui assénait un coup dans l'estomac. La veille, elle n'avait pas eu le temps d'expliquer à Emily la vérité sur l'affaire Jenna. Et elle aurait voulu ne pas avoir à le faire maintenant, alors que la jeune fille avait l'air si fragile. Ça avait déjà été dur de tout avouer à Hanna et à Aria, mais Emily... Ça allait lui briser le cœur.

Hanna et Aria fixaient Spencer, attendant qu'elle parle. Alors, Spencer prit son courage à deux mains et se lança.

— Il a toujours su. Il a vu Ali le soir de l'accident. Mais Ali l'a fait chanter pour qu'il s'accuse à sa place, et elle m'a fait jurer de garder le secret.

Comme Spencer faisait une pause pour reprendre son souffle, elle remarqua qu'Emily ne réagissait pas du tout comme elle s'y était attendue. Sa camarade l'écoutait aussi calmement qu'elle l'eût fait en cours de géographie. Cela désarçonna Spencer.

— Donc, euh... Quand Ali a disparu, j'ai pensé que... Je ne sais pas...

Spencer leva les yeux vers le ciel, réalisant que ce qu'elle s'apprêtait à dire était la stricte vérité.

— J'ai pensé que Toby y était peut-être pour quelque chose, mais j'ai eu trop peur pour en parler. Puis il est revenu pour l'enterrement, et... les messages de « A » faisaient référence au secret de Toby. Le dernier disait : « Vous m'avez fait du mal, et je vais vous rendre la monnaie de votre pièce. » Il voulait se venger de nous. Il devait savoir qu'on était toutes impliquées dans l'accident.

Emily n'avait toujours pas bronché. Soudain, ses épaules se mirent à trembler. Elle ferma les yeux. Spencer crut d'abord qu'elle pleurait. Puis elle se rendit compte que c'était tout le contraire. Emily riait.

Rejetant la tête en arrière, Emily s'esclaffa à gorge déployée. Spencer jeta un coup d'œil perplexe à Hanna et à Aria. De toute évidence, leur camarade avait pété un plomb.

— Em, lança-t-elle gentiment.

Emily cessa de rire et regarda Spencer en face. Sa lèvre inférieure vacillait.

— Ali nous avait promis que personne ne savait ce que nous avions fait.

— Je suppose qu'elle a menti, lâcha Hanna d'une voix impassible.

Les yeux d'Emily papillotèrent.

— Mais comment a-t-elle pu faire ça? Que se serait-il passé si Toby avait décidé de parler? (Elle secoua la tête.) Ça... ça s'est passé pendant qu'on était toutes dans le salon d'Ali et qu'on surveillait la maison des Cavanaugh? La nuit de l'accident?

Spencer acquiesça gravement.

— Et Ali est revenue à l'intérieur, elle nous a affirmé que tout allait bien, et, comme on n'arrivait pas à dormir, elle nous a réconfortées en nous grattant le dos?

— Oui.

Les yeux de Spencer se remplirent de larmes. Bien entendu, Emily se souvenait de la soirée dans les moindres détails.

Le regard d'Emily se fit vague.

— Et elle nous a donné ça...

Elle tendit son bras. Le bracelet brésilien censé symboliser le secret de toute la petite bande était toujours attaché à son poignet. Les autres avaient enlevé le leur depuis longtemps.

Les jambes d'Emily cédèrent sous elle, et elle tomba à genoux dans l'herbe. Elle voulut défaire le nœud du bracelet, mais ses doigts tremblants s'acharnèrent en vain sur les fils de coton resserrés et durcis par les ans.

— Et merde ! jura-t-elle.

Elle compressa sa main pour tenter d'ôter le bracelet sans défaire le nœud, mais sans succès. Alors, elle l'attaqua avec les dents.

Aria lui posa une main sur l'épaule.

— Laisse tomber.

— Je n'arrive pas à y croire. (Emily s'essuya les yeux. Renonçant à enlever le bracelet, elle arracha rageusement une poignée d'herbe.) Et je n'arrive pas non plus a croire que je suis allée à Foxy avec l'assassin d'Ali.

— On a eu tellement peur pour toi, chuchota Spencer.

Hanna agita les bras.

— Les filles, c'est justement ce que j'essaie de vous dire depuis tout à l'heure. Toby n'a pas tué Ali.

— Hein ? (Spencer fronça les sourcils.) Qu'est-ce que tu racontes ?

— Je… J'ai parlé au flic ce matin. (Hanna désigna Wilden, qui s'entretenait avec les journalistes.) Je lui ai dit que… que je pensais que Toby avait tué Ali. Il a répondu qu'ils avaient enquêté sur lui à l'époque, et qu'ils ne le considéraient pas comme un suspect.

— C'est forcément lui, contra Emily en se relevant. La nuit dernière, quand je lui ai dit que je savais, il a paniqué et m'a suppliée de ne rien dire aux flics.

Les filles regardèrent sans comprendre.

— Alors, tu crois que les flics se sont trompés ? demanda Hanna en tripotant la breloque en forme de cœur de son bracelet Tiffany.

— Attendez une minute, dit lentement Emily. Spencer, avec quoi Ali faisait-elle chanter Toby ? Comment a-t-elle pu le convaincre de s'accuser pour... ce qui était arrivé à Jenna?

— Spencer l'ignore. Ali n'a pas voulu le lui dire, répondit Aria.

Spencer sentit la nervosité lui nouer l'estomac. « Mieux vaut faire à ma façon, avait déclaré Ali. On garde son secret, et il garde le nôtre. »

Mais Toby était mort, et Ali aussi. Ça n'avait plus d'importance.

— Si, je le sais, murmura Spencer.

Puis elle aperçut quelqu'un qui venait de tourner à l'angle de la maison, et son cœur accéléra. C'était Jenna Cavanaugh.

La jeune fille portait un T-shirt noir et un jean skinny assorti. Ses cheveux noirs étaient relevés en chignon. Elle avait toujours le même teint de porcelaine, mais la moitié de son visage était dissimulée par d'énormes lunettes de soleil. Dans une main, elle tenait une canne blanche; dans l'autre, la laisse de son golden retriever. Celui-ci la guida jusqu'au petit groupe.

Spencer crut qu'elle allait s'évanouir. Ou peut-être se remettre à pleurer.

Jenna et son chien s'arrêtèrent près d'Hanna.

— Emily Fields est-elle ici?

— Oui, répondit Emily tout bas. (Spencer entendit la peur dans sa voix.) Juste là.

Jenna se tourna dans sa direction.

— Ceci t'appartient, poursuivit-elle en tendant un sac de soirée en satin rose.

Emily le prit avec autant de précaution que s'il avait été en verre filé.

— Et j'ai quelque chose que tu dois lire. (De sa poche, Jenna sortit un morceau de papier froissé.) Ça vient de Toby.

# 37

# De toute façon, les bracelets brésiliens, c'est super ringard

Emily repoussa ses cheveux derrière ses oreilles et dévisagea Jenna. Les lunettes de soleil que portait la jeune fille dissimulaient son visage depuis les pommettes jusqu'au-dessus des sourcils, mais Emily distingua quelques cicatrices rosâtres – des cicatrices de brûlures – sur son front.

Elle repensa à cette fameuse soirée. L'odeur de bougie Aveda à la menthe poivrée qui planait dans le salon d'Ali. Le goût des chips au vinaigre dans sa bouche. Le frottement de ses pieds nus sur le plancher en bois tandis que plantée derrière la fenêtre, elle regardait Ali courir vers la maison des Cavanaugh. La détonation de la fusée, les ambulanciers qui avaient monté l'échelle de corde de la cabane, le rectangle que formait la bouche hurlante de Jenna.

Jenna lui tendit un morceau de papier froissé.

— On a trouvé ça sur lui, dit-elle, sa voix se brisant sur ce dernier mot. Il a écrit quelque chose pour chacune de nous. Le passage te concernant se trouve vers le milieu.

Le papier était la liste des objets mis aux enchères à Foxy.

Toby avait griffonné quelque chose au verso. À la vue de l'écriture penchée, de la quasi-absence de majuscules et de la signature tremblée au bas de la page, le cœur d'Emily se serra. C'était la première fois qu'elle voyait l'écriture de Toby, et pourtant, celle-ci semblait ramener le jeune homme à la vie. Emily avait presque l'impression de sentir l'odeur du savon qu'il utilisait et le contact de sa grande main tiède enveloppant la sienne.

Ce matin, elle ne s'était pas réveillée sur la balancelle, mais dans son lit. Quelqu'un sonnait à la porte. Elle était descendue d'un pas mal assuré. Sous son porche, elle avait découvert un inconnu en cycliste et casque de vélo.

— Je peux utiliser votre téléphone? avait-il demandé. C'est pour une urgence.

Encore mal réveillée, Emily n'avait pas réagi. Puis Carolyn était apparue derrière elle, et le cycliste avait expliqué :

— Je traversais les bois en vélo quand je suis tombé sur un jeune homme allongé par terre. Au début, j'ai cru qu'il dormait, mais...

Il s'était interrompu. Carolyn avait écarquillé les yeux et couru chercher son portable.

Pendant ce temps, Emily était restée à la porte, essayant de comprendre ce qui se passait. Elle avait repensé à Toby derrière la vitre de la cuisine, la veille. À la façon dont il l'avait martelée de ses poings avant de s'enfuir en direction des bois.

Elle avait fixé le cycliste.

— Le jeune homme dans les bois... Il a essayé de vous faire du mal? avait-elle chuchoté, le cœur battant la chamade.

C'était déjà assez affreux que Toby ait campé dans les bois toute la nuit. Que serait-il arrivé s'il était revenu chez elle et l'avait trouvée sous le porche après qu'elle se fut assoupie?

Le cycliste avait serré son casque contre sa poitrine. Du même âge à peu près que M. Fields, il avait des yeux verts et une barbe poivre et sel.

— Non, avait-il répondu gentiment. Il était... bleu.

Et maintenant, cette lettre. Une lettre de suicide.

Toby avait eu l'air si agité, si bouleversé quand il s'était élancé en direction des bois. Avait-il pris les cachets tout de suite? Ou Emily aurait-elle pu l'en empêcher? Et Hanna avait-elle raison : Toby n'avait-il rien à voir dans le meurtre d'Ali?

Le monde se mit à tourner autour d'Emily. Elle sentit une main robuste se poser sur ses reins pour l'empêcher de tomber.

— Wouah, souffla Spencer. Ça va aller.

Emily se redressa et regarda la lettre. Ses amies aussi se penchèrent pour lire. Son nom était là, en plein milieu.

*Emily, il y a un peu plus de quatre ans, j'ai promis à Alison DiLaurentis de garder un de ses secrets si elle gardait un des miens. Elle m'a juré que personne ne saurait jamais, mais apparemment, tu l'as appris quand même. J'ai essayé de surmonter tout cela et d'oublier, et lorsqu'on est devenus amis, j'ai cru y être parvenu. J'ai cru que j'avais changé, et ma vie avec. Mais je suppose que les gens ne changent jamais vraiment. Ce que j'ai fait à Jenna... Ça a été ma plus grosse erreur. À ma décharge, j'étais jeune et stupide, et je ne me rendais pas compte. Je n'ai jamais voulu lui faire de mal. Et je ne peux plus vivre avec ce souvenir. C'est fini pour moi.*

Les mains tremblantes, Emily replia le papier. Ça n'avait pas de sens – c'étaient elles qui avaient fait du mal à Jenna, pas Toby. De quoi le jeune homme avait-il voulu parler?

Elle rendit la lettre à Jenna.

— Merci.

— De rien.

Comme Jenna s'apprêtait à partir, Emily se racla la gorge.

— Attends, lança-t-elle.

Jenna s'arrêta. Emily déglutit. Tout ce que Spencer venait de lui révéler – que Toby savait et qu'Ali avait menti –, tout ce que Toby avait raconté la veille, toute la culpabilité qu'elle nourrissait depuis des années à cause de l'accident débordèrent soudain.

— Jenna, je te dois des excuses. Dans le temps, on... on était tellement méchantes avec toi. Les blagues qu'on te faisait, les surnoms qu'on te donnait... Ce n'était pas drôle.

Hanna avança d'un pas.

— Elle a raison. Ce n'était pas drôle du tout. (Emily ne lui avait pas vu un air aussi torturé depuis longtemps.) Et tu ne le méritais pas, ajouta-t-elle.

Jenna caressa la tête de son chien.

— Ce n'est pas grave. Je m'en suis remise.

Emily soupira.

— Si, c'est grave. C'est très grave. À l'époque, je ne savais pas... ce qu'on ressent quand les gens se moquent de vous juste parce que vous êtes différent. Mais maintenant, je sais.

Elle crispa les muscles de ses épaules en espérant que ça l'empêcherait de pleurer. Une partie d'elle voulait raconter aux autres ce qui la tourmentait. Pourtant, elle se retint. Ce n'était pas le bon moment. Et puis, elle avait quelque chose à ajouter – mais comment ?

— Et je suis désolée pour ton accident. Je n'ai jamais eu l'occasion de te le dire.

Ce qu'elle pensait vraiment, c'était : « Je suis désolée que nous t'ayons accidentellement blessée. » Mais elle avait trop peur de l'avouer.

Le menton de Jenna se mit à trembler.

— Ce n'est pas ta faute. Et, de toute façon, ce n'est pas la pire chose qui me soit arrivée.

Tirant sur la laisse de son chien, elle rebroussa chemin vers la rue.

Les filles gardèrent le silence jusqu'à ce qu'elle soit trop loin pour les entendre.

— Qu'est-ce qui peut bien être pire que de perdre la vue? chuchota Aria.

— Je vois au moins un truc, répondit Spencer. Le secret qu'Ali avait découvert.

Spencer affichait de nouveau cette expression, celle de quelqu'un qui a beaucoup de choses à dire mais qui n'ose pas le faire. Elle soupira.

— Toby avait l'habitude de… toucher Jenna, lâcha-t-elle à voix basse. C'est ce qu'il était en train de faire le soir de l'accident. C'est à cause de ça qu'Ali a fait un faux mouvement et envoyé la fusée dans la cabane.

Quand Ali était arrivée dans le jardin des Cavanaugh, expliqua Spencer, elle avait aperçu Toby par la fenêtre et allumé la fusée. À ce moment-là, elle s'était rendu compte que Jenna aussi était dans la cabane. L'adolescente avait un drôle d'air, et son chemisier était déboutonné. Toby s'était approché d'elle et lui avait posé une main dans le cou. Puis il avait glissé son autre main sous le chemisier de Jenna, sur son soutien-gorge. Et il avait fait glisser la bretelle de son épaule. Jenna semblait terrifiée.

Ali avait été si choquée qu'elle avait heurté la fusée plantée dans le sol et avait fait dévier sa tige. L'étincelle avait rapidement enflammé la mèche et mis le feu à la poudre. Il y eut une explosion aveuglante, une détonation assourdissante. Un bruit de verre brisé. Quelqu'un avait crié… et Ali s'était enfuie.

— Quand Toby est venu vers nous et a révélé à Ali qu'il l'avait vue, Ali a répliqué qu'elle aussi, elle l'avait vu… tripoter Jenna, conclut Spencer. Elle a menacé de tout raconter à ses parents à moins qu'il avoue avoir allumé la fusée lui-même. Toby a accepté. (Elle soupira.) En plus du reste, Ali m'a fait promettre de garder le secret de Toby.

— Doux Jésus…, murmura Aria. En fait, Jenna a dû se réjouir que Toby parte en pension.

Emily ne savait pas quoi répondre. Elle pivota pour regarder Jenna qui se tenait de l'autre côté de la pelouse avec sa mère, en train de parler à un journaliste. Elle ne pouvait même pas imaginer ce que l'adolescente avait pu endurer entre les mains de son demi-frère. Elle avait déjà trouvé ça pénible de se faire agresser par Ben, mais si elle avait dû vivre avec lui… s'il avait fait partie de sa famille…

Pourtant, Emily se sentait partagée. Tripoter sa demi-sœur, c'était affreux, mais c'était aussi… pathétique. Pas étonnant que Toby ait voulu oublier, tout recommencer à zéro. Et il avait réussi… Jusqu'à ce qu'Emily lui fasse croire que son passé revenait le hanter.

La jeune fille était si horrifiée qu'elle se couvrit le visage de ses mains et prit des grandes inspirations hoquetantes. *J'ai gâché la vie de Toby*, songea-t-elle. *Je l'ai tué.*

Ses amies la laissèrent pleurer un moment – elles aussi avaient les joues baignées de larmes. Quand Emily n'émit plus que des sanglots, elle leva les yeux.

— Je n'arrive pas à y croire.

— Moi, si, répliqua Hanna. Ali ne pensait qu'à elle. C'était la reine des manipulatrices.

Surprise, Emily la fixa. Hanna haussa les épaules.

— Mon secret de 5e? Celui que seule Ali connaissait?

Elle n'arrêtait pas de me torturer avec. Chaque fois que je refusais de faire ce qu'elle voulait, elle menaçait de vous en parler – à vous, et à tout le monde.

— Toi aussi, elle te faisait ça ? s'exclama Aria. Parfois, elle balançait des allusions à mon secret qui me semblaient tellement… transparentes. (Elle baissa les yeux.) Avant que Toby… prenne ces cachets, il a tout révélé. Le secret qu'Ali connaissait et dont « A » se servait pour me menacer.

Les autres filles sursautèrent.

— Qu'est-ce que c'était ? interrogea Hanna.

— Une… une histoire de famille. (La lèvre inférieure d'Aria tremblait.) Je n'ai pas envie d'en parler.

Elles gardèrent le silence un long moment. Chacune d'elles réfléchissait. Emily observait les oiseaux qui entraient et sortaient de la mangeoire installée par son père.

— C'est logique que « A » ait été Toby, murmura enfin Hanna. Il n'a pas tué Ali, mais il voulait quand même se venger.

Spencer haussa les épaules.

— J'espère que tu as raison.

Tout était calme et lumineux chez Emily. Ses parents n'étaient pas encore rentrés, mais Carolyn venait de faire du pop-corn, et toute la maison embaumait. Emily en avait toujours trouvé l'odeur bien supérieure au goût, et malgré son manque d'appétit, son estomac se mit à gargouiller. *Toby ne sentira plus jamais l'odeur du pop-corn réchauffé au micro-ondes*, songea-t-elle. *Et Ali non plus.*

Par la fenêtre de sa chambre, Emily jeta un coup d'œil au jardin de devant. Quelques heures plus tôt, Toby s'était tenu là, l'implorant de ne rien raconter à la police. Dire qu'il ne parlait pas du meurtre d'Ali, mais de ce qu'il avait fait à Jenna…

Emily repensa à la façon dont Ali leur avait menti à propos de tout.

Le plus drôle – le plus tristement drôle –, c'est qu'elle était à peu près sûre d'être tombée amoureuse d'Ali la nuit de l'accident, après le départ de l'ambulance et le retour de son amie chez elle. Ali avait fait preuve de tant de calme et d'assurance; elle s'était comportée de manière si protectrice, si merveilleuse! Emily pétait complètement les plombs, mais son amie l'avait rassurée.

— Tout va bien, avait-elle susurré en lui grattant le dos en cercle avec ses ongles. Je te le promets. Tout va bien se passer. Tu dois me croire.

— Mais comment ça pourrait aller? avait sangloté Emily. Et comment peux-tu en être aussi sûre?

— Je le sais, un point c'est tout.

Puis Ali avait fait allonger Emily sur le canapé et lui avait posé la tête sur ses genoux. Elle avait commencé à lui caresser les cheveux. Et ça avait été si bon qu'Emily s'était détendue. Elle s'était sentie… transportée.

Les gestes d'Ali s'étaient faits plus lents, et Emily avait commencé à s'assoupir. Ce qui s'était passé ensuite, elle ne l'oublierait jamais. Ali s'était penchée et l'avait embrassée sur la joue. Brusquement réveillée, Emily s'était figée. Ali l'avait embrassée une deuxième fois. C'était si bon… Puis Ali s'était redressée et avait recommencé à lui caresser les cheveux tandis que le cœur d'Emily battait à tout rompre dans sa poitrine.

La partie rationnelle de son esprit avait mis l'incident de côté, attribuant le geste d'Ali à ses tendances maternelles. Mais sa partie affective avait laissé ses sentiments s'épanouir comme les capsules que ses parents mettaient dans son bas de Noël, celles qui s'ouvraient en libérant de petites éponges quand on les plongeait dans de l'eau chaude. Cette nuit avait vraiment marqué la naissance de l'amour interdit d'Emily. Sans ça, peut-être n'aurait-elle jamais éprouvé autre chose que de l'amitié pour Ali.

Emily s'assit sur son lit en fixant la fenêtre de sa chambre sans la voir. Elle se sentait vide, comme une citrouille dont on aurait ôté la pulpe pour la transformer en lampion d'Halloween.

Il régnait dans sa chambre un silence que seul troublait le léger sifflement des pales du ventilateur accroché au plafond. Emily ouvrit le tiroir de son bureau et y trouva une vieille paire de ciseaux pour gaucher. Elle glissa une des lames sous le bracelet qu'Ali lui avait fabriqué des années auparavant et le coupa d'un geste rapide. Elle n'avait pas envie de le jeter, mais elle ne voulait pas non plus que quelqu'un le voie. Au final, elle le poussa sous son lit du bout du pied.

— Ali, chuchota-t-elle, les joues baignées de larmes. Pourquoi ?

Un bourdonnement de l'autre côté de la pièce la fit sursauter. Emily avait accroché à la poignée de la porte le sac de soirée que Jenna venait de lui rendre. À travers le satin rose, elle voyait s'allumer l'écran de son portable. Lentement, elle se leva et alla chercher son téléphone. Le temps qu'elle l'atteigne, celui-ci avait cessé de vibrer.

« 1 message reçu », affichait l'écran de son Nokia. Emily sentit son cœur accélérer.

*Pauvre Emily complètement paumée. Je parie que tu aurais bien besoin d'un gros câlin, pas vrai ? Ne te laisse pas aller. Ça ne sera terminé que quand je l'aurai décidé. – A*

## À VENIR...

Vous avez vraiment cru que j'étais Toby ? Pitié. Moi aussi, à sa place, j'aurais choisi d'en finir. Franchement – beurk. Il l'avait bien mérité. Le karma est cruel, et moi aussi : vous n'avez qu'à demander à Aria, Emily, Hanna et Spencer...

Commençons par Aria. Elle est tellement occupée à draguer que je ne sais plus où donner de la tête avec tous ses petits amis. D'abord Ezra, maintenant Sean, et mon petit doigt me dit qu'elle n'en a pas réellement terminé avec Ezra. C'est ça le truc énervant chez les filles au tempérament d'artiste : elles n'arrivent jamais à se décider. Je suppose qu'il va falloir que j'aide la petite Aria en faisant un choix pour elle. Je vous garantis qu'elle va a-do-rer.

Et puis, il y a Emily. La douce, l'innocente Emily. Alison et Toby vous diraient probablement que ses baisers sont mortels. Mais... Oups ! Ils ne peuvent plus rien dire : ils sont morts. Emily devrait faire attention à ne pas mettre ses lèvres empoisonnées n'importe où. Elle en est déjà à deux victimes, et superstitieuse comme elle est, elle devrait connaître le proverbe « jamais deux sans trois ».

Pauvre petite Hanna-chou. Sean l'a plaquée. Son père

l'a abandonnée. Et sa mère en ferait sans doute autant si elle le pouvait. Être si peu populaire, ça donne envie de gerber, pas vrai ? Ou est-ce seulement le cas pour Hanna ? Au moins, elle a sa meilleure amie Mona pour lui retenir les cheveux quand ça arrive. Non, attendez une seconde : Mona est fâchée contre elle. J'aimerais vous dire que la situation ne peut plus empirer pour Hanna, mais ce n'est pas beau de mentir. Personnellement, j'ai toujours détesté les gens qui mentent.

Enfin, il y a Spencer. Bien sûr, notre forte en thème connaît par cœur tous les mots qui figurent sur la liste de l'épreuve de vocabulaire des SAT, mais sa mémoire lui joue des tours à propos de la nuit où Alison a disparu. Ne vous inquiétez pas : je suis là pour la lui rafraîchir. C'est bien urbain de ma part, vous ne trouvez pas ? Urbain, U-R-B-A-I-N.

Si vous étiez aussi futés que moi, vous auriez déjà deviné qui je suis. Ça doit craindre de ne pas être un génie. Et sur ce coup-là, je ne peux rien pour vous ; mes quatre petites menteuses m'occupent à plein temps. Mais puisque vous avez été si patients, je vais vous donner un indice : Spencer a peut-être une moyenne de A, mais moi aussi, j'ai des A à mon nom !

Bisous,

– A

FLEUVE NOIR
12, avenue d'Italie
75627 Paris Cedex 13

Cet ouvrage a été imprimé en France par

CPI

BUSSIÈRE

à Saint-Amand-Montrond (Cher)
en novembre 2012

N° d'impression : 123863/1
Date initiale du dépôt légal : mai 2008
Dépôt légal de la nouvelle édition : novembre 2012
R09766/01